壺切りの剣

続 防鴨河使異聞

西野 喬

郁朋社

壺切りの剣／目次

序章 11
第一章 野分 26
第二章 徒し堤 82
第三章 邂逅 120
第四章 和泉式部 141
第五章 御霊会 165
第六章 秘事 211

第七章　失踪　254
第八章　怨霊・呪縛　294
第九章　堤竣工　337
第十章　賀茂河原清掃令　364
終　章　381
あとがき　396
おもな参考文献　398

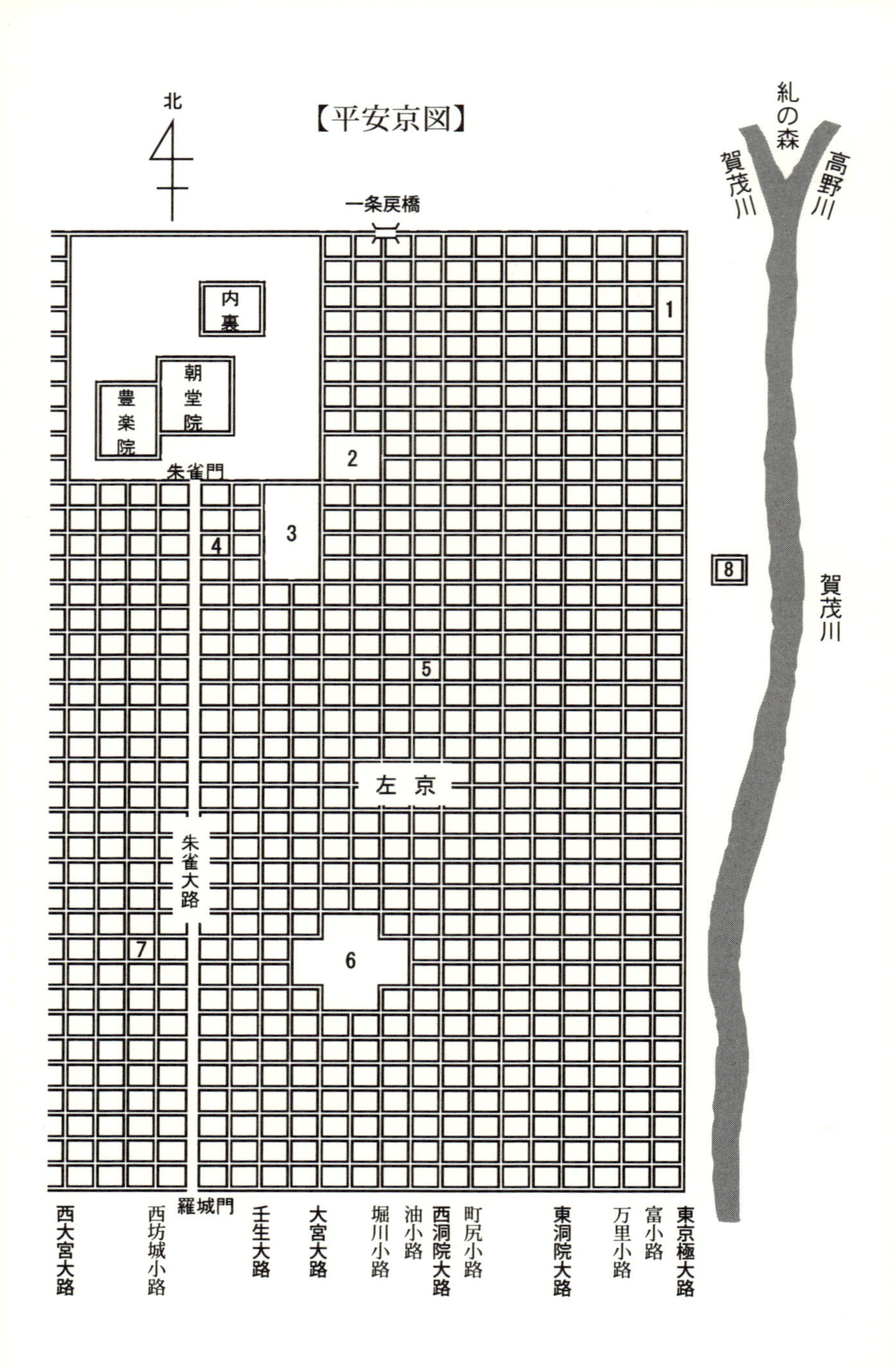

【平安京図】
北
紀の森
賀茂川
高野川
一条戻橋
内裏
朝堂院
豊楽院
朱雀門
1
2
3
4
5
6
7
8
賀茂川
左京
朱雀大路
羅城門
西大宮大路
西坊城小路
壬生大路
大宮大路
堀川小路
油小路
西洞院大路
町尻小路
東洞院大路
万里小路
富小路
東京極大路

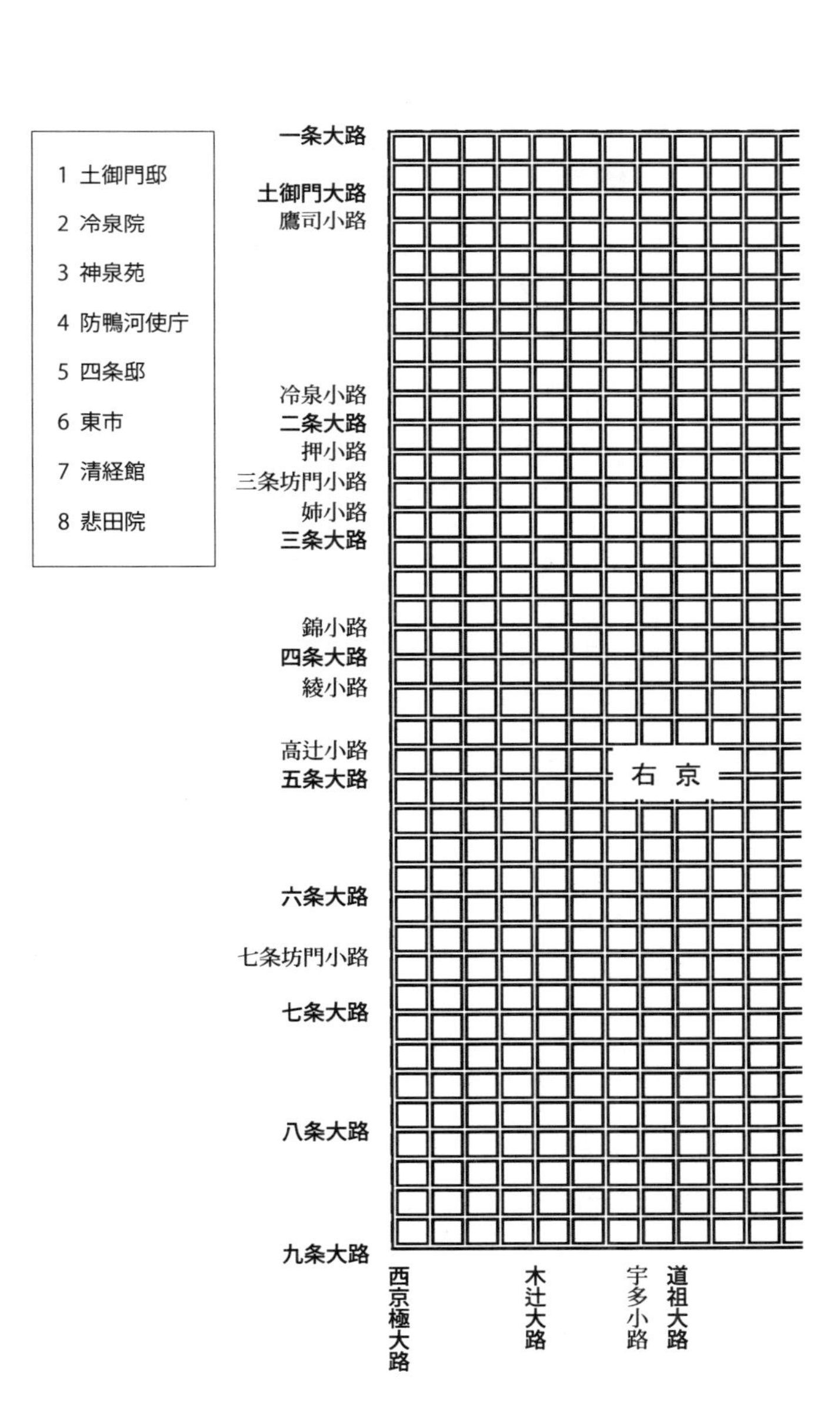
1 土御門邸
2 冷泉院
3 神泉苑
4 防鴨河使庁
5 四条邸
6 東市
7 清経館
8 悲田院
一条大路
土御門大路
鷹司小路
冷泉小路
二条大路
押小路
三条坊門小路
姉小路
三条大路
錦小路
四条大路
綾小路
高辻小路
五条大路
六条大路
七条坊門小路
七条大路
八条大路
九条大路
右京
西京極大路
木辻大路
宇多小路
道祖大路

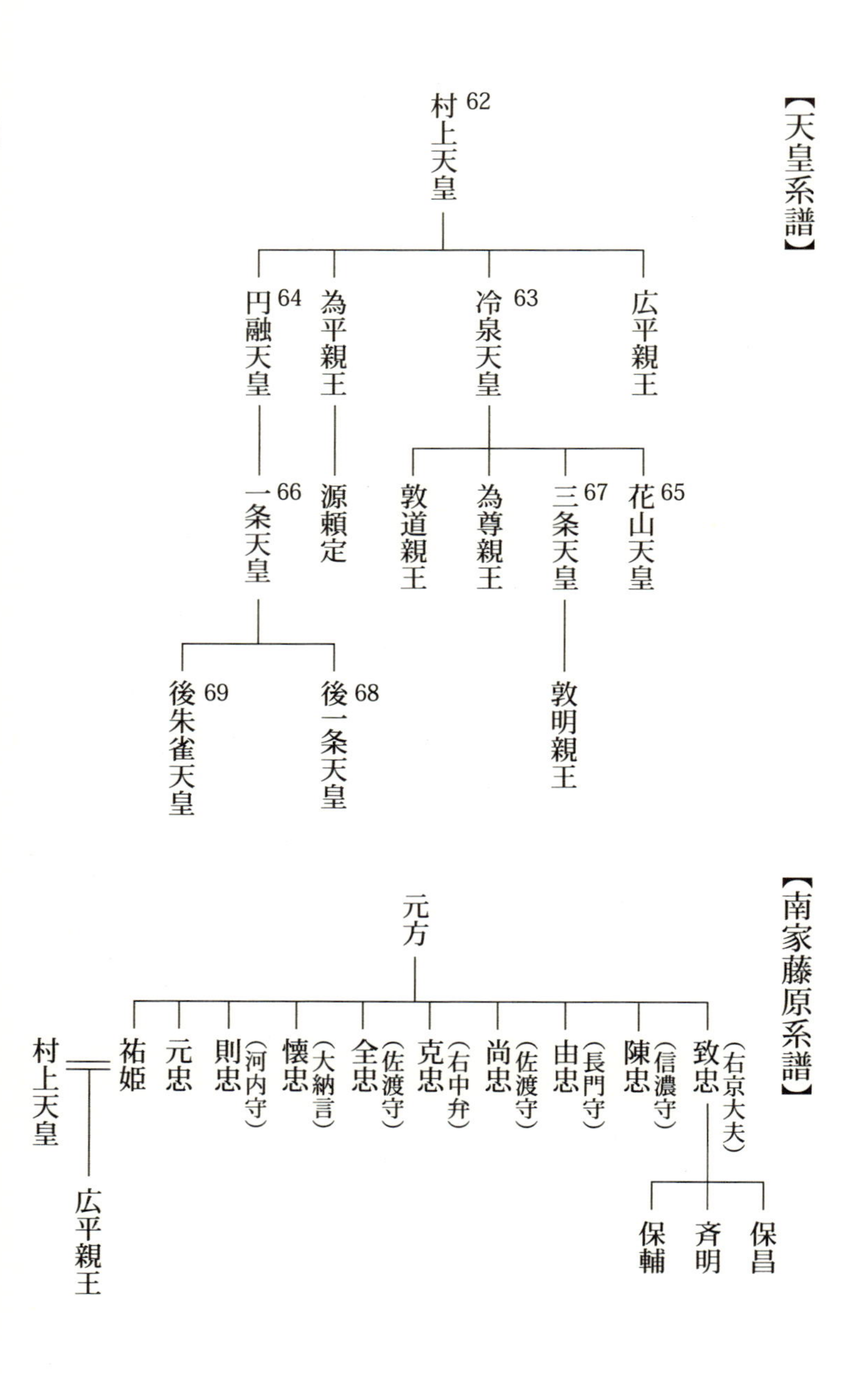
【天皇系譜】
村上天皇 62
広平親王
冷泉天皇 63
為平親王
円融天皇 64
花山天皇 65
三条天皇 67
為尊親王
敦道親王
源頼定
一条天皇 66
敦明親王
後一条天皇 68
後朱雀天皇 69
【南家藤原系譜】
元方
致忠（右京大夫）
陳忠（信濃守）
由忠（長門守）
尚忠（佐渡守）
克忠（右中弁）
全忠（佐渡守）
懐忠（大納言）
則忠（河内守）
元忠
祐姫
村上天皇
広平親王
保昌
斉明
保輔

【北家藤原系譜】

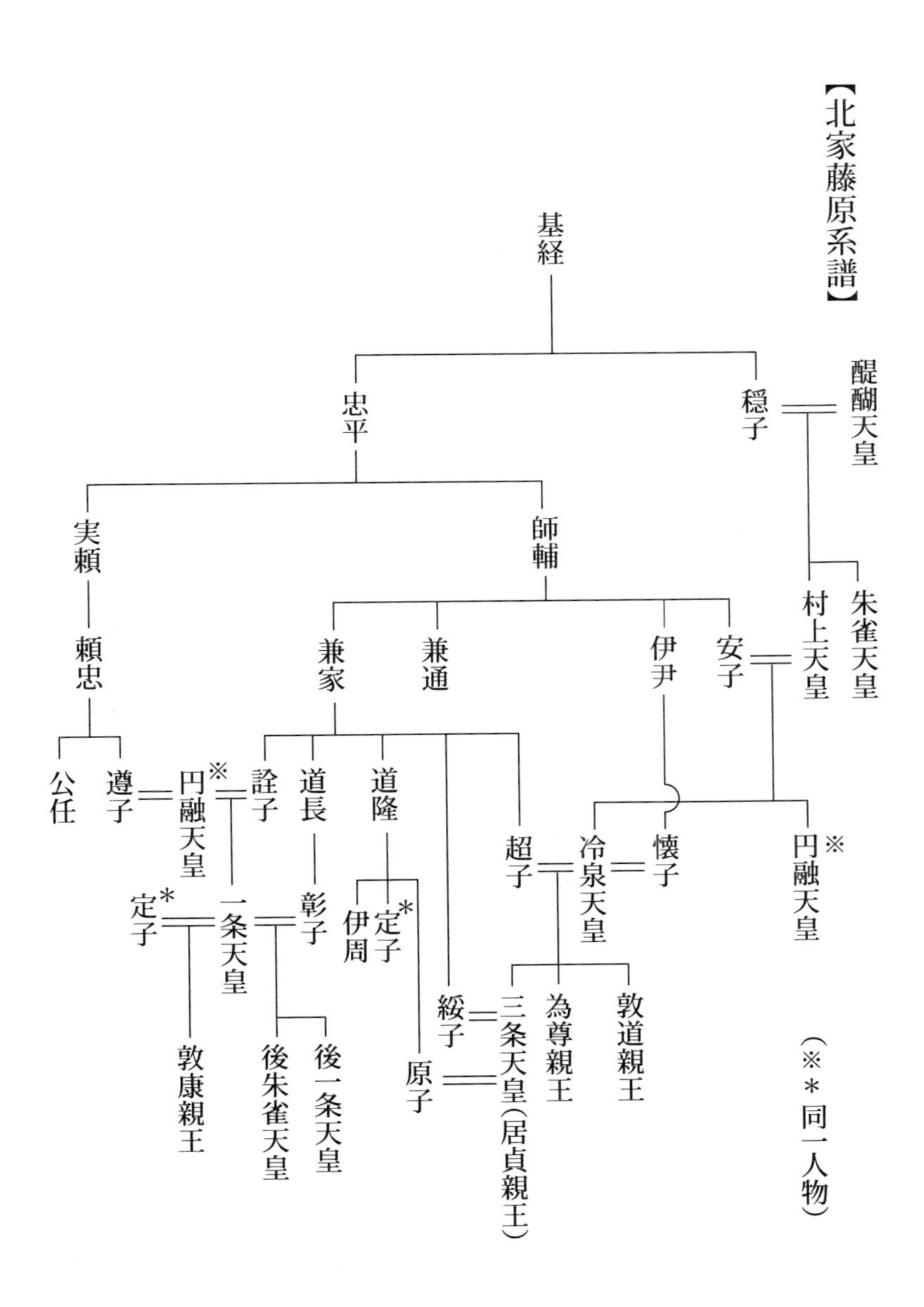
醍醐天皇
基経
穏子
忠平
朱雀天皇
村上天皇
実頼
師輔
安子
伊尹
兼通
兼家
頼忠
公任
遵子
円融天皇※
詮子
道長
道隆
超子
懐子
冷泉天皇
円融天皇※
定子*
一条天皇
彰子
伊周
定子*
綏子
三条天皇(居貞親王)
為尊親王
敦道親王
原子
敦康親王
後朱雀天皇
後一条天皇
(※*同一人物)

カバー画像／国宝　梨地螺鈿金荘餝剣　東京国立博物館蔵

朝廷の儀式のときに正装した高位の公家が帯びた剣。藤原北家（ほっけ）の後裔である広橋家に伝来し、奈良時代の官人、藤原真楯（ふじわらのまたて）が所用したものと伝えられている。

装丁／根本 比奈子

壺切りの剣

――続 防鴨河使異聞――

序章

永延二年（九八八）、盛夏六月、大盗賊、袴垂保輔の獄門首が囚獄司の門前に晒された。

樗（センダン）の枝に突き刺された生首には入念な化粧がほどこされ、かたわらに囚獄司の下部と思われる役人が背丈ほどの樫製の警固棒を構えて控えていた。

門前に京人が群れて好奇の目を向けているが、だれひとり生首に近づき、仔細に見ようとはしない。ときが経つとともに観衆は増してゆくが、遠巻きの輪はいっこうに小さくならなかった。

そのはずで、生首は口をゆがめ、おおきくみひらいた両の眼が天空をにらみすえて、近よろうとする者を威嚇しているかに思えたのだ。

すると、人ごみを割って、托鉢僧が恐れるようすもなく、生首に手が届く近くまで歩みよった。

僧は無言で生首をみつめてから、ゆっくりと両手を合わせ、念仏をとなえはじめた。

「刑死人への供養は無用になされ」

僧ということもあってか下部は低い声で穏やかにさえぎった。だが僧は読経をつづける。

「経は無用だと申すに」

下部はあらためて大声で告げた。僧の口から経がとぎれることはない。

下部は舌打ちすると僧と生首の間にわって入り、警固棒を僧の眼前に構えて、

「すみやかにたち去れ」

と両腕に力をいれた。僧は応ずる気配もない。下部は無視されたのを恥じるように、僧の胸元に警固棒を強く押しつけた。しかし、僧は地から根がはえたように立ちつづけている。

腕力に長けているからこそ獄門首の警固を任されたと自負する下部は、僧がまったく動かないことが信じられない。

「去れ、去れと申すに」

下部は目をむき、口をとがらせて警固棒をおさめて退くと僧の背後にまわった。僧は下部の動きを気にかけることもなく、経をとなえつづける。下部は息をつめ、警固棒を上段に構えた。

「経は無用」

叫びながら僧の頭部めがけて警固棒を力まかせに降りおろした。

刹那(せつな)、僧はわずかに体をかたむけた。

警固棒は空を切って大地に叩きつけられた。すかさず僧は警固棒を足で踏みつける。下部が警固棒を引き上げようと力を込めるが抜けない。僧は踏みつけたまま何ごともなかったかのように生首の眼に指をふれると読経の声をたかめた。

観衆は好奇の目で、生首にあてた僧の指先を注視する。

僧は指先を二度三度と上下させて眼から離し、読経をやめると合掌した。

みひらかれていた生首の両眼は閉じられていた。

それから僧は初めて足下に警固棒を踏みつけていることに気づいたかのごとく、穏やかな表情を下部に向け、足をゆっくりとはずした。

下部はすかさず警固棒を胸元にひきつけ、息をつめ、再び僧に打ちかかろうと身がまえる。

「むっ……」

下部はそのままの姿勢で息を吐く。打ち込むすきがないのだ。

「この首、追討宣旨(ついとうせんじ)を受けること十五度(たび)」

僧は下部から目をそらせ、観衆に話しかけた。

「人家に押し入ること数知れず」

僧はつづける。

「このなかに、この男に金品をうばわれた者は居(お)るか」

僧の問いに名乗りでる者はない。

「さもあろう。この者が押し入った先は公家等の館(やかた)ばかり。血まなこで捕らえようとする検非違使(けびいし)等の追尾の手をかいくぐり、逃げのびること数知れず。吾等貧しき京人には痛快至極な捕り物」

僧の言葉に観衆が頷く。

平素、公家達の横暴に悩まされている京人は、保輔が町家でなく、官人、公家の館だけねらって押し入ることに拍手喝さいしながら、この大捕り物を見守っていた。

「この大盗賊に袴垂と名づけたのは誰か？」

僧が声をはりあげ問いかける。答える者はない。

「名づけたのはおぬし等ではないのか？」

僧は観衆に向けて両手をおおきくひらく。

「袴垂とは着けている袴を垂れる。すなわち脱ぎ捨てる。そういうことだ。では、袴をはいている者達は誰か？」

再び僧が問う。

「官人、貴人の方々よ」

観衆のひとりがすぐに応じた。

「保輔は官人の証である袴を脱ぎ捨て大盗賊になった。おぬしらは保輔が官人であることを知っていたからこそ、袴垂と呼んだのであろう」

観衆がひとしく頷く。

「では、たずねる。袴垂保輔のまことの名は？」

観衆が眼をみひらき、次の言葉を聞きのがすまいとわずかに顎を前にだす。僧は誰かが名を告げるのではないかとしばらく待つ。

「知っておる者は申されよ」

僧は観衆のすみずみまで目をはしらせて待ってみたが答える者はいない。

「もったいぶらずに早く申せ」

観衆のひとりがいらだった声をあげた。僧は声のぬしに一瞥をくれてから生首のかたわらにさらに近づいた。

「この男の名は、ふ、じ、わ、ら、だ。藤原保輔と申すのだ」

一言ひとこと区切って大声で告げた。観衆から落胆の吐息がもれた。

「藤原？　牛車に乗った官人に石を投げれば、当たった者の半分は藤原。あっちもこっちも藤原だらけ。もったいぶって問いかけるほどのことではないわ」

観衆が毒づく。

「そのようなこと軽々しく申すでない。ほれ、ここで聞き耳をたてている囚獄司殿も藤原であるかもしれぬ」

僧はかたわらに立つ下部に向かって顎をしゃくって指す。それは謝っているように見えたが、どこかにからかいも感じられた。それから再び観衆に向きあうと、

「この大盗賊はそのような、どこにでもころがっている雑魚の藤原ではない。藤原に四家あることを存じておろう。すなわち、今を盛りの藤原北家、それに次ぐ藤原南家、そして衰退一途の式家と京家。保輔は藤原南家の嫡流である致忠の子息。右兵衛の尉だった」

と声を張りあげた。観衆がどっと湧く。

「そのような者がなぜ盗賊になりさがったのだ」

すかさず観衆の中からの声。

「愚僧は知らぬ。知りたければこの生首に訊いてみよ。それより驚いたことに、その南家の長である

致忠も捕らえられて獄舎につながれている」

僧は身体（からだ）をよじって囚獄司庁の門内を指さした。

「致忠様も盗賊の一味だったのか」

また観衆から声。

「南家の長者、そのようなことはない」

僧がおおげさに首を横に振る。

「ではなぜ、捕らわれたのだ。おかしいではないか」

「致忠はおのれの息子、すなわち保輔をかくまい、逃亡に手をかした故に捕らえられた」

「それなら頷けるぞ」

観衆のおおくが首をたてに振った。

「保輔が捕らえられたのは二日前。続いて昨日、致忠も捕縛された。もし致忠も一味であるならば保輔の投獄を知って身の危険を感じたはずだ。おぬしが致忠ならどうじゃ？」

僧は観衆のひとりに問いかける。

「吾なら、息子が捕らわれたとなれば、とるものもとりあえず京から逃げだす。それしかない」

問われた男が即座に応じた。

「さもあろう。ところが致忠は保輔の捕縛を知らされていたにもかかわらず、ゆうゆうと自邸で宴（うたげ）を催していたのだ。致忠は今をときめく右馬権頭（うめごんのかみ）だ。富と官職ともどもなんの不満もないはず。そのような者が盗賊の一味であるわけがない」

「そうは申すが、致忠様と袴垂保輔は親子。お館に逃げ込んでくれば、かくまうのが親の情というもの。となれば捕縛もやむを得まい」

観衆から声が飛ぶ。

「囚獄司の官人等が昨日、致忠、保輔を左衛門の射場(いば)に閉じ込めた。そこで保輔を責めたてて、致忠が一味であるか否かを問いただした」

左衛門の射場は宮中を守る衛兵達が弓の訓練や競技をおこなう場所で、囚獄司庁舎に隣接して建てられている。四周を高い土塀で囲んだ射場の出入門は一ヶ所だけであることから、しばしば罪人の尋問や拘留に利用されていた。

「まるでその場に居たような物言い。その場に居たのか？　そんなことはなかろう」

観衆からさらに声が届く。

「居たかもしれぬ。いや居なかったかもしれぬ。それはおぬしらが好きに判ずればよい。さて、その先を聞きたいか」

僧は秘密めかした小声で観衆にささやきかける。皆がいっせいに頷く。

「保輔はどんなに責めたてられようとも父親は無縁、無罪だと訴えた。それをくつがえさせようと囚獄司の官人どもは言い張る保輔を、杖(じょう)ではげしく打ちすえた」

「保輔は認めたのか？」

「認めるわけがなかろう」

「囚獄司の責問はきびしいと申すぞ」

「杖で叩かれた背の肌はやぶれ、肉が飛びだし、血まみれになった。だが保輔は顔もしかめず、こう言い放った」

そこで僧は思いいれたっぷりに言葉をきった。観衆は息をのみ、僧の口もとをみつめる。

「もし、吾が偽りを申しているなら、吾が腹中は黒いはず。そう叫んだ……」

僧はまた言葉を切って観衆を見わたした。

「腹が黒いか否かはどうやって分かるのだ」

息をつめて聞いている観衆が口々に聞きかえす。僧は両手を前にだして上下に振り、騒然とする観衆に鎮（しず）まるよう、うながす。

「保輔は……」

僧が一段と声をはりあげる。観衆が一瞬にして沈黙した。僧は満足げに頷くと、こんどは声をおとして、

「保輔は尋問のすきをつき、警固の下部等が押さえる手を振りきったのだ」

観衆が僧の次の言葉に耳をそばだてる。

「振りきって正面壇上に座っていた藤原為家殿を襲った」

おおっ、というどよめきが観衆からおこったがすぐにやんだ。僧の口もとがかすかにゆるむ。いまや観衆の関心を少なからず掌握したことを僧は感じていた。

為家は獄囚司正（かみ）、すなわち囚獄司の長官である。京では剛の者として知られ、罪人には容赦しない非情な長官として恐れられていた。

「壇上に駆けあがった保輔は為家殿の腰に食らいつき、為家殿が下げている太刀の束(つか)に手をかけ、引き抜いた」

　僧はあたかもその場に居たかのように太刀を引き抜く仕草をする。観衆は猿楽(さるがく)芝居をみるように僧の一挙手一投足に見いる。

「それを為家殿の喉元に突きつけた」

　観衆が吸い寄せられるように身体を僧の方にかたむける。こんどは誰も僧に話のさきを急がせるようなことはなかった。観衆は僧の話の進め方を会得してしまったのだ。むしろ僧が先を言わないことで観衆一人ひとりがその先を勝手に想像し、楽しんでいるかにみえた。僧は観衆がしびれをきらして先を催促するのを待つ。

「突き殺したのか？」

　とうとう観衆から声があがった。

「ならば今ごろ、京は大騒ぎ。そうではない。保輔は為家殿に左手を前にだすよう命じた」

　僧はあたかも己の左腕を為家の腕であるかのごとく、観衆の前につきだした。

「腕を切り落としたのだな。まるで羅城門での鬼退治のようだ」

　観衆が拍手し喝采する。

　昨年、源頼光に仕える渡辺綱(わたなべのつな)が荒廃し放置された羅城門に住むといわれる鬼の左腕を切り落として持ち帰ったという噂が京でひろく流布した。後日、その腕は老婆に変身した鬼によってとりもどされたという噂がさらに京人の興味をひいた。

観衆が為家に鬼を重ねたのはあきらかだった。

「早合点するな。だがよい折だから教えて進ぜる。鬼はなぜ老婆に変身してまで腕をとりもどしたかったのか、分かるか？」

観衆が首を横に振る。

京人の多くは鬼がなぜ切り落とされた左腕にそれほどまでに執着するのか、いまひとつ分からなかった。切り落とされたのなら仕方ない、あきらめて京から去ればよいのに、渡辺綱にかなわないのを承知で老婆に変身してまでとりもどしたことに、なにか謎めいたものを感じていた。

「おぬし等の身体（からだ）には魂が宿っている。愚僧にもな。同じように鬼にも魂は宿っている。そうであろう」

問いかける僧に観衆が頷く。

「では、切り落とされた腕と片腕のない身体。どちらに魂が宿っていると思われるか？」

僧は楽しげに問う。

「身体に決まっておろう」

分かり切っていると言わんばかりに観衆のひとりが決めつける。

「そうと言いきれるかな」

「切り落とされた腕に魂が宿るとでもいうのか」

「人ならば、そうかもしれぬ。だが、鬼にあっては切り落とされた腕にこそ魂が宿るのだ。腕をもがれた身体は空蝉（うつせみ）。だからこそ、鬼は生き返るために老婆に化けて魂の宿る左腕を取り返したのだ」

観衆がなるほどといった顔で頷く。

「鬼の話はそれくらいでよい。囚獄司正殿の腕はどうなったのだ」

「おお、そうであった」

と僧は急にきびしい表情になると、

「保輔は為家殿の左腕をにらみすえると、太刀を真横になぎはらった」

と、さも太刀を持って水平に一閃したかのごとく右腕をおよがせた。その先を聞きのがすまいと観衆は思わず手をかたくにぎりしめる。

「床に落ちた」

僧がことさら声をたかめた。観衆は落ちたのが左腕であることを疑わない。そう思わせるに十分な言い方であった。

「落ちたのは左腕の袖だ。保輔は為家殿が着付けている直衣（のうし）の袖を切り落としたのだ」

手に汗していた観衆に落胆の吐息がもれた。

「腕でなく、袖を切り落としただと。なぜ腕を切り落とさぬのだ」

観衆の声にはあまりの期待はずれに怒りさえふくまれていた。

「おぬし等のなかに、ひらひらと風になびく直衣の袖を太刀で切り落とせる凄腕の持ち主がおるか？おるまい。太刀を持てばおぬし等でも腕は切り落とせる。だが軽やかな布を切り落とすとなれば、北面の武士（もののふ）でもかなうまい。京ひろしといえども、これができるのは保輔ただひとり」

「己の腕前を見せつけるために袖を切り落としたのか？」

興ざめた観衆の声。

「いいや、そうではない。これから愚僧の申すことを、とくと聞かれよ」

僧はいちだんと声をはりあげる。観衆が期待の目を僧にむける。

「保輔は切り落とした袖をひろい、それを刀身の中ほどに巻き付けた。刃を上にして布を巻いたところを片手で握ると、もう片方の手で己が着付けている衣の前を開き、腹をさらしたのだ。あっけにとられる囚獄司の官人達に、『父(てて)は吾とは無縁、無罪。もし吾が偽りを申しているなら、吾が腹中は黒いはず。照覧あれ！』。そう叫んで、太刀を脇腹に突き刺し、横真一文字にかき切った。こぼれ、吹き出た臓物をつかみだし、為家殿に向かって投げつけた」

観衆から吐息すら聞こえなかった。息をつめ、口をかたく結んで、なにかに耐えているようにみえた。

「で、臓物は黒かったのか」

ややたって観衆のひとりが顔をしかめて訊いた。

「いや、流れでる血に染まった臓物のどこにも黒いものはみえなかった」

僧は告げながら首を横に振った。

「では、致忠様は無縁、無罪ということになる」

観衆の多くが口々に応じた。

「そうだ、致忠は無罪。みなもそう思うであろう。無罪、無罪だ」

僧は観衆の声々に呼応して一段と声をはりあげた。

「おお、無罪、無罪だ。ならば致忠様は放免されたのであろうな」

観衆が訊く。

「ところが、保輔が死を賭して父親の無罪を証したというのに、致忠は今も左衛門の射場に捕えられたままだ」

「そんなことはあるまい」

「嘘か真実(まこと)かそこに立つ下部殿に尋ねてみるがよい」

僧はことのなりゆきに呆然とする下部を指さす。

観衆が不審をつのらせ、ことの真意を確かめようと生首のかたわらに立つ下部に殺到する。下部は警固棒を握りしめ、

「さわぐな、しずまれ」

と怒鳴った。

「まこと、致忠様は解き放たれておらぬのか」

「まだ、左衛門の射場に留め置かれているのか」

観衆が下部を取り囲み、口々に訊く。

「そのようなこと、吾が知る由もない。去れ、ここより立ち去れ」

下部は声を荒げて警固棒を前に突きだす。

「どうだ、これから左衛門の射場におもむき、吾等の思いを届けようではないか」

僧は身体をよじり、衣をなびかせて両手を天空につきだす。

「致忠を解き放て！」

僧はありったけの声をだして観衆をあおりたてた。

「致忠様を解き放て！」

観衆が復唱する。

「致忠は無罪だ。すぐに解き放て」

僧がすかさず先導する。

「致忠様は無罪だ。すぐに解き放て」

叫びながら観衆は門へと動きだした。下部が門前に立ちはだかり警固棒を水平に構えた。

「ならん、ならん。門内に踏みいれば、ことごとく捕らえて投獄するぞ」

下部は声をかぎりに制止しようとするが僧に先導された観衆は分別を忘れて門内になだれ込んだ。

もはやとめられぬとみた下部は応援の役人を要請するため警固棒をかかえ、大声をあげながら囚獄司の庁舎めがけて走った。それを追いかけるように観衆が次々に門内に入っていく。僧を先頭に千人を超える観衆が口々に、解き放て、解き放て、と叫びながら射場に向かって足並みをそろえる。

観衆が囚獄司庁舎の塀にそって射場の出入門が望めるところまで進んだ。そこで先頭の者達がとまった。先へ進まぬ列に後から後から押し寄せる人々で身動きがとれなくなる。

「とまるな。射場まで進め」

後方から声が飛ぶが先頭は寸分たりとも動かない。前方、射場の出入門前に五十名を超えると思われる官人が弓に矢をつがえ、観衆に標的を合わせて弦を引きしぼっていた。

解き放て、と叫んでいた観衆は口をつぐみ、弓が己の胸元に向けられているのに恐怖をおぼえながら、先導した僧がどう応じるのかを見極めようと目を弓矢からそらせて僧が居るとおぼしき列の先頭に向けた。

ところが、僧の姿はどこにも見あたらない。さっきまで僧ははっきりと列の先頭で大声をあげて走っていたはずだった。

僧が居ないことに気づいた観衆は、まるで呪縛がとけたかのごとく、なんの関わりもない官人の拘束に腹をたて釈放をさけび射場まで駆けつけた愚かさに気づいた。

まさに蜘蛛の子を散らすように観衆は今、抜けてきた囚獄司の門外に我先にと走った。

観衆の抗議が功を奏したのか、その数日後、藤原致忠は釈放された。しかし、致忠は右馬権頭の地位を更迭され二階級下の右馬尉に降格された。

ひと月後、囚獄司正、藤原為家が賀茂河原に惨殺体となって投げ捨てられていた。

第一章　野分

（一）

中国の長安に模した平安京を山背（やましろ）（旧地名）の地に造ったのは延暦十三年（七九四）のことである。

山背は谷口扇状地で、何万年もの間、賀茂川が網の目のように縦横に流れ、大地を刻みつづけていた。

造都に際して、長安の構図に固執するあまり、幾筋にも分かれて流れていた賀茂川を一ヶ所に集め都の東端に北から南にほぼ一直線に堤防で押し込めた。

堤防は長さ約五キロ、京の最北端一条から最南端の九条にわたって構築された。

日本の河川の堤防が連続して築かれるようになるのはおもに明治以降のことで、その千年も前にこのように長い堤防が秦氏などの渡来人によって造られたのは希有なことである。

降雨で河水が増すと元の流路に戻ろうとする賀茂川、それを押え込むための堤防。

この土木技術の粋を集めた賀茂川堤でも氾濫は防げず、平安京は遷都直後から人と川が対峙することを運命づけられていた。

賀茂川は強大な野分（台風）が襲来する度に決壊、氾濫を繰り返し、京に住む人々に甚大な被害を与えた。

もちろん為政者は手をこまねいていたのではない。

賀茂の堤防を維持管理する『防鴨河使（ぼうがし）』を組織して必死に氾濫を防ごうとした。

とは言っても防鴨河使は臨時に設けられた官衙（かんが）（役所）で、防鴨河使長官（かみ）、判官（じょう）、主典（さかん）の管理職の下に五十名に満たない下部（しもべ）達で構成された小さな組織であった。


長保三年（一〇〇一）、七月、初秋。

半月が雲間から時々闇を照らし出している。

七条坊門小路と西城門小路が交わる一郭に建つ館の戸口を激しく叩く老人がいた。

老人の手には松明が握られていて、時折、強い風が炎を消すように吹き過ぎていく。

「もうし、もうし、主典殿、起きてくだされ」

老人はあたりを憚らぬ大声で何度も戸口を叩くが一向に人の起きてくる気配はない。

業を煮やした老人は松明の炎を壁際に掲げて目をこらし、戸口の近くに置いてある太い薪を探し出すと、それを手にして戸口を思い切り叩いた。

「もうし、もうし、清経殿、起きてくだされ」

老人の声は悲鳴に近くなっていた。

「誰だ？」

屋内から声がし、内側から勢いよく戸口が開いた。

いかにも眠そうな声で現われたのは骨格のたくましい若者だった。

「亮斉ではないか。一体どうしたのだ」

「やっと、目を覚まされましたか。若い者はいいですな、そのようにぐっすりと眠れて」

亮斉と呼ばれた老人は心底、うらやましげな声をあげた。

「このような深夜になにごとだ」

清経は松明に目を細める。

「すぐに三条堤まで来てくだされ」

亮斉の声が急に緊迫する。

「明日まで待てぬのか」

「耳をすましなされ、尋常でない風の音が聞こえませぬか」

「亮斉が申したように吾はぐっすり寝入っていた。風の音など聞こえるはずもない」

「情けない。ならば雲を見なされ。月をさえぎり、矢のような速さで西から東へと流れているのが分かりますか」

「いつもより雲の流れは速いようだ」

「清経殿は防鴨河使の主典。わたくし達下部を束ねる者。その清経殿が風の音と雲の流れになにも感じないとは」

「亮斉、持って回った言い方はやめてはっきり申せ」

「野分が二刻を経ずに京を襲いますぞ」

「雲間から月が見える。野分が来るなどと戯れを申すな」

「戯れですと？　この亮斉、雨風の占いでは京ひろしといえども、陰陽師より当たるといわれていること、主典殿はご存じのはず。月は間もなく厚い雲に覆われますぞ」

戯れだ、と言われたことに腹をたてたのか、亮斉は左手の薬指を天に突きだした。

亮斉の家系は代々防鴨河使下部を勤め、天候予測に特異な才能を発揮した。どんなに晴れた日であっても亮斉が、明日は雨になる、と告げる時がある。そしてそれは驚くほど的中した。

代々亮斉の家に生まれた嫡男は二歳になった雨降りの夜に左手薬指を竹筒に差し込んで父が折る習わしが連綿と続いているという。

その日から父は一日も欠かさず嫡男に天気を占わせ、必ず折った薬指にどんな異常が生ずるか頭にたたき込んだ。こうして薬指に生ずる微妙な疼痛から晴天降雨の有無、その強弱を言い当てられるようになる。

疼痛の種類は何十種類にも及ぶという。

「この薬指に今までにない異常な痛みが感じられます。これは野分の前触れ。それも途方もない大きさ。体が天空から強く押さえ込まれるような恐ろしい力に満ちています」

亮斉の言葉の端々に野分への恐怖心がこもっているのを感じた清経は、亮斉を戸口から館内に導くと、居室に戻り、手探りで着物を着替え、再び土間に戻るとふたりして外に出た。

「すでに蓼平(たでひら)達下部は三条堤に参集し、清経殿が参られるのを待っております」

「このこと、防鴨河使長官や判官(じょう)殿にお報らせせねばならぬ。亮斉は先に三条堤に走ってくれ」

「長官(かみ)の館まで報せに参れば、清経殿が三条堤に到着するのは一刻後、いやそれ以上にかかります。そのような猶予はありません。長官様には後ほどに告げるとして三条堤に一緒に参りましょう」

七条坊門小路を一町半（約百六十メートル）ほど東に歩き、朱雀大路の辻に出ると左に曲がって朱雀大路を北に向かった。

月は亮斉が言ったように雲のなかに隠れて大路は漆黒の闇になっていた。

ふたりは松明の明かりを頼りに大路を足早に進む。

風が徐々に強くなってきていた。小半刻（約三十分）ほど大路を進み、やがて三条大路との辻に出る。その頃になると松明の炎が吹き消されるほどの強い風が大路、小路、辻々を通り抜けていくようになった。

ふたりは辻を右に曲がって三条大路を東に進む。三条大路と東洞院大路が交わる辻を過ぎると大粒の雨が降り出した。

「亮斉、河原に住まう者達はどうしている」

「昨日、闇丸(やみまる)殿に河原から退去するよう報らせておきました。すでに七条、八条の河原に人っこひとりおりませぬ」

「河原に住まう者は一万八千人にちかいのだぞ」

「闇丸殿のこと、誰ひとり河原に残る者なく、対岸の東山の方に退去したようです」

地方から追われるようにして上京してくる人々が京に受けいれてもらえず帰郷することもならぬまま賀茂河原に葦小屋を建てて暮らしはじめたのは造都当初からだと言われている。

貞元元年（九七六）の地震、永祚元年（九八九）の野分、正暦四年（九九三）の裳瘡すなわち疱瘡の猛威、それにともなって発生する飢饉、疫病。それらの厄災を免れるために地方から京に人々が押し寄せた。

その人々を京人や官人等は助けもせずに放置し、さらに京内から追い出した。

行き場を失った者達は河原に住み着くしかなかった。

京人は彼等を『河原に住まう者』と呼んで決して京内に住むことを許さなかった。

年を経るごとに河原に住み着く人は増えて今では二万人にちかいと言われているが正確な数を把握している者はいなかった。

その『河原に住まう者』を束ねているのが『闇丸』と噂されてすでに久しい。

今では伝説的な人物として京人から畏敬の念と恐れを持たれていた。

「なるほど河原に住んでいれば吾等防鴨河使より河水の増減には用心をしているからな。それにしても闇丸殿の統制ぶりはみごとなものだ」

清経の足が速くなる。老いた亮斉が遅れがちなった。それでも亮斉は必死に清経のあとを追う。

雨はやがてたたきつけるような激しさに変わった。亮斉が手にしていた松明が風と雨で消えた。さいわいにも夜は明けはじめていて、歩くのに支障とならぬほどに闇は浅くなってきていた。

東京極大路の辻に行き着くと、そこに下部の筆頭格である蓼平が立っていた。

「待っておりました」

荒い息を吐く亮斉を抱えるようにして迎えた蓼平は東京極大路を横切り、その先の空き地を横切って三条堤までふたりを導いた。

堤上に防鴨河使下部達が身を寄せ合うように清経と亮斉を待っていた。

下部達は鍬を手に持ち、幾重にも巻かれた縄の束を襷掛けにしている。

「ここには一刻ほど前に着きましたが、すでに賀茂の瀬音は耳を圧するほどでした」

蓼平が目をこらして賀茂川をにらむ。

「賀茂川上流の鞍馬、貴船さらには叡山などに、昨夜来から激しい雨が降り続いているのだ」

亮斉が息切れしながら蓼平に諭すように告げる。清経は素早く下部達の人数を数えた。

「まだ参集していない下部達がいるようだが」

清経が把握した限りでは下部は三十名である。下部の総勢は四十五名、十五名の姿がない。

「下流の四条堤に五名、上流の二条と一条堤にもそれぞれ五名の下部達を監視に配置しました」

蓼平が告げたそのとき、突然、閃光が走り、同時に天空を割るような雷鳴が轟いた。

それが合図であったのか、風と雨が急激に強まった。

「賀茂川の水位がどんどん上がってゆきますぞ」

下部のひとりが恐ろしげに呟く。真っ直ぐ降り落ちていた大粒の雨滴は強風に煽られて横からふきつけるようになった。下部達は何一つ避けるものがない堤頂で全身を風雨にさらしてなすすべもなく流れを見ているしかなかった。

「一条堤が切れなければよいのだが」

亮斉が不安げな声をあげた。

「一条堤を切らしてはならぬ」

清経が即座に応じた。

「だが、このまま雨が降り続けば、一条の堤は危ういですぞ」

亮斉が首を横に振る。

「一条河原は糺(ただす)の森と一体となった神聖な地。十月吉日、下賀茂社に帝は御幸(みゆき)なさる。その往復(ゆきき)は一条河原をお進みなさる。その堤が崩れると御幸に大きな支障がでる。そうなれば防鴨河使庁はその責を厳しく問われる。防鴨河使長官がもっとも嫌うことだ。ぜひとも一条堤は守らねばならぬ」

清経は言ってみたが、一条堤を守る手だてなど思い浮かぶはずもなかった。

雨は厚みを増して滝のような激しさになっていた。

河水は堤頂より一間(約一・八メートル)ほど下まで迫っていた。

「雨は止まぬか」

清経は天空を睨む。滝のような雨は長続きしないと誰かに教えられた気がする、そしていつもその通り長続きせず小降りになってゆくのが常であった。

「やみませぬ」

亮斉の声は確信に満ちていた。

強風に煽られた河水が巻きあがり、堤の斜面にそって上昇し、下部達を襲う。

その凄まじさに下部達は思わずその場から逃げ出したい衝動を必死に堪えていた。

そこへ、一条堤と二条堤に配置した下部十名が腰を低くして強風を避けながら転がり込むようにして戻ってきた。

「一条堤はどうなのだ」

蓼平が声を張りあげる。大声でないと風雨の音で聞こえないのだ。

「一条堤の頂まで河水が届きそうな勢い。このまま雨が降り続けば堤を越えて賀茂の水が街に流れ出ます」

下部が怒鳴るようにして告げた。

「二条堤は？」

亮斉の急かすような声。

「二条堤も同じこと」

二条堤に配置されていた下部が答えた。

「一条、二条堤を監視する者は誰も居らぬのだな」

蓼平が怒声を発した。

「一条堤も二条堤も、いつ崩れてもおかしくないように見受けられました。そこに留まれば、吾等の命はありません」

下部は怒りを含んで言い返した。

「いかん、いかんぞ」

亮斉が腹から絞り出すように叫ぶ。

「亮斉、一条堤を守る手立てはあるのか」

清経が訊いた。

下部達は固唾をのんで亮斉の方に耳を傾ける。

「三条堤を切り崩すことだ」

亮斉の返答に下部達は己の耳を疑った。

「亮斉殿は平素より三条堤は賀茂川の急所と申していたはず。一条堤を守るために三条堤を切るなど信じられませぬ」

蓼平が反意を示した。

一条から九条へと流れ下る賀茂川の落差はおよそ十間(約十八メートル)と言われている。すなわち賀茂川は一条から九条まで一里半(約六キロ)の距離を十間の落差で馳せ下っている。勾配が急なるが故、最上流の一条、二条堤は下流の堤より脆弱にできていた。それでも洪水時に崩れもせず、また河水が越流しなかった。

平素の穏やかさに騙されてはならぬ、賀茂川が急流であることを忘れるな、三条堤から五条堤までのおよそ十六丁(約一・七キロ)の堤こそ京を守る要だ、と亮斉は口を酸っぱくして常々、下部達に説き聞かせている。

「亮斉殿が申すように三条堤を切り放てば賀茂の水位は下がり、二条、一条堤は安泰。しかし三条堤から流れ出す濁水は三条から九条の家々に流れ込み、何百もの家々が流失する惨事となりますぞ」

蓼平がいら立った声をあげる。京の地形は賀茂川の高低差とほぼ同じで一条（北部）から九条（南部）に向かって傾斜している。

「最上流の一条堤が崩れればそれこそ左京全てが濁水に飲まれる。主典殿にどちらを選ぶか決めて頂こう」

亮斉が苦々しげに清経を振り返った。

風がさらに強まり目を開けていることさえままならない。清経は目を細めて天をにらみ逡巡する。

「三条堤を切り崩す」

自らの迷いを絶ち切るかのごとくに大きな声だった。

「切り崩す支度をせよ」

蓼平に賛意がないことは明らかだが腹を決め、命（めい）に従う口ぶりだ。下部達は無言で肩からかけた縄の束を下ろした。

「足自慢の者はいるか」

清経が問うとすぐに五名が応じた。

「三条、四条の街中を駆けめぐり、三条堤が崩れると触れ回れ」

五名は大きく頷くと街へと駆けだした。残された下部達は着衣を脱いでフンドシ姿になるとふたりひと組となり、ひとりが相方の腰に縄の端を巻き付け、縄端を保持した。

「よーし」

蓼平の合図で裸体に荒縄をくくりつけた下部達は鍬を片手に堤の斜面を慎重に下りる。縄の端を持った下部達は堤上で足を踏ん張って斜面を降りていく下部を確保する。十四本の縄が斜面に錯綜している。

河水はすでに堤の頂から四尺（約一・二メートル）下にまで達していた。

河水の際まで下りた下部達は堤体に鍬を突き立てようと身構えた。

「皆、すぐ上がれ、急げ」

突然叫んだ亮斉は綱を確保している下部達の間を走り始めた。

緊迫した亮斉にただならぬ異常を感じた堤上の下部達が縄を軽く緩めそれから力一杯強く引くと、斜面に張り付いていた下部達は縄を手繰りながら身軽に這い上がってきた。

「どうした、亮斉」

清経には緊急に引き上げるような危険な兆候を読みとれない。

「退避、退避すぐ退避」

いつものよぼよぼ歩く足取りからは考えつかぬほどの敏捷さで亮斉は先頭切って堤体外の斜面をかけ下り、後も見ず疾走した。下部達はわけの分からぬままに脱いだ着物と鍬を抱えて亮斉に続き、東京極大路まで走り着くとそこで堤を振り返った。

堤が大きく崩れて濁流が一気に京の街へと押し流れていく。

「助かったぞ。それにしてもなぜ堤が崩れるのが分かったのだ」

清経は崩れゆく堤に恐怖しながらも亮斉の予見が不思議でならない。

「足下でゴロゴロと身体を揺するような音が聞こえませんでしたか。あの音は堤が崩れるときに発する音。思い出しても身の毛のよだつ音です」

亮斉は両腕を抱えて身震いし、恨めしげに天を仰いだ。

「これで一条、二条堤崩壊のおそれは遠のきましたな」

蓼平が複雑な表情をみせた。

「蓼平、皆を連れて街に走れ。先に使わした五名と同様、三条堤が切れたことをふれ回り、避難する人を高みの地に誘導してくれ」

清経がせわしげに命ずる。

「ここはわたくし達でなんとかします。清経殿はこのこと長官様にお伝えくだされ」

亮斉が心得顔で告げる。

「そう致す。だがその前に悲田院(ひでんいん)に参り、病人や赤子を退避させるよう告げねばならぬ」

「ひと月前に清経殿は拾われた赤子を悲田院に預けられましたな」

「預けた赤子も気がかりだが、あそこには五百人を超す病人が収容されている。逃げ遅れたら多くの命が危うくなる」

「院は三条堤の目と鼻の先。もう水を被っているかもしれませぬ。急ぎなされ」

亮斉の言葉を背に清経は悲田院へと駈けだしていった。

その日の夕刻、雨も風もやんだ。厚い雲が吹き去り、夕焼けが京を茜色にそめた。

三日後、野分の爪痕が徐々に明らかになってきた。

三条堤は三十間（約五十四メートル）にわたって基底部から押し流され崩壊していた。

東京極大路沿いに建つ三百家屋ほどが流失し、百人を超える溺死者がでた。

なかでも東京極大路沿いに建っていた悲田院は跡形もなく流され、そこに収容されていた病人の五十名ほどが逃げ遅れて命を落とした。

もし清経が悲田院に駆けつけ収容者を浅瀬に避難させなかったら悲田院の死者は二百人を超えていただろう。

その日、三条大路と東京極大路が交わる辻に常平所（じょうへいじょ）が設けられ、応急に設えた板戸の台に盛られた米に京人が押しかけていた。

常平所は貞観九年（八六七）の飢饉の折、官の米を減価で放出する機関として初めて設けられ、このとき京人は一升につき銭八文の安価な米を買い求めようと雲霞のごとく群がったという。

以後、常平所は飢饉、災害、洪水のたびごとに設置され、いまに至っている。

常平所に群がる人ごみを分けながら清経等防鴨河使一行が崩壊した三条堤が望める空き地に集まっていた。

「明日から崩れた堤を仮修復する」

清経が下部達に命じた。

「仮修復の手順は心得ているな」

亮斉が難しい顔でつづける。下部達は頷いて三条堤の崩壊部に目をこらした。

「今回の仮修復は三十間。まれにみる甚大な修復だ。心して取り組まなくてはならぬ」

蓼平は己に言い聞かすように下部達に告げる。


翌日未明、河水が退いた三条堤の崩壊部に四十五名の下部達が立ち働いていた。

崩壊した堤の前にたくさんの蒲簀（がます）が運び込まれ積んである。

蒲簀とはむしろを二つ折りにして両端を縫い合わせて作った袋のことである。

下部達は蒲簀に土や河原の小砂利を詰め込んでゆく。

程よい量を詰め込んで口を閉じたものを土嚢と呼んだ。重さは八貫目（約三十キログラム）ほどである。

土嚢に仕上げる下部、それを三条堤崩壊部にふたりで持ち運ぶ下部、さらにそれを崩壊部に敷き並べてゆく下部。下部達は手慣れた物腰で作業を進めてゆく。

しかし四十五名で三十間の崩壊箇所に隙間なく土嚢を並べ積み上げるにはあまりに人手が少なかった。

清経は下部達を管理統括する地位にいるが、狩衣の片肌を脱いで土嚢を崩壊箇所に運ぶ者にまじって汗だくになっていた。若いだけあってふたりで運ぶ土嚢をひとりで持ち、足早に運ぶ。

「そのように若さに任せて力だけで土嚢運びをなさると、半日ももちませんぞ」

力仕事をするには歳をとりすぎている亮斉が忠告する。

清経は亮斉を無視してさらに足早に土嚢を肩に担いで運ぶ。下部達は清経の仕事ぶりに笑いをこらえ、ことさらゆとりをもった作業を続けていく。

半刻（一時間）ほど過ぎると清経の動きは急に鈍くなった。亮斉がにやりとする。

さらに半刻、とうとう清経は腰を押さえて座り込んでしまった。

「ことのほかはやくつぶれましたな」

亮斉がいかにも嬉しそうに話しかけた。

「土嚢運びは下部等に任せることにする」

「おや、ずいぶんと神妙な口ぶり」

あたりかまわぬ亮斉の大声。

「清経殿は主典。吾等は下部。それぞれ持ち場があります。はやくつぶれてなによりです」

近寄ってきた蓼平が座り込んだ清経に笑いかけた。

「そうしよう。だがなにもしないで皆が忙しく立ち動くのを見ているのは申しわけなく思えてしかたないのだ」

「こうゆう業は急いてはならぬのです。しばらくは野分が京を襲うこともなさそうです。次の野分が小さいことを祈ってくだされ」

亮斉が慰めるように清経に語りかけた。

崩壊した堤に土嚢を四列にして一間ほどの高さに積み上げ終わるまで一ヶ月を要した。使用した土嚢の数は五千四百袋余であった。

例年、野分が豪雨をもたらし、その度に賀茂川の堤はどこかが崩壊する。崩壊が今回ほど大規模なのは十年に一度、あるいは十五年に一度しかない。通年は崩壊したとしてもせいぜい二、三間（約三・六〜五・四メートル）ほどで、土嚢での仮修復は五日もあれば完成した。

しかし、土嚢を積んだだけの修復では次の野分による氾濫を防ぎようもなく、再び賀茂川の水が京の市街地を水浸しにするのが常だった。

京人は土嚢で応急処置した貧弱な堤を『徒し堤』と呼んだ。仲間同士の話で、『あの者は徒し堤のような奴だ』と口にすることがあるが、それは頼りにならない、アテにならない、と同義で使っていた。

防鴨河使下部達も自戒の念を込めて、仮修復の堤を、徒し堤、と呼ぶ習わしになっていた。

仮修復が終わるのを待つように裳瘡（天然痘）が流行しはじめた。

秋口に流行る疫病は直ぐに終息するといわれていたが、暮れになってやや下火になったものの、翌年の長保四年（一〇〇二）を迎えてもおさまる気配はなかった。

（二）

朱雀大路は大内裏の正門、朱雀門を起点に平安京の中央を南北に貫いている。

幅二十八丈（約八十四メートル）、大路の両側に柳が連なり、真っ直ぐ伸びたその先は羅城門で切れる。

大内裏は天皇の平常の居所である内裏（皇居）を中心として、その周囲に政務や儀式をおこなう朝堂院、大極殿、諸官庁などを配置した一郭である。

大内裏から二町（二百二十メートル）ほど離れた朱雀大路沿いに防鴨河使の庁舎がある。

大内裏内に庁舎が持てないのは法律（大宝律令）で定められた官庁でなく、必要に応じ、臨時に設けられる小さな組織であるからだ。

その庁舎の長官室に長官、判官、主典、亮斉が座していた。

「昨日、熊三と申す者が十数名の京人を引き連れて、民部省に愁訴したこと存じているか」

防鴨河使長官の大江諸行が苦々しげに告げた。

「熊三とは顔見知りですが、そのようなこと耳に入っておりませぬ。なにを訴えましたのか」

亮斉が首をかしげながら応じた。

「いつまで、徒し堤のままで放っておくのか、すぐに本堤に復元して欲しいと訴えたのだ」

諸行は不機嫌な顔で亮斉を一瞥した。

「ほう、で、民部省ではなんと熊三等に申しわたしたのですか」

「そのことについては後日防鴨河使から沙汰があろう。そう答えて追い返したそうだ」

「防鴨河使からどんな話をせよと民部省はお考えなのでしょうか」

「本年は崩壊部の本堤への復元は見送ることにきめたそうだ」

「なんと、復元を見送ると民部省は申したのですか。そのこと長官様はいつお知りになりましたのか」

亮斉が諸行の方へひと膝すすめた。

「民部省に呼ばれた昨日だ」

諸行の顔はさらに不機嫌になった。

「では徒し堤のままで今年は野分の季節をむかえることになるのですな。見送るわけをお聞かせくだされ」

亮斉は目を細めて信じられぬ、といった態で顎をつき出し諸行を窺った。

「民部省では当初、摂津の国司に三条堤崩壊箇所の復元を命じた。ところが摂津は昨年、大凶作。餓死者も出ているとのこと。とても堤の修復などに人手を割くことは叶わぬ、と左大臣道長様に泣きついたそうだ。では、ということで今度は山城の国司に命じたが、こことて摂津と変わらぬ惨状。国司は泣き言を長い文にしたためて、やはり道長様に上申した。次に河内の国司に命じたが疫病が京と同じように流行り、いまだ終息しておらぬ。あれやこれやで賀茂川堤の復元をすぐに請け負える五機内の国司はない、と民部省では申しておる」

賀茂川堤の崩壊箇所復元は五機内、すなわち京に隣接する摂津、大和、河内、山城、和泉の五地方が順繰りにおこなうことに定められている。

堤の復元を命ぜられた国司は地方内の男に雑徭を課して京に送った。

雑徭とは地方の成年男子に税の一部として課せられた労働のことで、年に六十日の労役が課せられている。

雑徭で上京した男達は防鴨河使の指揮のもとで徒し堤を取り除き、そこを元の堤に復元する作業に従事する。雑徭の男達は多いときで五百人、少ないときでも三百人を下回ることはなく、およそ一ヶ月半、ほぼ、毎日復元作業に従事する。

「摂津の国司も山城の国司も民部省をないがしろにして左大臣様に文を差し上げ、三条堤の復元を断ってくるとは、随分とおやりになることがあからさまですな。おそらく嘆願文と一緒に山ほどの絹や金銀が左大臣様のもとに送り届けられたのでしょうな」

亮斉が憚ることなく声を高めた。

「めったなことは申すな。そのようなことが左大臣道長様のお耳に届いたら防鴨河使として居られなくなるぞ」

諸行が声をひそめて警告する。

藤原道長は長徳二年（九九六）に官人九千余人を統括する左大臣に昇進し、すでに六年が過ぎている。

今から三年前の長保元年（九九九）に、十二歳になった娘の彰子を今上帝（一条天皇）の女御として入内させ、左大臣の地位を盤石にしつつあった。

「空き地に堆積した泥や雑物を一ヶ月かけて熊三等は懸命に取りのぞき、洪水前の畠に戻しました。すでに空き地では麦が育ちはじめています。さらにカブラなども育っております。もし徒し堤のままで放っておけば麦の収穫はないかもしれません。五機内の国司が動かぬなら、遠国の国司にお命じになるよう民部省に再度掛け合ってくだされ」

亮斉は諸行の方へさらにひと膝つめよった。

賀茂川堤に沿って走る東京極大路と堤の隔たりは狭いところで一町（約百十メートル）、広いところで二町（約二百二十メートル）ほどである。この間に挟まれた土地を京人は『空き地』と呼んだ。

空き地は堤体の基底部を保護するために必要な土地で、今でいう河川敷にあたる。

空き地は一条から九条まで、すなわち平安京の北の端から南の端まで設けられている。

幅百から二百メートル、長さ約五キロの空き地が賀茂川の堤防に沿って広がっているのだ。

この膨大な空き地に畠を作って作物や麦を作りはじめたのはいつの頃か定かでない。

寛平八年（八九六）、空き地に畠を作ってはならぬ、との禁止令がでている。この法令に京人は猛反発し、禁止令の撤廃を求めて争った。その結果、数年経った昌泰四年（九〇一）、空き地の耕作を認めている。このことからすれば、少なくとも、造京当初からおよそ百年後にはすでに畠が作られていたことになる。

「徒し堤の復元は五畿内の雑徭でおこなうことが定法である。それを民部省が破れると思うか」

諸行が声を強める。

「あのままで放っておけば、今年の野分の豪雨に耐えられませんぞ。野分ばかりではなく、こののち、ちょっとした出水でも京はひとたまりもなく水浸しになること明白です」

平素は温厚な亮斉だが、こと賀茂川のことになると、たとえ上司であろうとも自説を曲げようとしない。防鴨河使としての矜持をすてるくらいなら下部を辞する方がよいと思っているらしかった。

「徒し堤でも少しくらいの出水を防げるのではないか」

諸行は亮斉の苛立ちなど意に介さずに口にする。

「たった四十五名の下部が緊急で土嚢を積み上げた堤など野分が襲えば、ひとたまりもありませぬ」

亮斉は渋い顔だ。

「どうせよと申すのだ」

見かねた防鴨河使判官の紀武貞が割って入った。

「徒し堤のままで放っておくわけには参りませぬぞ。昨年の三条堤決壊で民家や大路、小路の被害が甚大であったことは長官様も判官様もよくご存じのはず。病人の命の綱ともいえる悲田院は流失。三百ほどの民家は跡形もなく流されました。あの惨状は、『長保の野分』として後々、人々の記憶に残るでしょう。民家の再建もようやく始まったばかり。新たに建った悲田院は昔日の姿を思い出せぬほど貧弱で粗末ですが、困窮者への手をさしのべ始めました。今年も野分はかならず京を襲います。ひとたび賀茂川が増水すれば徒し堤などひとたまりもありませぬ。そうなれば空き地の畠、再建中の民家や悲田院は再び流失致しますぞ」

亮斉は激してくる気持ちを押さえられないのか向きを変えて武貞へにじり寄った。

「五機内の国司は雑徭を送らぬ、と申しているのではない。いますぐにはならぬ、と申しているのだ」

とりなすように諸行が言う。

「では、いつまで待てばよいのですか。そのようなあやふやなままで熊三等に説き聞かせたとて、得心させることは叶いませんぞ」

「期限は申しておらぬ。民部省は野分に備えて防鴨河使でできる限りの手を打て、との命だ」

「できる限りの手を打て、ですと？　徒し堤のまま放っておいてどのような手を打てと申されるのか」

亮斉は目を剥いて諸行にくってかかった。

「それを考えるのが防鴨河使の役目。すなわち清経と亮斉ら下部ではないか。成らぬものは成らぬのだ。ともかく熊三等を得心させねばなるまい」

武貞が言い返した。

「如何（いか）ように得心させますか」

亮斉がたたみ掛ける。

「凡下（ぼんげ）の者達に今年の畠の作物は諦めるよう申すしかない。それを亮斉や清経等が熊三等に伝えればよいことだ」

押さえつけるように武貞は亮斉の方に顔をつきだす。

「凡下ですと？」

亮斉は口をとがらせ、それから苦々しげに口を結んだ。凡下とは庶民のことであるが、武貞の口ぶりには己が一段上である、という思い上がりが否めない。

「昨年、五機内はもちろん遠国も大飢饉。京人は喰うのに困窮しておりますこと、判官様はよくご存じのはず。それを承知で畠の作物を諦めろ、と熊三等に申すことなど叶いませぬ」

「あの畠地は本来、耕してはならぬ地だ。熊三等が地主でなく太政官のものだ」

すかさず武貞が応じた。

「防鴨河使に赴任されてまだ日の浅い長官様と判官様」

亮斉は皮肉たっぷりにふたりを見比べた。

「亮斉からくらべればどんな者でも日が浅いことになるわ」

武貞が露骨に嫌な顔をした。

「昌泰年間といわれておりますから、今からおよそ百年前になりますかな。賀茂川縁の空き地を畠にすることを太政官は認めた、と言い伝えられております。以来その口伝は未だにその効力を残している、と聞いております」

亮斉は目をつぶって何かを思い出すような仕草をした。清経はそれを見て、心中で苦笑する。亮斉が長官や判官を説得するときにしばしば用いる手法であったからだ。

亮斉等下部の総意が諸行、武貞等の上司によって拒否されることはめずらしいことではない。だが京人の命にかかわる賀茂川の諸問題で、どうしても下部達の総意を通したいときは、過去の似たような事例を持ち出してふたりを説得しにかかることが何度かあった。長官、次官、判官、主典の四等官(しとうかん)

は一つの省庁にせいぜい三、四年、永くても四、五年すれば上級省庁へ栄転していく。したがって諸行も武貞も防鴨河使庁での古い出来事など知るよしもない。あのときは、こうしたから事なきを得たのだと、自信たっぷりに亮斉に告げられると、諸行も武貞も、民部省や太政官の意をくんだ命令を保留せざるを得なくなるのだ。それを知っていたからこそ、武貞は亮斉の話に嫌な顔をしたのだった。

「そのようなこと、聞いたこともなければ知らされてもおらぬ。百年も前の口伝、ならばとうの昔に消滅しているのではないか」

武貞はそれがどうしたのだ、と言わんばかりである。

「いまもその口伝は生きておりますぞ」

亮斉は自信たっぷりだ。

「昔の口約束など、あってなきがごとくのもの。守ることもあるまい」

武貞は一蹴した。

「あってなきがごとくとは、判官様のお言葉とも思えませぬ。本来、賀茂川縁を畠として耕すことは賀茂川を守るためには好ましくないにもかかわらず、公に彼らが畠を作っているのは、口伝が今でも生きているからですぞ」

「にわかには信じられぬ。そのような話は聞いたことがない。亮斉、おぬしの作り話ではないのか」

「作り話とは心外。熊三等はこの口伝をかたく信じております。だからこそ民部省に悪びれずに愁訴したのでしょう」

「彼らが信じるのは勝手。人は都合のよいものだけを信じ、不都合なものは信じようとせぬ。そんなものだ」

「そのように曲がった考えに、この亮斉、賛同致しかねますぞ」

亮斉は怖じることなく武貞に言いかえした。

「亮斉の真意など尋ねておらぬ。清経と徒し堤へ行き、熊三等を説き伏せて参れ」

「そのような理不尽な命には服しかねます」

「理不尽、と申したな」

「そう申しました」

亮斉はすましたものだ。

「おぬし等、凡下を説き伏せる自信がないのであろう」

「理不尽なのは徒し堤のままで放っておくこと」

「ともかく民部省では今は成らぬと申しておるのだ。そのように熊三等に伝えよ」

武貞が噛みつかんばかりに怒鳴った。

「なるほど、出向いて、伝えろ。では、代替の畠地を熊三等に与えるよう民部省に上申してくだされ。その代替地を民部省が与えてくだされば命に服しましょう」

亮斉は口をへの字にして横を向いた。

「野分が去れば賀茂の水は退く。そうなれば、また戻れる。それまでの辛抱だ」

たまりかねた諸行がとりなすように仲に入った。

「今年、収穫するはずの麦はどうなるのですか」

「それも併せて熊三等を説き伏せねばならぬ」

「長官（かみ）様もそのようなお考えでしょうか」

武貞では話にならぬと思ったのか亮斉は憤懣の顔を諸行に向けた。

「民部省に畠地の代替など頼めるわけがない。これ以上民部省のお手を煩わしてはならぬ」

諸行はまるで他人事のように言った。

元来、防鴨河使長官は検非違使（けびいし）別当（長官）が兼務することになっていた。その兼務を外して貴顕、すなわち藤原一門の子弟が出世の通過点として一時的に務める役職になったのはおよそ八十年前である。そうなると歴代の長官は職務にまったく関心を寄せなくなった。せいぜいひとりの任期は二年、早い者だと一年で上級庁に異動する。

その長官職に藤家一門でなく大江姓の男が任官し、すでに三年半が過ぎていた。いわばまったく畑違いの任官で諸行自身も文学や歌に秀でている反面、防鴨河使の職務内容には興味もなく疎かった。平穏無事に勤め上げて大江家本来の学者に適した職に昇進することしか頭になく、そのためには防鴨河使長官の人事権を持っている上級官庁である民部省や太政官によい印象を与えなければならない、常々そう思い、そう行動している様子が手に取るように亮斉に読めるのだった。

「亮斉、話はこれまでとして下部等を集めて、ともかく徒し堤に行ってみようではないか。堤を見ていればおのずとよい案が浮かぶかもしれぬ」

清経は亮斉の心中を察して、宥（なだ）めるように告げた。

（三）

徒し堤の前に広がる畠を背に防鴨河使下部達と数百の人々が向き合っていた。

「いかん、いかんぞ。すぐに元に戻せ」

亮斉がおおげさに腕を前にだした。

「いかんと言われても背に腹はかえられませんからな」

亮斉に近寄ったのは背丈があり、見るからに屈強そうな男、熊三だ。

「空き地に畠を作ることはいままでとおり目をつぶろう。だが、賀茂川から水を引くことはならぬ」

亮斉の腕の先をたどると、敷き並べた土嚢の一部を取り除き溝が穿たれている。それで賀茂川の水を畠に引きいれようとしているのだ。

「賀茂の河水を畠に引いてはならぬこと、熊三、おぬし知らぬわけはあるまい」

亮斉は苦り切った顔である。

「この冬はまったくといっていいほど雨が降らぬ。畠に植えたアオイの葉を見てくれ。みなしおれて今にも枯れそうだ。河水を引かなければ畠作物や麦が枯れ、収穫がおぼつかなくなる」

熊三に溝を埋め戻す気はなさそうだ。

「そうであっても防鴨河使としては見逃すわけにはいかぬ。すぐに元に復してくれ」

亮斉は武貞や諸行に話す口調とは違って、穏やかに話しかける。

「昨年は国中こぞって凶作。それがたたって京に出まわる米が極端に減った。夏にはもっと京は困窮する。吾等は飢えて死にたくない。ここで作る野菜や麦は命の綱。そのようなこと、亮斉殿は承知のはず」

念をおされた亮斉は口をへの字にまげてあらぬ方をみすえる。亮斉が都合が悪くってとぼけるときにきまってみせる仕草である。

「熊三、先日、民部省に徒し堤を本堤に復元するよう愁訴したそうだな」

「愁訴とは大袈裟な。たった十名ほどがお願いにあがっただけ。民部省はいずれ防鴨河使を通して復元の話を伝える、と申していた。今日はそのことで参ったのであろう。いつから本堤に復元するのだ」

「今年は徒し堤のまま放置することに決った。本堤への復元はない」

「復元はない？　蹴飛ばせば直ぐに崩れそうな徒し堤のまま放っておくのか？」

「五機内も京同様昨年は疫病で多数の死者。そのうえ凶作。堤復元に雑徭の者達を上京させるどころではないらしい」

「野分が襲えば徒し堤など吹っ飛ぶぞ。そうなったら吾等がやっと整えた畠もまた流される」

思いがけない成り行きに熊三は困惑した様子だ。

「そうなるかもしれぬ」

「防鴨河使は賀茂川を守るためにあるのだろう。ならばあの徒し堤を野分の出水にも崩れぬ堤に、今すぐ作りかえてくれ」

熊三は太い腕で徒し堤を指さす。

「徒し堤を本堤に復元するのにどれほどの人数を要するか熊三なら存じておろう。雑徭にかり出された男達二百人ほどが五十日もかけなくては元に戻らぬのだ。防鴨河使下部はたったの四十五名、これから総力をあげてとり組んでも元の堤に作り直すには一年先、いや二年先になるかもしれぬ」

「畠はどうしてくれる。亮斉殿では話にならぬ。徒し堤を速やかに本堤に作り直すよう吾等は民部省にまた掛け合いに押しかける」

「押しかけても民部省は首をたてには振らんぞ」

「振らせてみせる。今度は空き地で畠を作っている京人みんなで押しかける。みんなとなれば三百や四百の京人が押しかけることになる」

「まあ、待て、そう急くな。もう少し穏やかに話し合おうではないか」

「穏やかに話せば、徒し堤がなんとかなるとでも言うのか」

「怒鳴り合っていてもよい方策は生まれぬ」

「方策を考えているうちに畠が流されてしまったらなんとする。さあ、これから民部省に押しかけようではないか」

熊三は仲間達に大声で促した。

「亮斉がゆるゆると話し合おうと申しているのだ」

それまで黙っていた清経が亮斉を庇って熊三の前に立った。

「話し合うことなどない。そこを退け」

「退かぬ」

詰め寄る熊三に清経は首を横に振った。

「ならば、主典殿をぶちのめしてでも行くぞ」

「やってみるか」

清経が言い終わらぬうちに熊三は腕を突き上げ、奇声を発して清経の頭上に力まかせに拳を振り下ろした。

瞬時、清経の体はしなやかに熊三の懐に飛び込んでいた。振り下ろされた熊三の拳がむなしく空を打つ。清経は両腕を熊三の腹に巻き付けると、腰をひいて持ち上げ、体をよじって、大地にたたきつけた。おおきな音がして熊三が仰向けに転がった。熊三は素早く立ち上がると、再び雄叫びをあげて頭から清経の胸元めがけて突っ込んでいった。

清経が態勢を低くして受けとめる。

清経に満面の笑みが浮かぶ。久しぶりに血と肉が沸き立つ高揚感が全身に蘇る。

熊三は頭を清経の胸元に押しつけて遮二無二押し込んでゆく。脚を大きく開いた清経は体をそらせて踏みこたえる。熊三のこめかみに太い血管が浮きあがる。歯を食いしばり、息をつめ、鼻をふくらませて熊三はさらに力を込める。わずかに清経の上体が浮く。熊三は両手を清経の脇に差しいれた。

清経が一気に力を抜いて後方にさがった。待っていたように熊三がどっと前に出る。清経は熊三の突進を防ぐかのように留まって、体を大きくひねった。勢いのついた熊三の体が横に飛んで水を引いたばかりの畠土に頭から転がった。泥まみれになった熊三は再び立ち上がると、大きく息をついて両手で顔をこすり、泥をかき落とすと清経をにらみすえた。清経は熊三の次の突進に備えて腰を落とす。

熊三はそのままの姿勢で動かない。

「亮斉様、とめてくだされ」

見かねた参集者のひとりがおろおろ声で懇願した。

亮斉はとめようとしない。清経が短慮であることを思いしらされていることもあるが、熊三の言い分も清経の気持ちも亮斉には痛いように分かるのだ。

清経をにらんだまま機をうかがっていた熊三は大きく息を吸い込み、腹に力をいれて息をつめると頭を下げて、清経の胸元に再び激しく当たった。清経は両手を広げ、胸を突き出して熊三の頭を受けとめる。肉と肉がぶつかる鈍い音がして清経が数歩押し込まれる。熊三は得たりとばかりに両手を清経の胸に押し当て頭をさらに低くして両足にありったけの力をいれて押すに押す。清経が、ずるっ、とさがった。熊三はうめきながらさらに押す。清経の胸が反りかえる。ここぞ、とばかり熊三は激しく頭を振って清経の胸元に何度もぶち当てる。熊三の額の汗が飛び散る。そのまま押し倒そうと熊三は歯を食いしばり四肢に力をみなぎらせて前にでた。

その時を待っていたように清経の右手が熊三の左脇に差し込まれた。一呼吸おいた清経は半身になると右から左、大きく腰を回した。熊三は宙を飛んで再び大地に横転した。

「それまでにせよ」

亮斉が清経と熊三の間に割って入った。

「熊三、見上げたものだ。よくそこまで組することができた。京広しといえども、主典殿と互角に組せる者はそう多くはない」

亮斉は倒れた熊三に手をのべて起こすと笑いかけた。

「恐れ入った腕力。力自慢ではひけをとらぬと思ったが、歯がたたぬ」

荒い息を吐きながら熊三はあらためて清経を眺めやる。

「主典殿は三年前まで京で、悪清経と呼ばれた剛の者だ。勝てるわけがない」

「悪清経？　だと？」

熊三の驚く顔に亮斉は思わず笑みをこぼす。

「そうだ。ほかのことはいざ知らず、喧嘩だけは負けたことがない、と言われた、あの悪清経だ」

亮斉はからかいの口調になる。

「その悪清経がなぜここに居るのだ」

「今では、押しも押されもせぬ防鴨河使の主典様なのだ」

調子に乗った亮斉の口ぶりだ。

「悪清経の噂を聞かなくなって久しいが防鴨河使の官人になっているとは」

熊三は信じられない、といった顔で清経をあらためて見た。

「そうだ、心をいれ替えて、主典となられたのだ」

亮斉は今にも吹き出しそうに清経を振りかえる。清経は苦り切った顔で熊三に申し訳なさそうに頭を下げた。

清経は防鴨河使に奉職する前、『悪清経』、と京人から呼ばれ、あらそい事があるところには決まってその姿が見られた。清経が諍い等で与する側が必ず勝つことから、つけられた名で、悪とは、強い、という意であるが、どこかに乱暴者という思いも込められていた。

　さすがに防鴨河使になってからは、喧嘩、諍い等に駆けつけるわけにもいかず、いつの間にか、京人の口の端にものらなくなっていた。

「さて、熊三、さきほど力ずくで退けて民部省に行くと申したな」

　亮斉は熊三の衣類についた畠土を手のひらで落としてやりながら語りかけた。熊三は口をかたく結んで答えない。

「力ずくで退けられぬことが分かったのだ。ならばどうする」

　亮斉の声は孫を教えさとすようなやさしさにあふれていた。

「悪清経では勝てるわけもないわ」

「それが熊三の答えか」

「民部省に掛け合いに行くことは諦めよう。だからと申して徒し堤を放っておくわけにはいかぬ」

「空き地におぬし等の先祖が畠を作って百年が過ぎようとしている。これまで何度も防鴨河使と畠の耕作者であるおぬし等でうまく折り合いをつけてきたではないか」

「凶作でなければ、今ごろ京には米が出まわっているはずだ。ところが、今年は東市に行っても米売りの姿をめったに見かけぬ。たまに見かけて値を訊くと、目玉が飛び出すほど高い。新米が東市に出るのは夏の終わりだ。それまで五ヶ月もある。その間を食いつなぐには、ここで作る麦やアオナがまさに命の綱だ」

「分かっている」

「ならば長雨が来る前に徒し堤をなんとかしてくれ」

「してやりたいが、なんともならぬ」

「なんともならぬのは亮斉殿達も同じではないのか。聞けば防鴨河使下部達の大粮（たいろう）が滞っていると もっぱらの噂。それも昨年の凶作が祟っているのであろう」

「おぬしに糧米（りょうまい）の心配をしてもらうとは、いやはや」

亮斉は口をゆがめて苦笑した。大粮とは官人に給料として与えられる米（糧米）のことである。

「このままでは話が先にすすまぬ。どうだ、三日後に、ふたたびここに集まって話し合おうではないか」

亮斉は清経にそれで納得するよう頷いてみせた。清経が頷くのを見届けた亮斉は、

「三日あれば、よい知恵も浮かぶであろう。吾らもよい策を探してみる」

と、熊三にさとすように告げた。

（四）

清経等一行が熊三等と別れて四条、五条堤の見回りを終えた時、早春の陽は西の低い山並みの頂へ

落ちかけていた。

「ここで散会する」

清経は下部達に命じて亮斉と家路をたどりはじめた。

「どうすればいいものでしょうな」

亮斉は途方に暮れたように呟いた。

「三日後にはよい工夫も浮かぼう。それまでこのことは長官殿や判官殿には報せないでおくつもりだ」

「その方がよいかもしれませぬな。それよりも皆が一緒だと話しにくいことでもありましたのか」

亮斉は清経がいつもなら下部等と共に道をたどるのに、今日に限って亮斉とふたりになりたがっていることを見抜いている口ぶりである。

「大粮（たいろう）が滞っていると熊三が申していたが、まことなのか」

毎日顔を合わせているにもかかわらず、亮斉や下部達に支給される米が滞っていることを清経は報らされてなかった。

「さよう、わたくしばかりでなく、下部全て四十五名に先月から大粮の四割ほどが減らされております」

「はじめて聞く話だ。なぜ申してくれないのだ。長官殿や判官殿がしたり顔で亮斉等に賀茂川の様々な労苦を負わせるのも、大粮という報酬が与えられているからこそ」

「清経殿が心を砕くことはありませぬ。これは牛車に乗って大路を行き来し、宮中で日夜、和歌を詠むことに現（うつつ）を抜かしている雲上人（うんじょうびと）がお決めになること」

亮斉の言葉には為政者への皮肉が込められていた。

「吾にはいつもに変わらぬ大粮が届けられている。長官殿や判官殿も変わらぬはずだ」

「四等官の方はいいですな。しかし、それもいつまで続くか分かりませぬぞ」

四等官とは各省庁の幹部の役人を四等に分けて上から長官、次官、判官、主典としたことから呼ばれた。四等官には官位を持っている者しか就けず、亮斉等のような無位の者は最下級の下部にとどめおかれ、昇進とは無縁であった。

「このようなことは前にもあったのか」

「もう十二、三年も前になりますが永祚の大飢饉の時は、下部のような無位の者はもちろん、四等官のなかにも大粮を減じられた者がありました。わたくしのように五十年も防鴨河使に仕えておりますと、十年に一度くらいの割で大粮の欠配があるのです」

「四割も減らされて、日々やっていけるのか」

下部達に給与される米は一日につき、二升と決められている。二升は現在に換算すれば八合である。四割減となれば五合にも満たない。

「幾ばくかの蓄えもあります。ここしばらくはどうにかなりますが、子を持つ下部にはきついですな」

亮斉は妻とふたりであるが、下部のなかには両親、妻子あわせて十人を超える家族もある。二升の糧米は生きていくために欠かせないぎりぎり、贅沢などは考えもつかぬことで、家族の者で動ける者は老いも若きも子供さえも働きにでて、幾ばくかの銭や米などを得ることによって、かろうじて命をつないでいる、といってもよかった。

「東市(ひがしのいち)での買い物も節約せねばならぬであろう」

「連れ合いが東市へ買い物に行く回数がめっきり減りました。買い物を楽しみにしていましたが、それも叶わぬとあって、やたらとわたくしに八つ当たりします」

亮斉はその時のことを思い出したのか、苦笑した。

東市は堀川小路と七条坊門小路が交わる広大な一郭に設けられた官営の市場のことである。

「今年は京でも餓死者がでるかもしれませぬな。それを思えば、四割減でも米が支給されるならありがたいと思わねばなりません」

「おかしな話だ。ぎりぎりの生計(たつき)をたてている亮斉等無官の者の大粮を減じて、四等官や公卿はそのまま。あの方達の大粮の一割ほどをまわしてくれれば、無位の官人の大粮を減らさずにすむはずだ」

「お若いですな」

亮斉は清経をまぶしげに見やった。清経の顔にすっかり傾いた西日が濃い影をつくっている。

「判官殿の言いぐさではないが、亮斉からみれば、だれでも若いことになるぞ」

清経はムキになって応じる。

「五十近くも歳がはなれておりますからな。だが歳の差で若い、と申したのではありませぬ。わたくしが申したのは、公卿様の大粮を減じる、と申されたそのことに、でございます」

「有り余る大粮を公卿達は支給されているのだ。ほんの少しだけ下部達にまわしたとて、困窮はせぬぞ」

「そのように思う、それが若いということです。飢饉となれば、まず困窮するのは各地方(くにぐに)の民。次に京の人々。それからわたくしのような無位の官人。どんなに飢える人が多くなっても高位高官の大粮が減らされることは、この地に都が遷って以来、いちどもありませぬ。それを骨身にしみて分かるようになるのはわたくしのように歳をかさねたあと。若い者はこの理不尽さに不満や怒りを表わしますが、そのようなものを表わすだけでは飢えや餓死から逃れることは叶わぬ、ということです」

「それは老いた者の諦念ではないのか」

「そうかもしれませんが、あの熊三達には官から米一粒たりとも支給されていませぬ」

「官人ではないからな」

「官人ではない熊三達は食っていくために、その日その日、必死になって銭になることを探さねばなりませぬ。馬に積んだ荷の上げ下ろし、牛飼いの手助け、山菜売り、木材運び、あるいは畠で採れたキウリ、アオナ、ナス、クワイなどを東市で売り、幾ばくかの銭や米に替えて少しでも腹を満たせる物を買う。日々生きていくことで精一杯。明日のことなどに気をかけるゆとりなどないのです。それに比べればわたくし達下部は大粮が減じられたとはいえ、明日を気にかけるゆとりがありますからな」

「そのようなことを聞くと、いたたまれなくなる」

「熊三等への同情ならば、無用になされ」

亮斉は穏やかに悟した。

「そう言われると父(てて)に叱られたような気になるぞ」

「叱ってはおりませぬぞ。熊三等に憐憫の情をかけたとて、彼らの生計(たつき)が豊かになるわけではありませぬ。明日を憂えぬ者が、今日を生き抜くことに全てを傾けている者へ、さも分かったかのように同情の念を表わすのは不遜というもの」

「なるほどの、おそらく父が生きていれば、そのように叱ったのであろうな」

「清経殿が四歳の時に清成様は亡くなられましたからな」

亮斉は西日をうける清経の横顔をうかがう。

清経の父清成は従六位下で防鴨河使の判官であった。防鴨河使庁も長官、次官、判官、主典の四等官の幹部組織であったが、清成の死を契機に次官職を空席としてすでに十七年過ぎている。

「熊三に悪いことをしたな」

「腕自慢でならす熊三は驚いたでしょうな」

「いや、驚いていたようにはみえなかった。やたらに怒っていたようにみえたぞ。怒りの全てを吾にぶち当てて突進してくる。亮斉がとめなければ、投げられては起きあがって突進し、また投げられては向かってくる。何度も何十度も吾に挑んで参っただろう。そうなれば吾が根負けして、熊三は勝ったに違いない」

「熊三はまさか清経殿が相手をなさるとは思ってもみなかったでしょう」

「大人げなかったと悔いている」

「悔いることはありませぬ。熊三は清経殿に投げ飛ばされながら喜びを感じていたはずです」

「投げ飛ばされて喜ぶ者など居らぬぞ」

「熊三と渡り合っているとき、力を加減なさりましたか」

「手を抜くほど熊三は弱くない。手を抜けばこちらが投げ飛ばされる。そりゃ、必死だ」

「でしょうな。悪清経と呼ばれた三、四年前から比べれば腕力も体力も落ちているでしょうからな」

「だが久しぶりに心が躍ったぞ。亮斉がとめたのが恨めしい気さえした」

「清経殿が熊三の猪突を避けることなく受けとめる。おそらく、必死で組み合う防鴨河使主典に熊三ばかりでなく、まわりで見ていた者も初めて目にする光景であったにちがいありませぬ。わたくしがながい防鴨河使の日々から学んだことは、あの者達と穏便に話し合っても決して物事は解決しないということでした。譲り合えぬ両者が気持ちを押さえることなく、殴り合い、組み合って、へとへとになるまで力を使い果たし、疲れてなにも考えられなくなって後に、はじめて両者は腹を割って対等に向き合えるのです。熊三が喜んでいる、と申したのは清経殿が熊三と同じ目線までさがってくれたと感じたからです」

「いや、吾が熊三と組み合ったのは単に短慮であるからだ」

「さよう、清経殿の短慮は下部達にも恐れられておりますからな。怒ると後先考えずに突っ走る。だがよいではありませぬか。清成様も黄泉(よみ)の国から苦笑いをして見守っているにちがいありませぬ」

亮斉は清成のことを思い出したのか、しんみりした顔をした。

京の東端、賀茂川に沿って作られた東京極大路は普段でも人影は少ないが、七条坊門小路との辻に行き着くと、さらに人の往来は少なくなる。特にまだ寒さが厳しい春先の夕暮れ時ともなればなおさらである。

「熊三等と三日後に会うことになりましたが、その折、双方にとってよい策を考えておいてくだされ」

亮斉は軽く会釈するとそのまま東京極大路を南に下っていった。

(五)

亮斉と別れた清経は七条坊門小路を西へとたどる。

清経の館はここから小半刻(こはんとき)(三十分)ほど歩いて朱雀大路を横切った一本目、西城坊門小路の一郭にある。

父が残してくれた館は広大であるが、手入れをしないので土塀は崩れ落ち、門扉は朽ち、庭は雑草でおおわれていた。そこに清経はひとりで住んでいる。母は清経が七歳のとき、疫病で死んだ。

山の端に日が沈むと、早春の京は急激に冷え込む。

清経は門から入るのが面倒になって崩れた土塀をまたいで庭に入り館へ向かった。すると館の出入り口付近に何かの気配がある。館の庇が作り出す薄闇で人なのか獣なのかはっきりしない。

清経は警戒しながら、出入り口に近づいた。意外なことに、そこに壺装束(つぼしょうぞく)に身を包んだ女が立っていた。

「どなた様か」

女は清経が門から入ってくると思っていたのだろう、背後から急に声をかけられたのに驚いたのかひるんだ様子である。

「蜂岡様ですね」

それでもすぐに冷静に戻ったのか、女は落ち着いた声で問うた。

「蜂岡だが、なにかご用か」

清経は女に一歩近づいた。市女笠を被っているので顔は分からなかったが、長い髪を幾重にも巻いて肩にもたれかけさせている。髪を解けば足元に届く長さだろうか、ならば宮中の女官ではないか、と清経は思った。だが、そのような女が廃屋に近い清経の館を訪れるはずもない、と思い返した。市井の女の髪は長くてもせいぜい腰下くらいである。働くのにそれ以上の長い髪は邪魔であるからだ。

「思い起こしてほしいのです」

女は名を告げることもなく一歩清経に近づいた。

「なにを思い起こせと？」

「去年の夏のことでございます」

「夏のなにを？」

「五条大路と東京極大路の辻から少し入ったところに祠がございます」

「存じております」

「その祠の前で御子をお拾いなされませんでしたか」

女は右手で笠の端をつかみ上げて、くい入るように清経に視線を注いだ。薄暮に浮かぶ女の顔は妖艶さと気品に満ちていた。清経は思わず息をのんで、大きく頷いた。

「お拾いになられたのですね」

「ここではくわしい話もなりませぬゆえ、館内（うち）へお入りくだされ。やがて陽が落ちます。寒さも一段と厳しくなって参ります」

清経の勧めに、女は一瞬ためらってから、門の方に目をやった。

「だれか、門外に人を待たせておいでか」

「老爺（ろうや）をひとり、待たせております」

「あなた様おひとりでわが館（や）に入られるのは気がひけましょう。差しつかえなければその方もお呼びなされ」

清経の配慮に、女は、

「では、そのように」

と踵をかえすと門へと歩いていった。

清経は館に入ると土間に併設された囲炉裏の埋み火を掘り出し、経木に火を移すと、それで壁に掛けてある灯明に火をいれた。それから、囲炉裏の傍らに積んである柴（薪（たきぎ））を幾本か抜きとって、それを埋み火の上に置く。しばらくすると柴に火が移り、燃えはじめると土間が明るくなった。

それを見届けてから清経が出口に戻ると、そこに下僕を従えた女が待っていた。清経はふたりを館内へと誘（いざ）った。

「今、柴を焼（く）べました。すぐに暖かくなるでしょう」

女は物珍しげに室内を見回して、囲炉裏の端に座し、市女笠をとって、それを床に置いた。唇にさされた紅が囲炉裏の炎に映えて、つややかさを増した。

「そこでは暖はとれませぬ。近くにお寄りなされ」

囲炉裏から離れた土間の隅に片膝をついて控えた下僕を誘（さそ）ったが、ことさら身を小さくして動こうとしなかった。そうなると清経も囲炉裏で女と同席するのが憚られ、囲炉裏から離れて置いてある木台に腰をおろした。

女はそうした清経の心内（こころうち）を意に介することもなく、

「御子を拾われたのですね」

とあらためて尋ねた。

「去年（こぞ）に、確かに籠にいれられた赤子を拾いました」

拾った時のことが蘇り、あれから半年も経つのかと清経はあらためて思った。

「その籠は、どのような形をしておりましたか」

「薄布で覆われた筐（かたみ）でした」

女がかすかに頷いた。筐とは野の若菜などを摘んでいれる籠で、細く割り割（さ）いた竹で作られている。

「その御子を悲田院にお預けになりませんでしたか」

装束に香（こう）が炊き込めてあるのか、甘い香りが土間に漂った。

「確かに預かって頂きました。ごらんの通り、このボロ館（や）でひとり暮らし。乳の手当もままなりませぬゆえ、悲田院に託しました」

悲田院は貧窮者、病者、孤児を救済し収容する施設で、天平二年（七三〇）光明皇后が平城京（奈良）に設置した。遷都後の平安京でも引き継がれて京ではなくてはならぬ救済施設であった。

「去年、賀茂、三条堤の崩壊で悲田院は流されたとうかがっております」

「跡形もなく流失致しました。そのおり、多くの病人が逃げ遅れおぼれ死にました」

「もしや預けられた御子も流されたのでは」

女の声は震えていた。

「いえ、無事でした」

女がホッとかすかに息を吐く。

「御子は今、どなたのもとに預けられているのでしょうか」

「悲田院におります」

「悲田院？　悲田院とはあの葦で作った仮屋のことでしょうか」

「悲田院が流された今、困窮者や病人はあの仮屋を唯一のより所としているのです。本来ならなにをおいても真っ先に悲田院の再建に手をつけねばならないはず。それがあとまわし。なにせ、昨年は凶事が重なりましたからな。賀茂川の氾濫、朝堂院の焼亡、その後に京を襲った裳瘡で二千を超える死者」

「存じております。大内裏の大火は身の震えるような恐ろしいものでした。朝堂院は大極殿をはじめ六つの堂と四つの門が焼け落ち、さらに内裏にも被害が及びました」

女はまるでその場に居合わせたかのような口ぶりだった。

「内裏の修復と大極殿の再建は木工寮と修理職が総力を上げて着手したと聞いております。その一方で、悲田院の再建は手つかずのまま。そこで京の人々や心ある富貴の者達が官の力を頼らずに再建したのがあの仮屋」

「そのようなことがあったのですか」

　女は困惑したのか表情をくもらせた。

「仮屋と言われても仕方ないですな。なにせ木材はすべて朝堂院などの再建にとられ、柱の一本も調達できなかったそうですから。しかし、そこに奉仕する方々は前にも増して意気盛んです」

「仮屋では悲田院の院司預もご不満でしょう」

「もう久しく悲田院を束ねる院司預は空席となっております」

「院司預は施薬院使長官、藤原忠満殿が兼務しているはず」

　清経は施薬院使長官がだれであるか知らなかった。その名を当たり前のように口にし、しかも忠満様でなく忠満殿と呼ぶところをみると、女が宮中の、それも官位の高い女官であるのでは、と清経はあらためて思った。その一方で、名も告げぬ女に清経は不可解さが募るばかりであった。

「十年ほど前から施薬院使長官は院司預の兼務を拒んで、今に至っていると聞いております」

「拒んだわけをご存じでしょうか」

「悲田院に収容された困窮者の人数に比べて官から遣わされる食物や薬、布などがあまりに少ないため、院を預かる長として責務を全うできない、と申されて兼務を拒んだ、と聞いております」

「十年もの長い間、悲田院の院司預を叙任しないなど聞いたこともありませぬ。やはり施薬院の長官、忠満殿が悲田院の院司預を兼務しているのではありませぬか」

「いえ、数年前から静琳尼様と呼ばれるお方が悲田院を束ねております」

「静琳尼様？　はて、聞かぬ名。どこぞの尼寺の庵主様か？」

「姉小路沿いにある小さな尼寺の庵主様です」

「その方のもとを訪ねれば、蜂岡様が拾われた御子に会うこと、叶いましょうか」

「赤子に会いたいならば、悲田院に参りなされ」

「仮屋では雨露も満足にしのげますまい。御子は仮屋でなく静琳尼様の庵に引き取られたのではありませぬか」

「仮屋と申しても雨露はしのげます。お会いになりたければ仮屋をお訪ねなされ。しかしその前に一つお尋ねしてよろしいか」

「かまいませぬ」

女は囲炉裏に座した足をわずかにくずしてほほえんだ。清経は木台から腰をあげ、囲炉裏に近づくと傍らに積んである柴を抜きとって、火に焼べ、そのまま囲炉裏の端に腰掛けた。

「赤子に会われてなんと致しますのか」

「……引き取りたいと思っております」

逡巡して呟いた顔からは、ほほえみが消えていた。

「引き取るには赤子の後見人の承諾が欠かせませぬぞ」

「後見人？」

女の頬は、勢いよく燃えだした柴の炎でかすかな紅色を帯びていた。

「悲田院に預けられた赤子の行く末を思って設けられたものです。身元の確かな京人に赤子の後見を引き受けてもらうのです」

「御子の後見人をご存じでしょうか」

「吾が後見人になっております」

「蜂岡様が？　それではあらためて、わたくしが引き取ることをご承諾ねがいます」

　唐突な申し出に清経は困惑する。

「ならばお名をお明かしくだされ」

　引き取るに際しては自らの出自と、赤子引き取りの謂れを明らかにするのが自明のことと思われたからだ。

「ご不審をこうむること、重々承知しておりますが、名は故あって、申し上げられませぬ」

　女はかるく唇をかんで顔をうつむけた。

「赤子を引き取ったのち、売り飛ばしてしまう不届きな輩も居ります。名を明かせぬお方に赤子を託すわけには参りませぬ。ならば、せめて、あなた様と赤子の縁をお話しねがえますか」

「それも申し上げられませぬ。ただ一つ申し上げられるとすれば、御子はやんごとなき御方の血を受けついでおります」

「その口ぶりでは、そのやんごとなき御方の御名もお明かしくだされませぬな」

　女は無言で頷いた。

「赤子はその御方のもとに引き取られますのか」

「引き取った後のことはまだ、定まっておりませぬ」

詫びるがごとくに頭をさげた。

燃え尽きた柴が崩れ、火の粉が舞い上がって、あたりを明るくした。その時、女の頬がかすかに光った。一瞬の炎(ほむら)はあとかたもなく消えて、女の頬は濃い影になっていた。だが清経は頬に光るものが一筋の涙であることを見逃さなかった。

「どのような伝手(つて)で赤子のことを捜し当てたのかは問いますまい。またあなた様の出自についても尋ねませぬ。夕暮れ時、人目を忍んで都の外れの吾が館へ老爺ひとりを伴って訪れたのは、赤子の出生を秘さねばならぬ深い縁(えにし)があるからでしょう。もし白日にさらしてもかまわぬものならば、あなた様は牛車に揺られ、大勢の供にかしずかれて、白昼この館を訪れたはずですからな。明日、悲田院に赴き、静琳尼様にあなた様のこと、お伝え致しておきます」

おのれには話せないことも静琳尼ならば女同士、心をひらいて打ち明けるかもしれない、と清経は思った。

女は安堵の目差しを清経に向けた。

「外はすっかり暮れました。今宵は下弦の月。老爺ひとりの供では心許無(こころもとな)いでしょう。朱雀大路までお送り致しましょう」

清経は土間に置いてある松明を持ってくると、囲炉裏の火から松明に火を移し、ふたりを館外に誘った。

女の居屋が何処にあるかを清経は知る由もなかったが公家や富貴者が多く居住している二条、三条大路沿いに館を構えているのは確かなように思えた。

（六）

朱雀大路と七条坊門小路が交わる辻で、清経はふたりを見送った。

去りゆく後ろ姿は直ぐに闇に消え、女の装束から匂いたった香（こう）の残り香が、清経にまといつく。清経は大きく息を吐くと踵を返した。するとたちまち香の匂いは失せて、急激な空腹をおぼえた。いつもなら、干飯（ほしい）を湯漬けにして空腹を満たしている時刻だ、と思いながらかすかな月光に白く光る七条坊門小路を戻り始めた。

東山の稜線に接するように昇った下弦の月では物を見分けられるほどの明（あか）るさはなく、四周全てが闇に埋もれて茫洋としていた。見送った女も闇のようにとらえどころがなく夢うつつのようで、ただ、ただ優美さだけが清経の胸に残った。

いまだかつて清経は宮中の女官と間近に会ったことはなかった。宮中に出入りし昇殿を許されるのは五位以上の官人に限られている。

清経は従六位下の官位である。五位と従六位下では雲泥の階級差である。

防鴨河使長官である諸行は六位下であるが五位の官位を得るのは順調に職務をこなしても十年後、

あるいは十五年後のことであろう。まして己が五位に昇格することなどあり得ぬと清経は承知していた。清経は今上帝から言葉をかけて頂けることも宮中で尊顔を拝することもない。したがって宮中に侍る女官と知り合うことも話すこともない。

東市に時々姿をみせる女官をみかけるが、それは位の低い外回りを受け持つ女官であり、それとて供の郎党が常に警固の目を怠らず、近くに寄ることもままならないのだ。

そんなことを思いながら清経は七条坊門小路を西にたどる。人の往来は途絶えて行き過ぎる家々から漏れる灯もほとんどなかった。

「もーし、もうし」

突然闇から声がした。押し殺した低い声だ。清経は歩みをとめて声が聞こえてきた方とおぼしき闇をすかし見た。

「もうし、もうし」

ふたたび押し殺した声。

「吾に用か？」

清経は用心しながら闇に耳をそばだてる。

「率爾（そつじ）ながら、そこもとの名をお聞かせ願いたい」

まるで闇でも目が見えるような俊敏さで清経の前でとまった黒い影が問うた。

「防鴨河使、蜂岡清経と申す」

思わず答えてしまうほど男の声は威厳に満ちていた。

「わたくしは藤原致忠と申す」

「致忠様？　右京職の長、右京大夫である藤原致忠様か」

「その致忠だ。あえて見知らぬおぬしにわが名を告げたのは、たっての願いがあるからだ。蜂岡殿、これを河原に住む、こつに」

致忠は清経の胸元に何かを押しつけると、たちまち闇に紛れて遠ざかった。

押しつけられて思わず受け取ったものがずっしりと重い菰にまかれた棒状のものであることに気づいたのは、走り去る致忠の足音が聞こえなくなった後であった。

不審に思いつつ清経は菰をかかえて再び小路を家路に向かって歩き始めようとした。

すると小路のはるか前方が急に明るくなった。その明かりは急速に近づいてくる。松明を持った七、八人の集団が闇に浮かび上がり、清経の姿をとらえると、そのうちのふたりが抜け出し、清経を左右から挟むようにして立ちどまった。ほかの男達は走り抜けていった。

「何処に参られる？」

ひとりが無遠慮に松明で清経の顔を照らしながら詰問した。

「館に戻る途中だ」

清経は応えながら問うた男の装束に注意をはらった。走り装束の姿である。それは紛れもなく検非違使庁の官人のものだ。

「館はいずれにあるのだ」

男は頭ごなしに質した。

「この先の西坊城門小路と交わる一郭」

不快になるのを押さえて清経が応える。

「今まで、何をしていた」

「それほど遅い時刻でもあるまい。まだ月が山の端に射し昇ったばかり」

「京中ならばいざ知らず。ここは朱雀大路に近いとはいえ、七条だ。おぬし以外に人影は見あたらぬ。なにか用があって遅くなったのか」

「なぜ、吾を詰問するのだ」

不快さはさらにつのる。

「賊を追っているのだ」

「その賊が吾であると疑っているのか」

「いや、賊の正体は分かっている。おぬしではない」

「では、なぜ吾を呼びとめ詰問するのだ」

「賊の逃亡を手引きする者がいるからだ」

「吾が賊の一味？」

「賊が七条坊門小路を逃走する姿を吾等は突きとめている。それらしき男に会わなかったか」

「この闇夜、誰かと出くわしても気づかぬ」

致忠と会ったことを敢えて言わなかったのは検非違使の居丈高に問う態度に反発したこともあったが、託されたものがなみなみならぬものに思われ、それを司直に渡すことを致忠が望んでいないように思ったからだ。

「胸に抱えている包みはなんだ」

もうひとりの男がことさら菰包みに松明を近づけた。その者は走り装束ではなかったが、明らかに官人であることがみてとれた。

「東市で買い求めた山芋だ」

とっさに清経は嘘をついた。持ち重りのする菰包みは山芋の包みでないことは明らかだった。

「東市はとうに閉まっている。そのように遅くなったわけを問うつもりはないがその菰包みの中を確かめてもよいか」

その男が一歩清経に寄った。

「確かめると申すのは吾を一味と疑っているのだな」

「一味でないなら、その菰包みの中味をみせてくれ」

「いや、みせるわけには参らぬ」

「断るところをみるとなにか隠しているな」

「そうではない。吾は賊の一味とまったく関わりがないからだ。おぬしらが菰の中味を確かめるということは吾を賊の一味と断じているからであろう」

「吾は検非違使の者だ。従わぬなら検非違使庁まで同行してもかまわぬぞ」

走り装束の男が清経につめよった。

「装束をみれば検非違使の官人であること誰でも分かる。だが同行は断る。吾は防鴨河使主典の蜂岡清経と申す」

「ほう、防鴨河使主典殿であったか。ならば吾等の探索に協力して菰の中味をみせてくれてもよいのではないか」

「防鴨河使主典と名乗っても、なお菰の中味を確かめようとするのは、まだ賊の一味と疑っているのだな」

「なぜ、中味をみせてくれぬのだ」

「己が賊の一味でないことを自の弁舌で証せられず、菰包みの中味である山芋に助けを借りたと防鴨河使の者が知れれば、抗弁も叶わぬ愚か者との誹りをうけることになろう。検非違使殿の力量は重々承知している。おそらく早晩、賊はおぬしらの手で捕縛されよう。賊に蜂岡清経が一味であるか否か問いただされよ。吾は逃げも隠れもせぬ」

清経は松明をかざす男に一礼すると背を向けて歩き出した。引きとめるのではないかと背後を気にしたがその様子はなく、あわただしく立ち去る足音がして、振り返ると、ふたりは先に行ったとおぼしき検非違使の一団を追うように松明の明かりを揺らして闇に消えていくところだった。

月が山の端から離れて光が少し強くなったのか、小路がかすかに白く浮き上がって見えた。その何処にも人の気配はなく、行き過ぎる家々は蔀戸をおろして、明かりさえ漏れてこなかった。

第二章　徒し堤

（一）

　致忠に菰包みを託された翌早朝、防鴨河使長官付きの書生が清経の館をおとずれ、直ぐに防鴨河使庁に出頭するよう告げた。

　早朝の出頭はしばしばあることで、昨日、熊三等の話し合いの結果を報告しなかったことが早朝の呼び出しではないかと清経は内心穏やかでなかった。

　急（せ）かす書生のあとについて清経が防鴨河使庁に着くと、すでに長官と判官が執務室に座していた。

「このような早朝に呼んだのは検非違使（けびいし）別当からの申しいれがあったからだ」

　清経が座すのを待って諸行が切り出した。

「実は右京職の長である藤原致忠（むねただ）様が昨夜、人を殺めて逃亡したそうだ」

諸行は秘密めかして続けた。

「あの右京大夫である致忠様が？」

紀武貞が感慨ぶかげに応じ、

「ずいぶん前になりますが、致忠様の子息、保輔の首が囚獄司門前に晒されましたこと、ご存じですか」

と遠い日をたぐりよせるように目を細めた。

「あれは十四年前。永延二年ころのこと」

諸行が即答した。

「ひと昔も前のこと、よくご存じですな」

武貞が意外だという顔をする。

「忘れもしない。その前年、わたくしの叔父、大江匡衡が保輔に襲われ、指を切り落とされた。さいわい左手であったため筆を使うのにおおきな支障はなかったが、もし右手であったら弾正少弼の地位を投げ出さねばならなかったかもしれぬ。叔父は襲われた訳が分からぬ、としきりに首をかしげていた」

諸行はその時のことを思い出したのか、眉の間に皺をよせた。

「匡衡様が襲われたのは大内裏の上東門を西に五町ほど行ったあたりでした」

判官の武貞が犯罪に詳しいのは以前に検非違使庁に勤務していたからである。

検非違使は平安京の司法、警察を掌り、違法者の摘発、逮捕を主な任務としている。

このころ、検非違使庁から防鴨河使庁への人事異動は通例化していて、次官や判官（次官の一階級下の役職）として栄転してくることが多かった。その例にもれず、武貞は六年前に検非違使庁から防鴨河使庁へ栄転してきたのだ。

「保輔が獄門に晒されるまで、叔父もわたくしも袴垂保輔と藤原保輔が同一人だとは思ってもみなかった」

「京人がそのことを知ったのは、さらし首をひと目みようと囚獄司門前におしかけた者達に混じっていた怪僧が言いふらしたためです」

武貞の口振りに懐かしさがこもる。

「その僧は何者なのだ？」

「囚獄司と検非違使庁で懸命に探索を続けましたが、その行方は、今にいたるまでつかめておりませぬ」

「保輔の獄死、致忠様の殺人。わたくしの一門大江家は荒事を好まぬ家柄のせいか、致忠様父子の所行は不可解でおぞましさがつのるばかり」

大江一族は平城天皇の末裔で、代々学者の家系で知られている。一族の長である大江匡衡は文章博士で、今上帝（一条天皇）に侍して学問を教授する地位にある。

「不可解なのは保輔、致忠様だけではありませぬぞ」

武貞は何かを思い出すように顔を上向け、それからとなりに座す清経をのぞき込み、

「保輔が獄門に首を晒される二年前、保輔の兄にあたる斉明が下総守藤原季孝様を襲い、手傷を負

わたのだが、そのこと、存じているか」

と尋ねた。

「斉明のことはもちろん保輔のことも、今、はじめて耳にする」

清経は苦笑いしながら応じた。

「さもあろう。十六年も前となれば、おぬしは五、六歳。鼻をたらして街中をかけずりまわっていたのであろうから、知る由もしなかろう」

武貞はくだけた口ぶりで頷き、

「斉明は検非違使探索の手を巧みに逃れたが、近江国に潜んでいるところを国司の家人にみつけられ、射殺されたのだ。その首は京に送られ、あの囚獄司の樗の枝に晒された。兄弟そろってさらし首」

と、苦々しげに口を歪めた。

「その両名の父である致忠様が人を殺める。右京大夫の地位ある方が何を不満で人を殺めなくてはならぬのだ。致忠様は逃走中でまだ捕まっておらぬ。逃げ込む先は七条河原だと検非違使は見ている」

諸行は迷惑だと言わんばかりの顔をする。

「あそこに逃げ込んで河原に住まう者達にまぎれ込んでしまえば検非違使でも捕縛は叶わぬ。わたくしが検非違使庁に在職していた間、七条河原に逃げ込んだ犯罪者が何人もいた」

「そこで検非違使別当殿は河原に逃げ込まぬように看督長、火長、下部等を昨夜のうちに河原に遣わして追捕に万全を期した。すでに河原には百人を超える検非違使の官人が出張っているはずだ。清経はすぐに河原に参り、下部達と共に検非違使の者達に助力してくれ」

「そこまでしなくとも致忠様は検非違使の者に捕縛されよう。防鴨河使は検非違使の者達が動きやすいように心を砕くのが肝要。心許ないならわたくしも共に参るぞ」

　武貞は六年前まで在職した検非違使庁が懐かしかったのかまんざらでもなさそうに清経をうかがった。

「吾ひとりで事足ります」

　清経は答えてその場をたった。

　今朝は朝食を食べそこねたな、と思いながら清経は防鴨河使庁から五条河原に向かった。

　毎日欠かさずおこなう河原の巡視、管理は早朝、五条河原に参集して、そこからはじめるのが習わしになっている。朝日の昇り具合からすると亮斉等はすでに五条河原に参集しているはずだった。

「なにか捕り物があるようですな」

　いつもより遅れて着いた清経に蓼平が小声で訊いた。

　清経は諸行から聞いたことを下部等に告げ、

「なにか検非違使の者から命ぜられたら、まずは吾に報せてから動いて欲しい」

　と頼んだ。

　河原に住まう者達は検非違使の官人達を極端に恐れ、憎んでいた。そのはずで彼等が少しでも京人と諍いを起こせば、その諍いの理非にかかわらず官人は河原に住まう者を捕縛し、容赦なく京から追放した。

それにひきかえ防鴨河使は河原に住まう者と折り合いをつけて、つかず離れずで二百年ちかく過ぎている。彼等と折り合いをつけなければ賀茂川の管理は成り立たないのだ。

それゆえ、清経は防鴨河使下部達が検非違使の手先となって勝手に動き、河原に住まう者と齟齬をきたすことを懸念したのだ。

七条河原に建つ四千余の葦小屋への人の出入りに目を光らす検非違使に混じって防鴨河使下部達も職務を休んで加わった。

「たったひとりの捕り物にこれだけの官人。わたくしどもがいなくとも検非違使の方々で十分。そう思いませぬか」

亮斉がばかげたことだと言わんばかりに清経に耳打ちする。

「検非違使としては葦小屋のどこかに致忠様が逃げ込まなければそれでよいのであろう。京内に潜んでいれば必ず捕縛はかなうからな」

「そのようですな。ともかくはやく致忠様が捕まって欲しいものです。さもないと河原の巡回もままなりませんぞ」

亮斉はうんざりした態で呟いた。

一方、空き地に畠を持つ京人達は怖いもの見たさに畠に植えた作物の手入れに精をだす振りをしながら、常に河原に注目していた。すでに致忠の悪行は京人の間にも知れていたのだった。

その日の夕刻、致忠は検非違使によって捕縛された。

空き地の畠を耕す京人のなかに混じって草取りをしていた致忠を不審に思った畠の耕作者が検非違

使に通報したからである。

検非違使達に囲まれた致忠は逃げられぬと観念したのか、抗いもせずに縛についた。

致忠は京人が見守るなかを悪びれた様子もなく胸をはって囚獄司の獄舎へと向かった。

七十を越したと思われる深い皺に刻まれた顔は誇り高く、前方をにらみすえた眼孔はとても年老いた者とは思えなかった。その姿に清経は致忠が人を殺してまでして奪ったであろう菰包みの中味に強い興味を抱いた。菰包みはまだ中身を確かめぬまま寝所に放置したままであった。

致忠を見送った清経はその場で下部達に散会を告げると急いで館に戻り、寝所から菰包みを抱えて土間へ行った。

菰包みを床に置いて硬く縛ってある縄目を解いて菰をゆっくり開いていった。

絹の長い袋が現われた。すぐにそれが太刀を包む(くる)袋であることが分かった。

袋口の紐を解いて清経は思わず驚嘆の声をあげた。

現われたのは黄金に輝く一振りの太刀だった。

夕暮れ時の土間内では太刀の詳細を見極める明るさに乏しかった。清経は太刀を持って土間の出入り口まで行った。

真冬の陽が山の端に沈もうとしている。庭に生い茂っていた雑草はことごとく枯れはてて、崩れた土塀が長い影をひいていた。

斜光に晒した太刀を清経は水平に保って眼前に引きつけた。

鞘に塵地(ちりじ)（漆を塗り、そのうえに金銀の粉を塗り込めて、研ぎ出した蒔絵）が施され、そこに花をくわえた鳳凰の向き合っている姿が螺鈿象嵌で埋め込んであった。さらに鞘には金を加工した菊唐草文様の太刀金具が施されていた。

豪華さと美しさに圧倒されながら清経はゆっくりと鞘を払った。

刀身は澄んで一点の曇りもない。その美しさに清経は思わず全身が泡立った。

清経は匂い立つような怪しい微紅色を帯びはじめ、少しずつその色は深みを増していく。

清経は太刀を束本から切っ先へと顔をすりつけるようにして目を細めて追っていく。

刃こぼれ一つない。手元は程良い反りをみせ、先端にゆくにしたがって、反りは弱まって、実に均衡のとれた持ち重りのする太刀であった。

刀身に帯びた紅色はますます濃くなっていく。

清経は太刀を持った腕を伸ばして刀身を顔から遠ざけると目を空に転じた。

まさに山の端に入らんとする陽が西の空を真っ赤に染めていた。

刀身が赤く染まっていたのは夕焼けに映えていたためだった。

土間に戻った清経は思い切るように太刀を鞘に納め、さらに絹袋にいれ、再び菰に巻き込んでその上から縄で硬く縛った。

致忠から託された太刀にどのような来歴があるのか分かるはずもなかった。ただ、この太刀は致忠が命をかけて奪い取ったものであることは間違いないように清経には思えた。

『河原に住む、こつに』

致忠の依頼を清経は反芻してみた。こつ、とは人の名か、あるいはどこかの場所か、何度思い返しても分からなかった。しかし『住む』と言う以上、こつは人名に思えた。

致忠に問われて名を告げ、それを承知の上で菰包みを清経に託したのだ。

捕らえられ獄舎につながれた致忠のことを思いやれば、致忠の願いを無視するわけにはいかなかった。

その太刀を寝所に再び置こうと思って清経は逡巡した。

独り身で昼間は留守にしている。賊が入り込むには格好の館である。賊が入ってても持っていくものなど皆無に等しいと思っていた清経は貴重なものを保管する場所を持たなかった。

いざ隠すとなると何処に隠しても賊は容易に見つけだせるように思えてくる。あれこれ思案していると、館外から聞き慣れた声がした。清経は土間の隅に薪柴や使い捨てた筵、藁くずが積んである燃料置き場の上に菰包みを無造作に置くと、戸口に向かった。

（二）

戸口に亮斉と蓼平が立っていた。

先ほど別れたばかりのふたりがあらたまって清経の館を訪れることを不審に思いながら清経は彼らを土間に誘（いざな）った。

「夕餉も済まさずに参ったのか」

清経は朝からなにも口にしていない空腹に耐えながら訊いた。

「陽が落ちかけてきましたが夕餉はまだ先のこと」

亮斉が答える。

「ならばまだ夕餉をとってないのだな。よし、吾の作る夕餉を食っていけ。話したいことがあるならそのあとにしよう」

清経はふたりの同意を得る間もなく、土鍋にたっぷりの米をいれ、大甕(かめ)に溜めた水を柄杓(ひしやく)でくみ出し土鍋に注ぎ、米を研ぐ。それを竈にかけると焚き口の灰の中から置き火を探し出し、竈の横に積み上げてある柴薪を引き出して焚き口に放り込み、たちまち火をおこした。それが済むともう一つある竈に水を満たした土鍋をかけ、湯を沸かしはじめた。それから買い置いた冬物の野菜を切り刻み湯の中に投ずる。

「鮮やかなものですな」

無駄のない清経の動きに感嘆した蓼平が目を細めて笑顔をみせる。

「そのように流れるような動きは清経殿の育ての親、広隆寺の勧運和尚の賜物。勧運和尚は健やかなのでしょうか」

亮斉はしみじみした口調だ。

清経は四歳で父、七歳で母を亡くしている。その後は母の伯父である広隆寺の勧運和尚に引き取られて成人するまで育てられた。

「和尚は相変わらず健やかだ」

答えながらも清経の手はとまらずに夕餉の総菜を調理してゆく。

半刻（一時間）後、土間に隣接する囲炉裏を囲んで夕餉を食べ終えた三人は清経がいれた白湯の木椀を手にとっていた。

「わたくしは七十一になりました」

椀から白湯を一口啜ってから亮斉が呟いた。

昨年から亮斉は急に歳のことを口にするようになった。高齢が身体にどんな変化をもたらしているのか、亮斉の外見からは窺い知れないが、古来希といわれる七十を過ぎた者でなければ分からない老いを亮斉は身にしみて感じているようであった。

「清経殿が亡き清成様の跡を継いで防鴨河使主典になられた姿を見ることができました。清経殿が加冠をすませて防鴨河使に出仕するまでの十四年間、ここにいる蓼平やほかの下部達がどんなに首を長くして清経殿を待ちわびたか。それが叶ったとき、わたくしは防鴨河使の職を辞するつもりでした」

「父は父、吾は吾だ。平安京造都以来、亮斉等下部達が蜂岡一族を頭領と仰いで営々と二百年に亘って賀茂川を守ってきたというが、吾の賀茂川に対しての知識は亮斉や蓼平の足元にもおよばない。吾が頭領として下部達から慕われることなど生涯あるまい。まだまだ亮斉には賀茂川について教えを乞うことが山ほどある」

「左様、防鴨河使が川を守るには熟達した技を会得しなければなりませんからな。どの官衙（役所）

も四等官の方々は四、五年でほかの官衙に栄転なさる。そのなかで防鴨河使の判官（じょう）だけは防鴨河使創設以来今日まで蜂岡一族の長（おさ）が受け継いできました。それは川守の技が一朝一夕では会得できぬためにほかなりませぬ。今はまだ清経殿は主典ですが一日も早く判官になることをわたくし達下部は待っております。そのためにもわたくしは清経殿に防鴨河使としての知識や技をお伝えしたいと思い、またそうして参りました。そうは申しても、七十を超えた老体、賀茂川の冷たい水が骨身にこたえます」

「辛いなら、庁舎に詰めればよいではないか。亮斉の席は吾の執務室の中にあつらえてある」

「いや、ごめんこうむります。あそこにいると曲がった腰がさらに曲がりますからな」

下部達が防鴨河使庁舎に出仕することはまず、ない。四十五人の下部を収容できるほど庁舎は広くない。それに下部達が庁舎に詰めていては賀茂川の管理や巡回はおろそかになってしまう。

庁舎から賀茂川までの往復に一刻（いっとき）（二時間）を要するうえに、一日一度、必ず賀茂川上流の一条河原から最下流の九条河原までを巡視する。その距離は三里（十二キロ）を超える。それに築造後、二百年も経つ賀茂川堤は常に防鴨河使の補修と監視の目を必要としていた。

「蓼平はわたくしのあとを継ぐほどに育っております。清経殿を立派に補佐するでしょう」

「亮斉らしくもない。いつもの強気な亮斉はどこに消えたのだ。熊三等との掛け合いはこれからが正念場。投げ出すわけにはいかんぞ」

「人には潮時というものがあります。わたくしはその潮時を逃したまま今日まできてしまいました。今、逃した潮時が再びおとずれたのです」

亮斉は両手で包み持った木腕から再び湯を啜った。

「潮時とは職を辞するということか。ならばそれはまだ先のこと。熊三等とうまく折り合いがついてからではないのか」

「防鴨河使と熊三等、双方が得心する案などありません」

「それが分かっているのに潮時を持ち出すのはなぜだ」

「わたくしは職を辞しても熊三等が耕している畠を守ってやりたいのです」

「徒し堤のままでは賀茂の洪水から畠を守るすべはないぞ」

「熊三等は徒し堤を本堤に復元して欲しいのです」

「それが叶うなら、ふたたび明日熊三等と会って話し合うこともない。叶わぬから明日会わねばならぬのだ」

「この件は、わたくしに任せて欲しいのです」

「熊三ひとりを相手にするのではない。畠の耕作者は三百人もいるのだぞ」

「熊三等と対峙する気は毛頭ありませぬ。熊三等の願いを叶えられるよう腐心するつもりです」

「願いを叶えるとは、徒し堤を本堤に復元することであろう。それは防鴨河使がしてはならぬこと。そのようなことが長官殿に露見すれば亮斉は防鴨河使として居られなくなるぞ」

「だからこそ、わたくしひとりに任せて欲しいと申したのです」

「亮斉ひとりで徒し堤を本堤に復元できるはずもないぞ」

「熊三等に助力をしてもらいます」

「熊三等が無償で助力すると思うか」

「熊三等のためにやるのです。それを分かってもらうよう説き伏せるしかありませぬ」

「しばらくお待ちくだされ」

蓼平がふたりを制した。

「今夜、主典殿のもとを訪れたのは熊三等との掛け合いについてだ、と亮斉殿が申したからついてきたのです。そのように勝手な筋書きでことを運ぶ亮斉殿に下部等はだれひとり賛意を持ちませんぞ。亮斉殿はかねがね、職を辞するときは賀茂河原を巡視している最中に倒れて死ぬときだ、と口癖のように申していたではありませぬか」

憮然として蓼平は亮斉に向き直った。

「蓼平、では徒し堤をあのままで放っておき、畠の作物や麦を賀茂の出水にさらわれるのを指をくわえて見ていろと申すのか。熊三等を路頭に迷わせることに手をかすのは、この亮斉、断じてできぬ」

「復元には五機内から送られた数百人の屈強な者を吾等下部総勢が引き回して二ヶ月もかかるのですぞ。それをまったく堤の作り方を知らぬ熊三等に亮斉殿たったひとりで引き回すことが叶いますか」

「徒し堤を本堤に復元する、などと申しておらぬ」

「復元しなければ今年の野分で畠も家も流されることは確かです」

「防鴨河使は徒し堤を本堤に復元するのを禁じているが補強してはならぬ、とは定めていないはずだ」

「徒し堤に手を加えたとて野分の出水は防げませぬ。そのこと亮斉殿は誰よりもご存知のはず」

「そうかもしれぬが違うかもしれぬ」

亮斉はふたりを交互に窺った。

「下部のだれひとり、徒し堤で賀茂の出水を防げるとは思っていませぬ」

蓼平がいらだたしげに口を歪めた。

「徒し堤の頂きに土嚢を積み増しして、今の倍の高さにする」

亮斉は自信なさそうに応じた。

「亮斉殿とも思えぬ言葉。まるで熊三等が苦し紛れに思いつくような策。いつもの深い知識に裏うちされた亮斉殿はどこにいったのでしょうか」

「その策でしか熊三等を救えない」

「倍にするには高さだけでなく徒し堤の厚みも倍以上にせねば、出水の力に抗しきれませぬ」

「そのとおりだ」

「しかも土嚢の積み増しは卓抜した技が欠せませぬ。熊三等にはそのような技はありませぬ」

「分かっている」

亮斉の声はだんだん小さくなっていく。

「それに蒲簀の在庫は四千袋ほど。補強するとなれば四千では足りますまい」

「五千になるか六千になるか」

亮斉は途方に暮れたように呟いた。

「賀茂川のことでこのように覚束(おぼつか)なげの亮斉殿を初めて見ました」

蓼平は信じられぬといった顔だ。

「なにもかも蓼平の申すとおりだ。わたくしひとりで熊三等を引き回すことは難しい。蒲簀の在庫も足りぬ。熊三等にはその蒲簀に土を詰めた土嚢を積み増す技もない。だがの、それでもわたくしはやってみたいのだ。うまくいくアテはない。そのような企てに蓼平やほかの下部達を引き込むことはできぬ」

「もちろんそのような無謀な企てにこの蓼平は加わりませんぞ。いえ、下部のだれひとり加わらないでしょう」

「蓼平等の助力をアテになどしておらぬ。小賢しいかもしれませぬが、それでわたくしは職を辞する潮時を得られたように思うのだ」

「蓼平にはとんと分かりかねます」

蓼平は顔をしかめ、それから困惑した顔つきになった。

「齢七十一、賀茂川に見るべきものは見、やるべきことはやり尽くしました。どうかわたくしに職を辞する潮時を与えてくれ」

「潮時……」

清経は絶句した。

亮斉は職を辞す覚悟で熊三等の望みを叶えてやりたいのだ。

長官の命に背いて徒し堤に手を加える。それで無事に今年の野分を乗り切れば、亮斉のおこないにそれほどの非難はないかもしれない。しかし徒し堤に手を加えたにもかかわらず、野分の出水で畠が流され熊三等を路頭に迷わせれば、亮斉の独断は厳しく糾弾され、職を追われることは明白であった。

おそらく、亮斉はこの企てが首尾よくゆくとは思っていないのだ。だから清経や蓼平等下部達と手を切って己ひとりでおこなおうとしているのだ。そうすれば首尾がうまくいかなくとも、その責を清経や下部達が負うことはないと考えていることが清経には手に取るように分かった。

「おもしろい、亮斉、徒し堤を強固に補修して、みごと今年の野分をやり過ごしてくれ。吾が亮斉に助力しよう」

清経は消えかかっている囲炉裏の火に新たな薪を焼べながら賛意を示した。

「主典殿が亮斉の無謀な企てに助力ですと」

驚いた蓼平が目を丸くして、それから数度しばたいた。

「では、吾等下部達はおふたりの企てに指をくわえて見ていろ、と申すのですか。どう考えても主典殿は軽々しいですぞ」

蓼平はさらに目を丸くして、なんどもしばたく。蓼平が困惑や驚いたときに見せる癖であることを知り抜いている亮斉は眉に皺を寄せて難しい顔をした。

「主典殿の気持ち、ありがたいが迷惑。わたくしひとりでやってみます」

「いくらとめても、亮斉の気持ちは変わらぬのであろう」

「かわりませぬ」

亮斉は穏やかに頷いたが揺るぎない決意が清経と蓼平に伝わってくる。

「古稀を過ぎた亮斉が熊三等を引き回す姿を吾が指をくわえて見ていられるか。蓼平もそう思わぬか」

「吾等下部が平素の業を投げ出して亮斉殿に手を貸したとしても首尾よくいくかどうか難しいでしょ

う。それが亮斉殿ひとりで請け負うとなれば、先は見えています。おやめなされ」

「だからこそ蓼平等をこの企てに引き込みたくないのだ。頓挫してもわたくしだけが職を辞せばよいことだ」

「頓挫するのを指をくわえて見ているわけには参りませんぞ」

「蓼平、おぬしに職を辞する覚悟があるか。おぬしには六人の子がいる。末っ子はやっと十歳を超えたばかりであろう。防鴨河使を辞めさせられたらどうやって生きていくのだ。幸いわたくしは老いた連れ合いとふたり暮らし。蓄えも少しある。職を辞しても飢え死にせずに生きていける」

「この蓼平だけでなく育ち盛りの童をかかえて、どうにかこうにかその日その日を凌いでいる下部は大勢居ります。そのことが分かっているなら徒し堤補強の企てはどうかやめなされ」

「やめるわけにはいかぬ。吾等下部達は徒し堤が崩れても飢え死にすることはないが、熊三等には死活にかかわることだ。うまくいくかどうかは分からぬが、野分に備えて徒し堤に土嚢を積み増し補強することが熊三等を飢えから救える唯一の方策だ」

亮斉は両手で抱えた椀を再び口もとに運んだが、飲み尽くしたのか大きく傾けても湯を啜る音はしなかった。

清経は囲炉裏にかけてある土鍋の蓋を開け、竹の柄杓で湯をくみ出すと、それを慎重に亮斉が持つ椀に注いだ。亮斉は無言で頭を下げ、椀を再び口にもっていき、二三度息を吹きかけてからゆっくりと飲んだ。

「亮斉がその気なら、吾も職を辞す覚悟で徒し堤の積み増しに加わるぞ。吾は独り者、職を取りあげられれば、広隆寺に戻ればよい。それに先日熊三と組み合って分かったのだが、吾には防鴨河使主典より、京人が迷惑がる悪清経の方がずっと身の丈にあっている」

「そのようなことは口になさいますな。黄泉の国で今のことをお聞きになった清成様が嘆いておられますぞ。蜂岡家はわたくし達下部の拠り所。古稀を過ぎた一介の下部が職を辞するのとはわけが違います」

亮斉は心底怒っているようだった。

「生憎、三年（みとせ）の間、亮斉に教えられた吾であってみれば、亮斉と同じように一度言い出したら、その考えを曲げるわけには参らぬのだ」

「なんと、無謀な」

たまらず蓼平が叫んだ。

「無謀なことは分かっている。だが吾等が河原の見回りをする先で、亮斉が勝手に熊三等と徒し堤に手を加えているのを見るのはなんともたまらんぞ」

「なんとも、たまりませんな」

そう相づちをうった蓼平は湯を飲み干した椀を遠慮げに清経に差しだした。その椀にも清経は湯を同じように注ぎながら、

「亮斉だけでは無謀な企てであるろうが、吾等が加われば光も見えてくるのではないか」

と穏やかに言った。

「そのようなことを吾ひとりで決めるわけには参りませぬ。それこそ下部総ての死活にかかわること

ですからな」

蓼平は思わぬ方向に話がいってしまったことに困惑するばかりであった。

「いや、蓼平達に職を免じさせるようなことはさせぬ。企てが首尾よくいかなければ、吾と亮斉が辞すれば、それで収まろう。考えてもみよ。川守には卓抜した技と賀茂川への深い知識が欠かせぬ。それらを身につけるには長い歳月がかかる。蓼平等を免ずれば賀茂川の管理はたちゆかなくなる。困るのは長官殿や判官殿だ。いつも人を人とも思わぬ物言いで吾等に無理難題を命ずるが、長官殿は蓼平等が居なくては一日とて安穏として過ごせぬのだ。心内では下部達に頼り切っているのだ」

「そう申されても、背いたみせしめに下部の幾人かが職を解かれるのは目に見えております」

「そうはさせぬ。これは主典である吾が企てたことにすれば、その責は吾だけですむかもしれぬ。よしんば下部の主だった者に及ぶとなれば亮斉を道連れにすればことは収まろう」

清経は亮斉に振り返って同意を求めた。亮斉は黙したまま難しい顔をしている。

「亮斉を見殺しにできぬ以上、亮斉に手を貸すしかあるまい」

清経は蓼平に強い口調で告げた。

（三）

「熊三の奴、頭数で吾等を脅して、思うとおりにことを押し通すつもりですな」

亮斉は口をとがらせて苦々しげに呟いた。畠を背に防鴨河使一行を迎えた人々の数は三百人を超えている。熊三が胸をそらせて清経等を待っていた。

「熊三、よい案は浮かんだか」

亮斉が探ぐるような目をする。

「よい案など浮かびようもない」

「三日もあったのだぞ。一つぐらい浮かんでもよいのではないか」

「案などどうでもよい。徒し堤のままで野分を迎えることの方がずっとえらいことだ」

「では、溝を埋め戻してもかまわんのだな」

「そんなことは言っておらぬ。五月（さつき）の長雨（ながめ）がくるまでに溝は埋め戻す。それまで残させてくれ」

熊三は神妙に下手にでる。

「これを認めればあっちこっちで同じように堤を掘り返して溝を穿（うが）つ者が現われる。そうなったら野分の豪雨で溝をとおして堤は崩れ、京は壊滅するぞ」

「大げさなことを申すな。吾等は本堤に溝を穿ったのではない。柔（やわ）な徒し堤の土嚢を少しだけ取り除いて溝を設けたのだ」

「どこに溝を穿とうと同じこと。賀茂の河水を空き地に引きいれることは認められぬ」

「そう申すが民部省が首をたてに振りさえすれば、弱腰の防鴨河使のことだ、同じ口先で認めるのだろう」

熊三は皮肉たっぷりだ。

「防鴨河使が民部省に弱腰であるのは熊三が申す通りだ」

傍らで聞いていた清経が亮斉の後を引き継いだ。

「悪清経と呼ばれた主典(さかん)殿もすっかり毒気を抜かれて民部省に尾を振るというわけか」

大勢の仲間に支えられた熊三の鼻息は荒い。

「民部省から糧米を支給されている身であってみれば短い尾も振らねばならぬ」

清経は感情を抑えて言い返した。

「哀れなことだ。悪清経の面影もないわ。糧米という餌で釣られたとは。吾等はここに集まった仲間でこれから民部省に押しかけ、徒し堤を本堤に復元してもらうよう掛け合ってくる。決して民部省などに尾など振らぬ。もともと尾などないからな」

熊三がいきり立つ。

「五機内の疲弊は甚だしい。どの国司も堤の復元に雑徭(ぞうよう)の者は出せぬ、と言っているのだ」

「ならば遠国に助けを借りればよいではないか」

参集した者誰でもが思いつくことを熊三が口にした。

「賀茂川堤の復元は五機内の雑徭でおこなうことに決められている」

「防鴨河使は壊れた堤の仮補修までと決められている。堤に溝を穿ってはならぬと決められている。本堤の復元は五機内の雑徭でおこなうと決められている。決められていると申せば吾等が得心すると思っているのか。吾等に談合(だんかう)（相談）こともなく決めたものを、勝手に押しつけられても、はいそうですか、と引き下がるわけには参らぬ。話にならん。帰ってくれ」

熊三は一歩、間合いを詰める。亮斉が口をかたく結んで心配そうに目線を送ってくる。短慮を戒めるものであることを清経は十分に分かっていた。清経は内心で、堪忍、堪忍と繰り返しながら、大きく息を吸込んで、気を鎮めるとゆっくりと吐き出し、

「帰るわけにはいかん。まだ話は終わっておらぬ」

と参集者に向かって大声で告げた。

「これから皆にいくつかのことを問う。それにありのままに答えてくれ」

参集者はなにを訊かれるのかと清経を注視する。

「徒し堤をどうして欲しいのだ」

「すぐに本堤に復元して欲しい」

即座に参集者から戻ってきた。

「本堤に復すること民部省は認めておらぬ。どうする」

「これから皆で民部省に訴える」

その声に鼓舞されるように参集者が口々に、愁訴、愁訴だ、と叫んだ。

「愁訴しても民部省は首を縦に振らぬ。徒し堤はそのままだ。どうする」

「どうもせぬ、本堤に復してもらうまで何日でも押し掛ける」

「愁訴を続ければお主等の何人かは獄舎にいれられ、京より追放されるぞ。それでもかまわぬか」

「もし麦が出水に流されれば、吾等は飢え死にだ。飢え死にするくらいなら京を追われる方がましかもしれぬ。それに追われれば吾等は河原に住まう者に加わる。あそこなら飢え死にせぬかもしれぬかららな」

参集者の誰もが『河原に住まう者』よりいくらかはましな生活をしていると自負している。自負はしているが食べていく苦しさはさして変わらないのだ。

「愁訴を繰り返しているうちに梅雨時の長雨がくるぞ。畠は水を被る。被れば麦の収穫はない。どうする」

清経はさらにたたみかける。

「民部省が駄目なら太政官がある」

「同じことだ」

清経は即座に否定した。

「民部省や太政官に尾を振る主典殿の問いにこれ以上答えることはない」

熊三が咆哮した。

清経は防鴨河使主典の職をさっさと投げ出して、三年前の悪清経に戻りたい衝動にかられながら、大きく息を吸込んで、堪忍、堪忍、と心中でくり返す。

「民部省も太政官も頼りにならぬとなれば、ここはお互い知恵を出し合ってうまく乗り越えようではないか」

亮斉がやんわりと割り込んできた。

「乗り越えるとはどういうことだ。主典殿は吾等にあれもならぬ、これもいかぬと申しているのだぞ」

熊三の顔は憤懣で張り裂けそうだ。

「徒し堤が本堤に復元できれば、畠は無事、麦の収穫も叶う」

亮斉の声はさらに優しくなる。

「本堤に復元できぬと申しているのは主典殿達であろう」

「確かに徒し堤を本堤に復元することは叶わぬ。だが熊三、徒し堤を本堤に勝るとも劣らぬ強固な堤にすることはできるかもしれぬ。そうすれば晩夏の野分の豪雨にも持ちこたえられるぞ」

「徒し堤をいくら補強したとて所詮、徒し堤は徒し堤。豪雨に耐えたとしても堤高さは人の背しかない。あれでは頂を越えた濁流が畠ばかりか京内まで流れ込むのは目に見えている」

熊三はそんなことに気づかないのかと言わんばかりに呆れ顔をする。

「徒し堤の頂を今の倍の高さにすれば何とか防げるのではないのか」

「昨年のような大きな野分がくれば、倍にしても防ぎようはない」

「あれは十年に一度来るか来ないかの野分。例年の野分なら倍で持つのではないか」

「かもしれぬ。皆はどう思う」

熊三は聞き耳をたてている仲間に振り返って確かめる。

「いつもの野分なら持つかもしれぬ」

「昨年の野分は大きかった。あんなものが今年は来ないことを祈るだけだ」

賀茂川沿いの空き地を畠としている熊三等は河水の増減に絶えず気を配っているので季節ごとに微妙に変わる賀茂の河水の増減に詳しいのだ。

「だが、誰が徒し堤を強固にしてくれるのだ。それに防鴨河使は一度作った徒し堤に手を加えることは禁じられているはず」

熊三が首をかしげる。

「徒し堤を本堤に復元することは禁じられているが、徒し堤に手を加えてはならぬとは聞いてない。そうですな」

亮斉は清経に大げさに同意を求めた。清経がゆっくりと首を上下に振る。

「防鴨河使が本堤のようにしてくれるなら願ってもないことだ」

熊三は満面に喜色を現わした。

「いやいや、防鴨河使だけではとても人手が足りぬ」

「そんなことだろうと思った。言ってみたが人手不足で叶わぬと逃げ口上を言いたかっただけなのか」

熊三のいかついひげ面がたちまち憤怒に変わる。それでも熊三の顔には少しも落胆の色はなかった。

「防鴨河使の人手だけでは足りぬが、熊三等京人が手を貸してくれれば、なんとかなる。どうだ、手を貸してくれぬか」

「本気で申しているのか。もしそうなら、吾等は百人でも二百人でも手を貸すぞ」

再び熊三のひげ面に喜色が蘇る。

亮斉は一喜一憂する熊三に思わず笑みをこぼした。熊三等はどんなに苦しいときでも愚痴をこぼさず、どこかに小さな望みをみつけて明日への糧とする。それは今日を生きてゆくだけで精一杯、明日のことを思い煩う暇などないなかで学んだ処世術なのであろう。亮斉は彼等に接するたびに、その突き抜けた明るさと楽観に驚きと共に共感を覚えるのだった。

（四）

熊三等と別れて賀茂川の巡視にまわる下部達を見送った清経は防鴨河使庁に向かった。

熊三等との経緯を報告するよう、諸行から申し渡されていたからだ。

庁舎に向かう道々、清経はどのように諸行に述べればよいのか迷っていた。ありのままを述べれば、仰天して、徒し堤に手を加えるな、と命ぜられることは目に見えている。こんな時、亮斉なら長官になんと報告するだろうと思った。

「懸命」

そう呟いて、思わず清経は失笑した。

亮斉は諸行や清経の指示が理不尽と思われたとき、その指示を先延ばしすることがしばしばあった。指示した件の成否を問い質すと、亮斉は神妙な顔つきで、懸命に力を注いでおります、と応じる。

亮斉なら、懸命、という言葉もそれなりに説得力はあるが、己が口にすれば、先延ばしの言い逃れにしか長官には聞こえないだろう、と清経は内心忸怩たる思いがあった。いざとなったら職を辞す覚悟はできていたが、長官や判官を騙すような形で防鴨河使庁を去るのは清経の性分に合わなかった。

「懸命に力を注いでおります、それしか、あるまい」

すれ違う京人にはっきり聞こえるほどの大きな声だった。

そう決めると、何となく気が重かった胸のうちが幾分かは軽くなった。

風は冷たかったが一時期の刺すような寒さはなく、身をこごめてやり過ごすほどではなかった。それでも行き過ぎる京人達は襟をかき合わせ、風を避けるように半身になりながら往来している。


「熊三等を得心させる件は穏便に進んでいるか」

防鴨河使庁の長官室で諸行が清経にそれとなく尋ねる。

「力を注いでおりますが、なかなか一筋縄とは参りません。今しばらくはお待ちください」

さすがに懸命にとは言えなかった。

「何事も穏便に、穏便にな。なにはともあれ民部省のお手を煩わすようなことだけは避けねばならぬ。二度と民部省に訴えをおこさぬよう、うまくやってくれ」

熊三等の苦衷よりも民部省に少しでも取り入ろうとする諸行に清経は腹をたてる気さえ起こらなかった。

「そう申せば、昨夕、捕縛された致忠様が佐渡島に配流されることが決まったぞ」

徒し堤についてもっと聞かれると思ったが諸行は興味がないのか、あっさりと話を変えた。

「佐渡へ流されるのですか。さらし首になるのかとばかり思っておりました」

人、それも身分もある官人を殺害すれば、おおかたは死罪になるのが通例である。

「武貞殿も佐渡への配流は意外だと申していた。昨夕の捕縛、今日の配流。随分とはやい罪科の決定。致忠様は高齢。もはや生きて京には戻れまい」

諸行はしきりに首をかしげていたが、何か心に気掛りなことがあるらしく、清経に困惑の目を向けた。

「何かお話しなさりたいことがおありのようですが」

諸行の意を察した清経が尋ねる。

「ひとつ内々に頼みたいことがあるのだが……」

諸行は逡巡した後、

「清経は母堂が亡くなって後、広隆寺の勧運和尚の手で育てられたのであったな」

と奥歯に衣着せるように訊ねた。

「和尚は吾にとっては大叔父にあたる者。七歳から十七歳までの間、広隆寺に居りました」

「勧運殿はご高齢と聞くが、お幾つになられた」

「八十路を一つ超えましたが、健在です」

「その勧運殿に一筆したためて欲しいのだ」

「はて、したためるとは文のことですか」

「それが、だ……」

そこで諸行は言いよどんだ。諸行は一度も私的なことで清経にものを頼んだことがない、それが、言い出せぬほどの頼み事があるという。諸行が言い出すまで清経は待った。

「実は、わたくしの一族の者で尼になりたがっている女性がいるのだ。そこで勧運殿にその労をとってほしいのだ」

心染まぬことがありありと分かるような口ぶりだ。

「その女性がまこと尼になりたいなら、広隆寺に参り、和尚にお願い致せばよいのではありませぬか」

「広隆寺に参ったが門前で若い僧に追い返されたらしいのだ」

「広隆寺でなくともよいのでは。大江家の後ろ盾があれば京内の尼寺でたやすく出家が叶いましょう」

「それがなるべく京から離れた寺を望んでいる。大江一族の者もそれが良いと思っている」

「なぜ、京から離れた寺を望むのか分かりませんが、結縁の望みが強ければ和尚も尼になるための労はいとわぬでしょう。吾が一筆したためるより、和尚に会えるまで何度も広隆寺を訪ねる方が確かです。追い返されても追い返されても門前に立つ。そうすれば女性の思いは和尚に届きましょう」

十年も勧運和尚と寝食を共にすれば、和尚がなにを考え、なにを嫌うかを清経はよく分かっていた。若い僧が修行に耐えられず出奔や還俗するのを何人も見ている。寺という隔絶された所でひたすら修行に励むには、思いつきや一時の感傷などの生半可な思いで出家したとしても長続きしないのだ。

「大江家としては広隆寺の門前に何日も立ち続けて出家を乞う惨めな姿を見たくないのだ」

「ならば長官（かみ）殿が付き添いなされ」

「わたくしは防鴨河使の長官、そのような暇はない。どうであろう、一行でよい、勧運和尚に労をとって頂くよう一筆したためてもらえまいか」

「和尚に文で仲介するとなれば、その女性（にょしょう）を知らぬというわけにも参りませぬ。素性を教えて頂けませぬか」

「わたくしが打ち明けなくとも、大内裏で噂になっている女性、あらためて尋ねるまでもなかろう。大江家のひとりであるわたくしの口からはとても申せぬ」

　諸行はことさら大きくため息をついた。しかし清経には諸行がため息をつかなくてはならないような噂に心当たりがない。大内裏といえば公家や官人が政務を執る官庁街である。清経はそこでの噂話などにまったく興味がなく、したがって疎かった。

　徒し堤の件もある、ここで諸行に貸しをつくっておくのも一概に悪いことではない、と清経は思い直した。

「一行でよいならしたためましょう」

　吾もずいぶんと角がとれてきたな、と卑屈になるのを押さえながら、清経は諸行があらかじめ用意しておいた筆を執った。

（五）

防鴨河使庁を出て朱雀大路を南に向かった。

三条大路の辻まで来ると清経は立ちどまって空を仰いだ。陽はまだ高かった。

「壺装束の女性（にょしょう）との約束を果たさねばなるまい」

清経は一瞬、逡巡してのち、そう呟いて辻を左折し、三条大路を東に向かった。行く先は悲田院である。

これまで清経は、院の内情や来歴についてほとんど知らなかった。それが捨て子を介して悲田院を束ねている静琳尼と出会い、悲田院の複雑な内情を知ると静琳尼を支えることに躊躇しなかった。それは静琳尼の気品に満ちた清楚さと清経への誠実な対応に感銘を受けたからである。

「それにしても、今の悲田院の事情はなんとも不可解」

清経は呟いて足を速める。

道々、清経は勧運和尚から悲田院について教えられたことを思い出していた。

勧運によれば、悲田院は京中の路辺の病人孤児を救済するのを旨とし、もとは東西の両院があって収容人数は両院合わせて五百人程度であったが、いつの頃からか東の一院となり収容者は三百人ほどに減った、という。

収容者には官衙から米や塩が支給される。

東の一院になった頃から河原に住まう者も収容するようになったが、悲田院の収容者は京人に限られるという建前から彼等には官からはなにも支給されなかった。

それでも切りつめたり、貴顕、富貴者の寄付などでやりくりをして凌いできた。

百年も経つと収容する人数は九百人にもなったがその内の半数以上は河原に住まう人々で占められた。

京人の収容者の支給米で河原に住まう者の収容者まで賄わなくてはならない。悲田院の困窮は極に達した。

十年前、悲田院の長、院司預が河原に住まう者の収容者に米、塩、滓醤を支給基準の半分でいいから給するよう太政官に談判した。

太政官はこれに応じず、どうしてもというなら悲田院から彼等を追放し、京人のみを収容対象とせよ、と突きはなした。

追放できないからこそ談判に来たのだ、と怒り心頭に発した院司預は太政官に辞表をたたきつけた。

太政官では仕方なく新たに悲田院院司預を任命したが即座に断られた。次の任命者も次の次の任命者もことごとく断ったのだ。

それほど悲田院院司預は魅力のない職であった。

とうとう院司預不在のまま二年が過ぎた。

悲田院の機能は著しく低下し病人は満足に治療も受けられず腐臭にまみれて放置され死を待つしか

ない惨状に陥った。

無償で奉仕していた者達はひとり去りふたり去り、愛想をつかした貴顕、富貴者からの寄付も途絶えがちになった。

最早悲田院の存続が困難かと思われた時、ある尼僧がふたりの尼僧を伴って悲田院を訪れ、病人達を看病し、薬を与え、誰にでも分け隔てなく接した。

名を静琳尼と呼んだ。悲田院の下級役人である史生(ししょう)や医師、それに奉仕者等は、三名の尼僧はそのうち嫌気がさして悲田院を立ち去るだろう、とどこか冷たい態度で遇した。

予想に反して尼僧達はひたすら病人の看病、施薬と捨て子の育児、さらに京の大路小路の辻々に立って食料を得るための喜捨を募った。

一年後、誰ともなく静琳尼は光明皇后の再来だと噂するようになった。

悲田院は聖武天皇御代の天平二年(七三〇)光明皇后の思し召しにより創建され、遷都後もその意志が引き継がれ今に至っているからである。

尼僧達に冷たく接していた史生、医師や奉仕者等は心を開き手足となって三名を支えるようになった。

やがて悲田院への寄付を止めていた貴顕、富貴者達も再度の寄付をするようになった。

秩序が甦ると京人や河原に住まう者の中から無償で奉仕したいと申し出る者が引きも切らなくなった。

雑事から解放された静琳尼は人が嫌う重病人の看病に徹し、死を看取る数は二千人を超えたと言う。

そんな静琳尼達を太政官は一切無視した。ただ毎年京人の収容者分の米、塩、滓醤が史生を通じて静琳尼に下賜されるだけだった。


それが勧運から悲田院について聞かされていることだった。

勧運がなぜそれほどまでに悲田院について詳しいのか清経には分からなかった。もっともこのような悲田院の話は京人の間ではかなり知れている話でもあった。勧運はそれらの話を要領よくまとめて己に話してくれたのかもしれない、と清経は思いかえす。

小半刻（約三十分）ほど歩くと東京極大路沿いの空き地に悲田院の大屋根が見えてくるのだが、昨年の野分による賀茂川の氾濫で大屋根はおろか白壁も見えなかった。

見えるのは葦と茅、さらに古木材や氾濫で流れ着いた流木で応急に建てられた仮屋（かりのや）の群れであった。

清経は忙しく立ち働く奉仕者を縫うようにして仮屋の一つに向かった。

「おや、蜂岡様ではありませぬか」

声を掛けてきたのは薬王尼（やくおうに）だった。静琳尼の居るところ必ず薬王尼の姿がある、と言われているほど、常に陰に日向に薬王尼は静琳尼を補佐していた。

「静琳尼様はお居でか」

清経は笑顔で訊ねる。薬王尼のそばにいると尖った感情の時でもなぜか心が鎮まってくる。

「おられますよ。案内（あない）致しましょう」

薬王尼は笑みを浮かべて、仮屋の一つに清経を誘うと、

「ここに居られます」

ほほえむと一礼して忙しげに去っていった。

「お久しゅうございます。蜂岡清経です」

清経は大声で訪いをいれながら、仮屋の扉を開いた。

仮屋の広さは十坪(二十畳)ほどで外壁は葦と茅で作られているが内側は杉材を割った板が張られ、床も同じように杉の割り板が敷き詰められていた。

「随分と整いましたな」

清経は壁際に置いた机の前に座す静琳尼に頭を下げた。

静琳尼は声で瞬時に清経に気づいたのか、驚きもせず、頷いて、

「整いましたぞ。葦と茅の仮屋(かりのや)はなんと二十四戸にも増えました」

と微笑んだ。

「吾が前(さき)に訪れた時は十五戸でしたから随分充実しましたな」

「ようやく七百を超える困窮者を収容できるほどになりました。これも清経様をはじめ京人の御奉仕、さらに河原に住まう者達の惜しみないお力添えがあればこそ」

「その後、悲田院の再建について太政官から沙汰はありましたか」

「いいえ、太政官は悲田院の再建を見送っているようです」

静琳尼は屈託なく言う。

「河原に住まう者には相変わらず米は下賜(かし)されませんか」

「されませぬ。困窮者の救済を官衙に頼らずに続けられるならそれがよいのです」

「そう申しても、昨年はどこの地方も凶作、防鴨河使の下部達も大粮（支給米）が減らされております。悲田院でも減らされているのではありませんか」

「京人の収容者には一日大人ひとり米一升（今の四合）、塩一勺、滓醤一合が、小人には米六合（今の二合五勺）、塩五撮、滓醤五勺が変わることなく下賜されております」

「それはなによりです。前にお会い致しましたときより静琳尼様はご壮健になられた御様子、安堵しました」

「あのおりは病み上がりでしたからね。そうでした清経様にあの時のお礼を申し上げなくてはなりませぬな」

「裳瘡に罹病し九条河原に放置された病人達に静琳尼様ひとりでの施療は無謀だったのです」

「疫病者の看病は難しいものですね。己に感染ることを恐れていては実の施療や看病は叶いませぬ」

「だからと申して、自らも疫病に感染ってしまえば看病も施療も叶いませぬぞ」

「裳瘡に罹ったわたくしを救ってくだされたのは清経様。感謝しております」

「吾ではありませぬ。病を治したのは勧運和尚。吾は罹病した静琳尼様を広隆寺にお運び申しただけ」

「勧運様はその昔、病を治すこと薬師様の如し、といわれたお方。よい方に巡り会えました。おふたりのおかげで本復叶いました」

「その後、和尚は院に見えるのですか」

「一度お越しになられました。清経様は広隆寺には参られませぬのか」

「防鴨河使になってから忙しさにかまけて参っておりません」

「育ての親、大伯父の勧運様、大事になさらなければ罰が当たりますぞ」

静琳尼は清経に微笑みかけ、

「で、今日は後見となった御子の様子を確かめに参られましたのか」

と訊ねた。

「その赤子を引き取りたいと申す女性が先日、吾の館に参られたのです」

「どのようなお方のですか」

「それが、身分も名も明かしませぬ。やんごとなき方のように見受けられましたが、吾の手には余ります。そこで静琳尼様に引き取って頂く是非をお任せしたいと思い、その女性に静琳尼様をお訪ねするよう申しました。近々、その方がみえられると思いますので、話し合って頂ければ、と」

「はて、やんごとなき方？　そのような方が清経様が拾われて院に預けた御子を引き取りたい？　なにか殿原には言えない深いわけがあるのかもしれませぬな。もし参ったらその方の胸の内をお訊きして御子をどうするか決めましょう」

静琳尼は穏やかに包み込むような眼差しを清経に向けた。

第三章　邂逅

（一）

朱雀大路に京人が群がり、羅城門跡の方角をしきりにうかがっていた。

「見えたぞ」

人々が指さす先に馬に乗った男が、崩れ落ちた羅城門の脇を通り朱雀門へと進んでくる。羅城門はおよそ二十年前の台風で倒壊してのち放置されて荒廃が甚だしかった。

「あれが保昌様か」

「佐渡に流される致忠様の子息。するとふたりはこの大路のどこかで出会うことになる。なんという面うち（皮肉）だ」

「今ごろ致忠様は囚獄司の官人に引っ立てられ朱雀大路をこちらに向っているはずだ」

「ふたりが行き交うとすれば三条大路と朱雀大路の辻あたりだろう」

藤原保昌が遠国下野（現、栃木県）の国司の任あけて、京に戻ってくるという噂が流れたのは、奇しくも致忠が捕らえられた日であった。しかも流刑と決まった致忠が京から佐渡へ向かって護送される日と保昌が京に着く日が同じ日であることに京人は沸き立った。

致忠、保昌父子をひと目見ようと朱雀大路に集まった人出は七万とも八万とも思われた。実に京の全住民十四万余人の半数が幅二十八丈（約八十四メートル）の朱雀大路の起点から終点、すなわち朱雀門から羅城門のおよそ四キロを埋め尽くしたことになる。

二つの行列が大路のどこかで出会い、その時、ふたりがどのような挙動をとるのか、人々の興味をいやが上にも駆り立てた。

そのうえ、保昌の行列が変わっている、との噂がさらに人々を朱雀大路に呼び寄せることとなった。

「保昌様一行は目を見張るほど花々（派手）しい、との噂」

「それもさることながら、空荷の牛馬二十頭が列の先頭だと言うぞ」

「空荷の牛馬？　それも二十頭だと？」

「なんという変わり者だ。致忠親子の所行は吾等下々の者にはとんと見当もつかぬ」

国司の任が明けて帰京する一行の荷駄の多寡について京人は常に感心を払っていた。荷物を陸送するのは至難のことで、牛馬に限らず、人も持てるだけの荷を担いで帰京したものである。

下野から京までは陸路と海路でひと月近くを要する。帰京の途上、野に伏して朝を迎えることもあれば、雨に行く手を阻まれ仕方なく茅や背の高い草を刈り込んで仮屋を建てやり過ごすことも一夜や二夜ではない。

ましで冬季の帰京となれば下野は雪の中。主従ともども疲労困憊し、汗、垢にまみれ、衣服は泥だらけ、髪も髭も伸び放題、出立時、肥えていた牛馬も京に着く頃はやせ細り、腰のあたりがそげて骨が浮いて見えるほど過酷な旅である。

それが二十頭の牛馬は空荷、あとの牛馬には潰れるばかりの荷を満載している、という噂の真意を確かめようと、人々は朱雀大路を北上してくる保昌一行に目をこらす。

「近づいてくるぞ」

押しかけた人々は少しでも仔細に見ようと大路の中央に走り出る。それを左右両京職（きょうしき）の官人等が押し返す。京職は司法警察、および庶政を掌る（つかさどる）官庁で、今で言う区役所と警察を併せたような役所である。

右京職の長官、すなわち右京大夫として数日前まで右京をとり仕切っていたのは致忠であった。

「噂どおり、先頭を行く馬や牛は空荷。なんと馬の背には荷の代わりに豪華な絹布を掛けている」

「それにしても牛馬のまるまると肥えて大きいことよ。あんなに蒼く光っている毛艶（けづや）を見たことがない。あのようにたくましい牛や馬は京のどこを探してもおらぬぞ」

「あの牛馬の背に荷を乗せれば、どれほどの家財を持って帰れるか。保昌様は頭がおかしいのではないか」

先頭を行く牛馬の一頭一頭には着飾った牛飼いと馬丁がついて、それぞれ口取りの縄を手にしている。

　つき従う家人、郎党は五十名を超えていた。彼らは大きな荷を背負っていたが疲れた様子もなくしっかりした足取りで進んでくる。どの顔も四年ぶりに無事帰京が叶った喜びに紅潮し、麗々しく着飾った装束に過酷な長旅を連想させる汚れなどは皆無であった。

「京に入る前で列を整え、装束を着替えたに違いない」

「よほどの蓄財がなければ叶うことではない」

「大路をまっすぐに進めば朱雀門に突き当たる。内裏に向かうのか」

「内裏は修復の最中、帝は御座さぬぞ」

「まさか囚獄司庁に向かうのではあるまい」

「あの牛馬を囚獄司に献上し、致忠様の流刑の罪を減じてもらうのかもしれぬ」

「親子であってみればそれも頷ける。しかし、致忠様の一団はもう囚獄司庁の牢獄を出てこちらに向かっているはず」

「ならば、あの牛馬はなんのために着飾って先頭を歩ませているのだ」

　京人は思いついた言を口々に発する。

　一行の長さはおよそ一町（約百十メートル）、その後を人々は保昌の行く先を確かめようとひしめき合って続く。

　一行は無言のまま粛々と進んでゆく。集まった人々の中には一行の縁者が多数居るはずだが、だれも列に駆け寄ろうとする者はいなかった。麗々しく着飾った列に声をかけたり近寄るのは、憚れたのだ。やがて一行は朱雀大路と四条大路が交わる広大な辻に行きついた。そこには万を超える人々が待ち構え、先を争って一行を取り囲んだ。京職官人等は路をあけるよう警護棒を振りかざして規制するが、夥しい人々を制止できるはずもなかった。

群衆に怖じたのか二十頭の牛馬が後ずさりする。それを牛飼い童と馬丁が口取りの縄を絞って懸命にいさめる。縄を離せば牛馬は群衆へなだれ込むかもしれない。そうなれば負傷者や死者がでるのは目に見えている。

人々は保昌一行をひと目見ようと後から後から辻へと突き進む。

「路を譲れ。前をあけよ」

官人の規制する怒号が飛び交うだけでだれひとり保昌一行に路をあけようとする者はいなかった。

牛馬が怯えた声を発した。最早、惨事は避けられない、と思えたその時、保昌が馬上で伸び上がり、群衆を睥睨すると腰に下げた太刀を抜きはなった。

「路をあけよ。妨げる者はこの保昌が首をはねる。路をあけよ」

太刀を頭上にかざして咆哮する保昌の声は群衆の隅々まで届いた。

一瞬にして人々は沈黙する。

「吾が行く路をあけよ」

再び保昌が声を張り上げた。

大路を埋めた人々が二つに割れて保昌の前方が開けた。保昌は何事もなかったかのごとく、朱雀門を見はるかした。

するとゝ、その朱雀門をさえぎるように十五人ばかりの一団が保昌一行に向かって進んでくる。

「致忠様だ。致忠様の一行だ」

群衆のあちこちから声が上がって、再び大路は人々の声で満ちた。太刀をかざしたまま馬を進める保昌の表情がはじめて変わった。保昌もその一団が致忠を佐渡へ送る護送集団であることに気づいたのだ。

保昌は太刀を鞘に収めると馬の手綱をゆるめてゆっくりと進む。両者の間は少しずつ縮まってゆく。人々は固唾をのんで二つの列を交互に見やる。

致忠は粗末な装束であるが縄掛けはされておらず、女房と思しき女がふたり、それに屈強な郎党二名が大きな荷物を担いでつき従い、その前後左右を囚獄司の者、十名が護送している。男達は太刀の束に手をかけて、いつでも抜けるよう腰を低めて大路の中央を緊張した面持ちで保昌の一行に向かって進んでくる。

両者はお互いの顔が見分けられるほどに近づいた。人々は保昌と致忠の双方にせわしなく視線を送る。保昌は上体をのばし、手綱を引き締めて馬をとめた。

すると護送する者の中から男がひとり抜け出し、保昌の馬前まで歩み寄った。

「路をあけよ」

男が馬上の保昌に大声で告げた。保昌は無言で首を横に振る。

「路をあけよ」

再び男が警告する。

「罪人に路を譲る謂(い)われはない」

保昌は平然と言い返した。

「罪人とな。保昌様の言葉とも思えぬ。致忠様は保昌様の尊父ではないか」

「父であっても罪人は罪人」

「もう一度申す。路をあけよ」

「同じことを言わせるな。罪人に路を譲る謂われはない」

「罪人に路を譲れ、と申してはおらぬ。吾等囚獄司に礼をつくせと申している」

「ほう、お主(ぬし)等にか？　おぬしの官職を申せ」

「囚獄司、大令史(だいさかん)である」

保昌の官位からすれば囚獄司庁の長官となってもおかしくない。その保昌に囚獄司四等官では三番目の職階である大令史に礼をつくせと言い放つ不遜さに保昌は腹をたてた。

「吾等は帝の命により、山城の地方境(くに)まで藤原致忠様を護送する者。保昌様は国司の任があけての帰京。ということは国司の任をすでに解かれ、無官での帰京。帝の命に従って致忠様を護送する吾等。私人たる保昌様が路を譲るのは道理であろう。路をあけられよ」

男は片手をあげて致忠一行の前進を促した。保昌は馬をとめたまま路をあけようとはしない。

両者は動かぬままにらみ合う。群衆は固唾をのんでふたりをくいいるように見る。

すると致忠が囚獄司官人達を押しのけて保昌に歩み寄った。

「この父に路を譲らぬのはかまわぬ。だが帝の命に服する囚獄司の者に路を譲るのは道理。南家藤原の恥さらし者、そこを退け」

致忠の言葉に人々は己の耳を疑った。強盗と殺人の罪で佐渡島に流されるのは致忠で、恥さらし者は紛れもなく本人の方である。その致忠が息子の保昌に、恥さらし者と言い放ったのだ。

「もう一度申す。南家藤原の恥さらし者、そこを退け」

致忠は一歩前に出た。馬の鼻息が致忠の顔にかかった。人々は保昌がなにか言い返すのではないかと耳をそばだてる。保昌は口をかたく結んで致忠を見下ろしたままだ。

致忠も保昌も京中に知れわたった剛の者である。そのことを承知している人々はある種の期待に胸をふくらませる。両者の頬差しが少しずつ朱に染まってゆく。その時、たまりかねたように保昌一行の中から、荷を背負ったままの男が両者の間に割って入った。

「致忠様、お久しゅうございます。保昌様の家司、麿でございます」

男は足元に荷をおろし、大路に下座すると深々と頭をたれた。

「麿か。ほんに久しい。まだ保昌に仕えておるのか。保昌が少しでも吾に似れば幾分はましな男になったかもしれぬが、だれに似たのか南家の恥さらし者に成り下がった。おぬし、よく見切りをつけなかったな」

「吾が主、保昌様のご気質は致忠様ゆずり、一度お決めになったことは成就するまで曲げませぬ。御両所はよく似ておられます」

頭を上げると致忠を見上げた。

「聞いたか保昌。吾等親子はよく似ているそうじゃ。吾はおぬしに路を譲る気は毛頭ない。気質が似ているとなればおぬしも吾に譲る気はなかろう。そうは申しても南家の恥さらし者かつ小心者のおぬしであってみれば帝の威光に逆らえまい。そこが吾とおぬしの違うところだ。もし路を譲らねば、後々、帝に弓をひいた、とのそしりは免れぬぞ。そうなれば昇進の途も閉ざされよう。それを甘んじて受けるほどの度量はおぬしにはあるまい」

致忠は下座している麿を立たせると、おろした荷を麿の背に担がせた。保昌はそれを馬上から苦々しげに見下ろしていたが、手綱を引いて馬を返すと、郎党に向かって、

「路の端によって囚獄司一行をお通し申せ」

と告げた。

人々から嘆息の息がもれた。それは期待したことが起こらなかったことへの失望感に思われた。

致忠の一団は朱雀大路を羅城門跡に向かって進みはじめる。それを見送る保昌は硬く口を結んで眉一つ動かさなかった。

「ゆくぞ」

致忠の一団が過ぎると保昌は先頭に立って馬を進めた。

三条大路の辻を過ぎると朱雀門が間近にせまってくる。冬の低い陽光が丹塗りの門柱に映える。この東側の一郭には公家や富貴者の広大な館の築地塀が大路に沿って築かれ、朱雀門まで続いている。いつもなら人影が少なく閑散としているのだが、ここにも保昌一行を見ようと築地塀を背にした人々が押しかけていた。それぞれの館からは屈強な家人が門をかためて、どさくさに紛れて館に侵入する者がいないか警戒している。そのためもあってか参集した人々が保昌一行の進行を妨げるようなこと

はなかった。

　やがて一行は東西に走る二条大路に突き当たった。前方には行く手をはばんで朱雀門がそびえ建っている。ここで朱雀大路はつきる。朱雀門をくぐれば大極殿(だいごくでん)をはじめ政務を司る庁舎が並ぶ大内裏となる。だが昨年の大火で朱雀門は残ったものの、大極殿は消失して、その再建がはじまったばかりだった。

　朱雀門前には弓と太刀で武装した衛兵がたむろしていた。京に人出があるときは朱雀門に警護の衛兵がつくのだが、その人数はせいぜい十人ほどである。それが今日に限っては百名ほどが物々しく朱雀門を囲んでいた。

　保昌は朱雀門に一瞥をくれると辻を右に曲がって二条大路を東にとった。二条大路にほとんど人影はなかった。

　朱雀門を入ってしまえば保昌一行についていくことは叶わない。特別な催事がある時を除いて、平素京人が朱雀門内に入ることは許されていない。

　すなわち、人々は朱雀門に入るまでを見届ければそこで見切りをつけて家路につくつもりであった。ところが人々の思惑は外れて保昌一行は朱雀門を通らずに、二条大路を東に進んだのだ。

　こうなると人々はそのまま帰るわけにもいかず、行く先を確かめようと二条大路を押し合いへし合って、保昌一行の後についていく。このまま東進すれば東京極大路に突き当たり、その先は空き地から賀茂河原に行きつく。

「二条河原に向かうのか」

「河原にはなにもないぞ」

「一体、どこへ行くのだ」

そんな人々の思いをよそに保昌は、東京極大路の一本手前、富小路の辻を左に曲がって北上をする。

「土御門(つちみかど)邸だ。そうだ土御門邸に行くのだ」

人々が納得の様子で口々に言い合った。土御門邸は東京極大路詰め土御門大路詰めの広大な一郭に建つ左大臣藤原道長の邸宅である。

「すると、あの牛馬は左大臣に献上するのだ」

「今秋の除目(じもく)を考えてのことだ」

除目とは官人を官職に任命することである。除目の最終決定者は左大臣、すなわち藤原道長である。

「そうか、さきほど致忠様が南家藤原の恥さらし者と保昌様をなじったのはこのことだったのだ」

「なるほど、致忠様が流刑になった今、南家藤原の長者は保昌様。その保昌様が北家藤原の長者、左大臣藤原道長様に牛馬二十頭を献上するのだからな」

古来より、牛馬を献上するのは臣下として仕えることを意味する。すなわち、南家藤原は北家藤原に臣下の礼をとったことにほかならない。人々の推測が当たっていれば、南家藤原の長者が北家藤原の臣下となることだ。

人々が思ったとおり、保昌は土御門邸の大門に着くと下馬して、着飾った牛馬二十頭を門前に並べた。門前には左右にひとりずつ門衛がいるだけで、門内は深閑として人影一つなかった。

「左大臣様に申し上げる。ただいま、藤原保昌、下野国司の任あけて、帰京致した。下野の隅々より四年掛けて選び抜いた牛と馬、二十頭を献上致したく、門前をお借りした。どうか納められよ」

保昌は一言ひとことゆっくりと腹に力を込めて告げた。

（二）

清経に与えられた主典執務室は北向きで狭く、風通しが悪かった。

そこに清経、亮斉、蓼平が集まっていた。

冬期は炭櫃（火鉢）一つで暖をとるのだが、厳寒を炭火だけでやり過ごすには若い清経であっても耐え難いものであった。

「もう陽が高いというのに、この部屋は少しも暖まりませんな」

亮斉は炭櫃を抱えんばかりにして両手を炭火にかざした。

「このところ、炭の量を減らされている。暖をとれるだけましだ」

「昨年の凶作が様々なところに影を落としてきてますな」

亮斉は炭火にかざした手のひらで顔を覆い、冷え切った顔面を暖めて息をつく。

「徒し堤を補強すると熊三等に約したが、これは一筋縄ではいかぬぞ」

清経は一枚の紙をふたりの前に置いた。そこには徒し堤の補強に必要な土嚢の数が示されていた。

「さすが算（さん）に長けた清経殿、この亮斉ではおよその数は出せても、それは当て推量。とてもこのように細かく算出することは叶いませぬ」

亮斉は目を細めて紙面に目を通す。

算とは宋伝来の計算器である。算盤（さんばん）と呼ばれる用具の上に算棒を並べて四則等を算出する。ちなみ算盤（そろばん）の伝来は室町末期で数量計算はそれまで算に頼っていた。

蜂岡家では親が子へ、子が孫へ算の手法を伝えていく習わしであったが、四歳の時に父と死別した清経はそうした機会は与えられなかった。さいわい父の遺品のなかに算一式と使い方を解説した蔵書があった。

その後、母を疫病で失い、広隆寺の勧運に引き取られた。

勧運は清経に庫裏の床拭きと仏のすす払い以外、何一つ教えを施そうとしなかった。清経は暇にまかせて、寺に収蔵されている書物を端から読んだ。

そうして読み疲れると、気分を転換するために算の蔵書に手をつけた。寺の蔵書は幼い清経には難解であったが、実用書である算の解説書はおもしろいように清経の頭に入った。

たちまち算盤と算棒で四則、すなわち加減乗除を思いのままに操れるようになった。

この算が防鴨河使となった清経に幸いした。

二百年を経た賀茂川堤は放っておけば崩壊しかねない小さなほころびが至るところに散見された。そうした箇所を日々の河原巡回監視でいち早く見つけ出し、大事にならぬよう補修することが防鴨河使の使命である。

補修に要する材料、従事する下部の員数、補修日数等はその都度、防鴨河使長官に書面で報告することになっていて、報告書作成は主典である清経に課せられている。

　報告書は算(さん)による計算抜きにして作成できなかった。


「なんと一万五千もの土嚢(どのう)を要するのですか」

　亮斉はその数の多さに仰天した。

「徒し堤の厚みと高さ、そのおのおのを倍にして土嚢を積むとすれば、なんど算出し直しても土嚢の数は一万五千となる。すなわち一万五千袋の蒲簀を要することになる」

「蒲簀の補充は秋以降にしか届きませぬ。在庫の蒲簀だけではまったく足りませぬ」

　補強は無理だと言わんばかりの蓼平の口ぶりだ。

　蒲簀は民部省から防鴨河使庁へ支給されることになっている。在庫数は一万袋と決められていて、防鴨河使庁では毎年不足分を民部省に請求することになっている。これを受けた民部省では五機内の国司に請求数の蒲簀を作成させる。

　蒲簀は稲藁でつくるため、納入時期は稲を刈り取った後、すなわち秋から初冬になる。

　しかし、昨年の凶作で蒲簀の補充分は未だに届いてなかった。

「熊三等に徒し堤の補強を約したのだ。今さら成らぬとは言えまい。蓼平、ここに集まったのは、成らぬことを証するためでなく、成るように工夫するために参じたのだ」

　清経は熊三のひげ面を思い浮かべながら己に言い聞かせるように蓼平を見る。

「そう申しますが、まだ下部達には徒し堤の補強の賛否について聞きただしてはおりませぬ。補強の見通しがつかなければわたくしも含めて、前にはすすめませぬ」

「下部達に後日、吾から伝える。補強の工夫が定まらぬのなら、分かるものから片づけていくしかない。熊三等の助力員数は何名ほどだ」

清経は蓼平の言い分に納得しながら先を急いだ。

「今は畠にかける手もそれほど要しないと熊三が申しております。二百人ほどが入れ替わり立ち替わりで、ほぼ毎日力添え叶うとのこと」

蓼平が憮然とした顔をわずかに崩した。

「ほう、二百人とは思ったより多い」

労賃を支払わない補強作業にそれほどの人数が集まると清経は思っていなかった。

「熊三等は損得を抜きにして力添えすると申しております。なんせ畠が流されるようなことになれば飢えかねませんからな。ところが熊三等が参じる時刻に少々難があります。熊三等は昼日中(ひるひなか)、京内で様々な職を得て口過ぎ(くちすぎ)をしております。富貴の方々からの頼まれ事を何でも引き受け、幾ばくかの銭を得なくては方便(たつき)をたてられませんからな。そのようなことで未(ひつじ)の刻が過ぎなければ力添えは叶わぬ、と申しております」

蓼平は再び憮然とした顔にもどった。方便とは生計のことである。

「未の刻過ぎといえば防鴨河使の退庁時刻と重なる。朝からとはいかぬのか」

清経は困惑した。未の刻は今の午後一時から三時前までの間である。したがって未の刻過ぎと言えば三時過ぎのことである。

防鴨河使下部達の多くは業が終えると帰宅せず熊三等と同じように京内に赴き、公家や富貴の家の雑事をしてわずかばかりの銭を得ていた。防鴨河使下部に支給される米は一日二升である。そうでもしなければ、たくさんの子を抱えた彼等は生計を維持できなかった。

公家や富貴者は熊三等のような市井(しせい)の者よりも最下級の官人に雑事を任せることを好んだ。それは官人であれば出自もはっきりしていて、ある意味信頼も置けるからにほかならなかった。

「熊三等の参集時刻に合わせれば、吾等は業を終えたあと、だれも河原には残っておりませぬ。下部達の賛意を得るのは難しくなります」

蓼平は行く先の難しさを案じて声に力がない。

「そのようなことははじめから分かり切っていたこと。だからこそ職を辞す覚悟をもって己だけで引き受けるつもりだった。今でも遅くない。わたくしに任せてくれ」

亮斉の顔に動揺の色はなかった。

「投げ出すことはいつでもできる。亮斉だけに任せるわけにはいかぬ」

清経は炭火に灰をかけて火仕舞いし、勢いよく立ち上がるとふたりを促して執務室を出た。

外は陽があるので執務室よりは暖かく、何よりも明るかった。

朱雀大路を南に向かう。一昨日、大路を埋めた人々がどこに消えたのか、と思えるほど人通りは少ない。防鴨河使庁が朱雀大路に面していることもあって、致忠、保昌父子の邂逅(かいこう)を清経は奇しくも見ることができた。

清経には保昌の親を親とも思わぬ不遜さに割り切れぬ不快さが残った。その反面、人を殺めた罪人であっても致忠の毅然とした姿に好ましいものを感じた。

壺装束の女を送った帰り、夜陰から現われて菰包みを押しつけて去った致忠に、より近しさを感じたのかもしれなかった。

菰包みは亮斉と蓼平が突然に来訪した昨夕、積み上げた柴薪の上に放り投げたままである。帰宅したらしかるべき所に隠さねばならない、と清経は思った。

三条大路との辻を左に曲がり、東に向かう。冬の陽光が長い影を大路に映しだしている。

「そろそろ未の刻が過ぎます。皆は巡視を終え京内に向かっているかもしれませんぞ」

蓼平が遅れがちな亮斉をせかすように足を速める。

「いずれにせよ、下部等は徒し堤には居らぬ。そのように急くことはあるまい」

亮斉は荒い息を吐きながら、それでもしっかりした足取りでふたりの後をついていく。

三条大路を進んで、大宮大路を横断し、さらに西洞院大路を渡って東京極大路に行きつき、空き地を前にしたとき、申(さる)の刻を報せる木鐘がかすかに聞こえてきた。

三人はその音にせかされるように空き地を横切る。すると前方の徒し堤に下部達が屯しているのが目に入った。

「未(ひつじ)の刻は過ぎて申の刻。下部等は業を終えたはず」

蓼平が不審げに目を細めた。

下部達は落ち着きのないようすで清経等を迎えた。

「宗佑(むねすけ)、どうしたのだ」

蓼平が尖った口調で質す。

「巡視は半刻ばかり前に終わらせました」

宗佑は下部四十五名の中で蓼平の次に権限をもった男である。

「未の刻は過ぎているぞ。なにか河原に不都合なことでも起きたのか」

巡視が早く終わるのは珍しいことではない。短時間で済むのは河原や堤にさしたる異常がないことにほかならず、それは河川管理が齟齬なくすすんでいる証しでもあった。そんなとき下部達は時を惜しむように、河原から早々に引き上げて、京内に雑用を探しに行くか、家に戻り細々した雑事に従事する。それがどうしたことか、今日に限って、下部達は徒し堤に集まっている。

「いえ、異常はありませぬ」

「ならば、ここでなにをしているのだ」

「それがなかなかそうも参りませぬ」

宗佑が意味ありげに笑いかけた。宗佑は丸顔で目が細くて小さい。それが笑うと糸くずのようにさらに細くなり笑っているのか目を閉じているのか分からなくなる。

「なにが、そうも参らぬのだ」

蓼平は宗佑の笑いに蓋をするように不機嫌な声だ。

「お三方が主典室でひそひそ話となれば、この徒し堤のこと以外ありませんからな。どうなさるか決まったのでしょうか」

「まだ決まっておらぬ」

蓼平はますます不機嫌になる。

「情けない。お三方が談ずれば決らぬことなどないはず。そう思って吾等はここに残ってお三方を待っていたのですぞ」

宗佑は糸くずの目を思いっきりひらいて蓼平を揶揄するように窺う。

「補強するとなればおぬしらの方便である京内での雑用もすこし控えねばならなくなる」

そう言って清経が蓼平に替わって前にでた。

「熊三等は徒し堤の補強にすっかり乗り気です。いまさら防鴨河使が逃げ出すわけには参りませんぞ。ここはやってみるしかありません。なに、業を終えての京内の口過ぎ稼ぎなどしばらく休めばいいのです。主典殿がひと言、徒し堤の補強をおこなうことに決めた、合力せよ、と命じてくだされば、それで吾等はすっきりと動けます」

宗佑は声を高めて後ろに控える下部達を振り返った。


清経が下部達と別れて七条坊門小路先の館に戻ったのは申の刻をだいぶ過ぎた夕暮れ前だった。いつも使っている部屋で着替えをしようと入った清経は唖然とした。

調度家具全てが床に散乱していたのだ。物盗りに入られたことは明らかだった。

「よくも、まあ、これだけ、散らかしたものだ」

清経は常々、いつかは物盗りが館に押し入るだろう、と懸念していた。朽ちてはいるが門も土塀もそれなりに残っている。ひとり暮らしの身であってみれば就業中、館は留守である。その間に盗賊はさして気をくばらなくとも押し入れた。

「高価なものなど何一つ置いてない。賊もさぞ落胆したことであろう」

ひとり語ちて家具を起こし、散らかった様々なものを元あった場所におさめた。

「はて」

清経は首をかしげる。てっきり盗まれたと思った装束や白布が残っていたからだ。物盗りなら装束や白布は垂涎ものである。

なにか持ち去られたものがないか清経は入念に調べる。

思い出すかぎりでは何も盗まれたものはなかった。雑物をおさめる棚の隅にいつも置いている小銭さえ残されたままだった。

「物盗りではない」

清経はそう断じた。

「でないとすれば、賊はなにを目当てに押し入ったのか」

家捜しを受けるような心当たりがないか考え、そして直ぐに思い当たった。

「藤原致忠様」

致忠から託された菰包みを柴薪の上に放り投げておいたことに気づいた清経は急いで土間に行った。土間はいつもの見慣れた光景で荒らされた形跡はない。

柴薪を積んだ上に使い古したむしろや藁くずなどと一緒に菰包みは置いたままで手もつけられてい

なかった。

銭や白布に目もくれずに部屋中を探し回った目的はこの菰包みに違いなかった。賊は捜し物が無造作に柴薪の上に放り出されているとは思ってもみなかったに違いない。

だが、と清経は考え直す。賊はなぜ、清経が菰包みを持っていることを知ったのであろう。

あの闇の中で偶然に会った致忠とのやり取りをその賊が間近で見聞きしていたとは思えなかった。

致忠は捕縛される前に空き地で畠で働く京人に紛れ込んでいた。そのときに誰かに菰包みのことをうち明けたのかもしれない。そうだとしたら、なにも盗賊のようなまねをして押し入らず、己に菰包みを引き渡すよう告げてくれれば済むことだ。そうしなかったのは致忠が会ったと思われる仲間は己に顔を見られたくなかったのだろう、と清経は思った。

第四章　和泉式部

（一）

広隆寺は平安京の北西郊外にある。

広大な寺域を囲む土塀のあちこちは崩れ、土がむきだしになっていた。崩れた土塀から境内に入り込んだ童達には格好の遊び場である。

勧運は庫裏の縁に座して、葉を落とした雑木林を駆けめぐる童達を眺めていた。

童達の半数は坊主頭で腹がけだけの裸である。どの家でも子供は三歳になるまで頭髪を剃って坊主頭にし、衣類は着せず生まれたままの姿で育てられる。それは京内であっても郊外であっても変わらない。

三歳をすぎると、髪置き（かみおき）、といって頭髪を剃るのをやめる儀式をおこない、衣服を身にまとうようになる。広隆寺近在の者はその儀式を勧運に頼む。勧運は無償で快くひきうける。

冬の日差しのなかを腹がけだけの幼な児と衣服をつけた童が休むことなく動き回っている。腹がけの幼な児達は男女の区別がまるでつかない。見分ける手がかりは小さいながらも陰嚢(ふぐり)がついているのか、いないかだけである。生まれた時から裸で育てられれば冬であっても寒さを感じないのかもしれない、と勧運は感心する。

「あの童等もやがてはこの境内から去っていく。それまで存分にここで遊ぶがよい」

勧運は白いあごひげを左手でさばきながら、楽しげに呟いた。

髪置きの儀式をすませて二、三年後、童が五、六歳になれば家事や畠の手伝い、赤子のお守り、さらには他家の雑用などに使い回されて、広隆寺の境内で遊ぶことはない。

だが次から次へと生まれる赤子はよちよち歩きになると決まって広隆寺の境内を遊び場とするので、寺から童の姿が消えることはない。

童をかどわかして売りとばすことが頻繁に起こる世相であってみれば、広隆寺境内は親達にとって安心できる場所であった。

日差しは弱いが風がないので縁に座す勧運には眠気を誘う暖かさだった。童等の囃し声が急に遠くのは、知らず知らずに睡魔に引き込まれたためであるのを勧運は心地よく感じていた。

「勧運様」

呼ばれて勧運は目を開けた。仮眠を妨げたことを詫びるように修行僧が目の前に立っていた。

「おう、眠ってしまったようだ」

「とても心地よさそうでお声をかけるのが憚られました」

「かまわぬ。なにか用なのであろう」

「門前に女性が訪れ、これを勧運様にお渡ししてほしいと申しております」

修行僧は手に持っていた封書を勧運に渡した。

「はて、拙僧に？」

「七日ほど前にも門前を訪れ、勧運様にお会いしたいと申されましたが、勧運様のいつもの教えの通り、ひきとって頂きました。それがこのたびは文を携えておりましたので、わたくしの判断でお取り次ぎ致しました」

勧運は解せぬままに封書をひらいた。字を見て、それが清経の筆であることに気づいた。

「清経が便りとはめずらしい。それにしてもいつ見ても下手くそな筆じゃ」

呟いて勧運は書面に目をとおしたが瞬時に読み終えた。

「本堂は空いておるかの」

「みな、托鉢に出ておりますゆえ、だれも居りませぬ」

「ならば女性を本堂にお通し申せ」

封書をたたみ、懐にしまいながら勧運は修行僧に命じたがその場を動こうとせず、走り回る童達に目を転じ、しばらくすると気持ちよさそうに寝息をたてはじめた。

勧運が目を開けたのはおよそ半刻後だった。童達に一瞥をくれて立ち上がるとゆっくりと本堂に向かった。

広隆寺は弘仁九年（八一八）大火にみまわれ、本堂をはじめ建物のほとんどが焼亡した。承和七年（八四〇）に再建されたがその規模は創建当初より縮小した。聖徳太子の御願寺であるが、太子が崩御しておよそ二百年、その威光も財力もすでになんの効力もなかった。

幸いに創建当時から伝わる弥勒菩薩像は火難をのがれ、変わらぬ姿で本堂に安置されていた。


本堂の戸口に立った勧運の目に弥勒菩薩像に見入っている女の後ろ姿が映った。

「待たせたの」

勧運のふいの言葉に驚いたのか女は肩口をわずかにふるわせて振り向いた。

ほの暗い本堂に女の顔が白く浮きあがる。紅をさした唇がわずかに開かれて吐息をもらす声が勧運に届いた。

勧運は本堂に入り、そのまま通りぬけると縁側に胡座（あぐら）をかいて本堂の前に広がる庭に目をやった。庭に童達の姿はなかった。

「そこは、陽も射さぬ、こちらに参られよ」

勧運は庭に目をやったまま女に声をかけた。女は言われるままに縁まで来ると勧運と距離をとって座った。勧運は懐から封書を取りだすと、女の方へわずかに体を向ける。

「清経とは知り合いか」

「清経様？　はて、どなた様でしょうか」

女はとまどいながら首を横に振り、うつむいた。

「やはりのう。この文面にはたった一行、この文の持ち主に会って願いを聞き届けてくれ、としたためてあるだけ。そなたが何者なのか、願いがなにか、またなぜ拙僧に会いたいのか、なにもしたためておらぬ。清経があらたまって拙僧に文を届けるようなよそよそしい真似ははじめて。なにか魂胆があるのだろうが、それをそなたに尋ねたとて面識もないと申すなら分かるはずもないであろうの。だがこの文をそなたが持参したのであれば、だれからこれを受け取ったのじゃ」

「大江諸行殿からでございます」

女の声はつややかであったが勧運には沈んで力なく聞こえた。

「ほう、諸行殿。あの防鴨河使庁の長官(かみ)。それで読めた。蜂岡清経は同じ使庁の主典(さかん)。おそらく諸行殿に頼まれたにちがいない」

「諸行殿はわたくしの従弟でございます」

「その従弟殿にそなたはなにを頼んだのかの」

「広隆寺の寺主様に出家親になって頂けるよう労をとって欲しいと」

「なるほどの。それであの一行だけの文となったのか」

清経の上司の頼みであってみれば断るわけにもいかず、しぶしぶ文をしたためたに違いない。その不満が、たった一行の文となったのであろう。断りたい本音を押し殺して育ての親の勧運にことさらに書をもって見知らぬ女を紹介することに、清経は内心忸怩(じくじ)たる思いであったにちがいない。

悪清経と呼ばれ、京を走り回っていた三年前から比べるとずいぶんと大人になったものだ、と勧運は思わず失笑した。

「出家を望むなら、京に数多の尼寺がある。それらの庵主に頼めばよかろう。それがなぜ、京から小半日もかかるこのボロ寺を選ばれたのかの」

「この寺に安置されております半跏思惟弥勒菩薩様の前で剃髪したかったからでございます」

「ほう、弥勒菩薩の」

勧運は女にあらためて目をとめた。紅を置いた唇はふっくらとして、スジの通った鼻梁が顔をややきつくしているが、黒曜の眼が聡明さを際だたせていた。それにもまして身体全体から匂い立つような色香を勧運は感じた。

「弥勒菩薩がどのような仏か存じたうえで申しておるのかの」

「弥勒菩薩様は五十六億年後にお釈迦様に救って頂けなかった人々をことごとく救ってくださるといわれております」

「そなたが釈尊の済度に漏れるような罪業を背負っているとも思えぬ」

勧運は庭に目をもどしながら穏やかに言った。女は答えぬまま勧運に見習って庭に目をやった。

風が出てきたのか葉を落としたケヤキの細枝が天空を掃くように揺れている。

かすかに童の泣きわめく声が聞こえてきた。泣き声は続いてやみそうになかった。

「誰ぞに、いじめられているのでしょうか」

女は泣き声のする方に耳を傾けながら呟いた。

「幼な児はいつも泣いている。育つには泣くことが欠かせぬ」

「ですがいつまでも泣きやみませぬ」

「今泣いている幼な児は明日になれば晴れやかな顔でほかの幼な児を泣かせている。泣かせたり泣かされたりを繰り返し、やがて境内から巣立っていく」

「あの泣き声の幼な児は泣きながら家路をたどるのでしょうか」

「家に待っている母（あも）の胸に抱かれれば、泣き顔も笑顔になろう」

「母の居ない幼な児もおりましょう」

「なぜそれほどに幼な児の泣き声が気になるのかの」

「わたくしにもふたりの幼な児が居ります故」

女はためらいがちに顔をうつむけた。

「幼な児達はそなたを探して泣いているのではないか。もし、そうなら育てあげてから尼になっても遅くはない」

「上の子はわたくしの母（あも）に預ける心づもり。昨年生（な）した子は……」

女はそこで言葉を切った。いつの間にか雑木林から聞こえていた童等の声は消えて、日だまりに数羽の雀が丸くなって餌を求めて走り回っている。

「そのお子は亡くなったのかの」

死んだ子の菩提を弔う故の出家ではないか、と勧運は思った。

「いえ、健やかに育っております」

「ならばお子はまだ母（あも）の乳を欲するはず」

「乳母に預けております」

「なるほどの。お子達はおぬしの手を借りなくとも育ちそうだの。そうだとしても、なぜお子達を己以外の者に託してまで尼になりたいのか、拙僧にはよく分からぬ」

「あるお方の菩提を弔いたいのでございます」

「あるお方？　お子の父御が亡くなったとでも」

「いえ、夫は昨年夏、国司に任じられ陸奥の国へ赴きました」

「陸奥とはずいぶんと遠国。そうならば、お子達ともどもおぬしも一緒に参ればよかったのではないか」

「国司に叙任されるひと月前に、わたくしは夫のもとを去りました」

「では、だれの菩提を弔いたいのかの」

「親王様の、でございます」

「親王？　親王様とは帝の血を引く、親王様のことかの？」

「為尊親王様でございます」

女は一言ひとことはっきりと区切って言った。

「為尊親王様……」

勧運はその名を口にし、それから口を噤んだ。

四代前の冷泉天皇、三代前の円融天皇、二代前の花山天皇と続き、今は一条天皇の御代。

為尊親王は冷泉天皇の第三皇子で花山天皇の異腹弟である。

「拙僧は齢八十一になる。京の世情にもとんと疎くなった。そのうえ京から離れた広隆寺であってみればなおさらじゃ。それでも親王の薨去は拙僧の耳にも届いた」

親王は京で猛威を振るった疫病に罹病もせず生き残ったにもかかわらず、突然の死にみまわれた。二十六歳という若さだった。死因は悪性の腫れものといわれたが、真相は定かでなかった。

親王の死を知った公家をはじめ京人はひとりの女に衆目を集めた。

その女は幼名、御許丸、十七、八歳まで大江雅致女式部と呼ばれていて、すでに和歌詠みでは公家の間でそれなりの評価と賞賛、それに興味を持たれていた。

式部は父雅致の家人であった橘道貞に嫁ぎ、道貞が和泉の国司となったことから、和泉式部と呼ばれるようになる。

「為尊親王様との噂は拙僧も何度か聞いている。巷ではかまびすしかったからの」

勧運は白眉にかすかに皺を寄せた。

「浮かれ女。親王様を惑わせた女性。離縁された女性。勧運様のお耳に達するわたくしの噂はことごとく嫌悪すべきものばかりでございましょうね」

「さよう、悪い噂ばかりですな。その真偽は知らぬが、離縁のもとは親王様との間にお御子を生したがため、とか」

「噂は真であり偽りでもあります」

式部はそう言って唇を咬んだ。

「真であり偽りである。なるほどの。天のみぞ知る、と言うことかの。拙僧はお子の父御が誰であるか知りたくもない。ただその子の行く末を幸多かれと願うだけ」

「わたくしが育てればよいことは分かっております」

「分かっておるならば、そうなされ。身罷った親王様には菩提を弔うべき妃が居られたはず」

「申されるとおり九の君様が居られます」

親王にはふたりの正妃が居る。そのひとり、九の君は円融天皇の摂政であった藤原伊尹の娘である。

九の君は四十九日の法要を終えると尼になった。

「そのお方に菩提を弔って頂くだけでよいのではないか」

「九の君の潔さに人々は感服の目を送っております。返すその目でわたくしがどのように処するかをじっとうかがっております。その目は冷たく容赦がありませぬ。だからこそ、都から離れた広隆寺、弥勒菩薩様の前で人知れず剃髪したいのでございます」

人々は九の君をいたわしく思う一方で和泉式部の身の処し方にいたく興味をいだいた。

「それにしてもなぜ、世の人々から誹られるような恋をなされましたのか」

「為尊親王様はわたくしを尋常でなく慕ってくださいましたゆえにございます。その尋常でない親王様の想いにお応え申せる女性はわたくしのほかにだれひとり居られなかったのです。親王様の想いにお応え申すには、夫を捨て、子を捨てなければなりませんでした」

「夫を捨てたとは……。なるほど巷でかまびすしいのも頷ける。巷では親王様のことを、いみじう色めかし、と噂していた。そなたを激しく慕う親王は徒人ではなかったのではないか」

いみじう色めかし、とは異常なほどの好色、ということであり、徒人とは普通の人という意である。

冷泉天皇の子や孫には異常の血が流れていると宮中や官人の間で密かにささやかれていた。

『日本紀略』に冷泉天皇は「即位直前、はじめて心を悩む。尋常にあらず。四ヶ月に及ぶ」と記載され、『大鏡』には「冷泉院の狂いよりは、花山院の狂いは術なきものなれ」「ただ御本性のけしからぬさまに見えさせたまえば、いと大事にぞ」と記されている。

すなわち冷泉天皇の異常な性格が穏和な鬱性のものであったのに対し、花山天皇のそれは躁性のものであった。

おなじように冷泉の第三皇子であり、花山の異腹弟である為尊親王にも奇行が多い。

『栄花物語』によれば、為尊親王は「好色で軽々に情を通わせる」と記述され、さらに路傍の至るところに放置されている疫病死の遺骸をのり越えて夜な夜な何かに取り憑かれたように女のもとに通った、とも記されている。

「親王様が徒人か否かを薨去された今、問うつもりはありませぬ。ただただ、わたくしのこの胸や腕に親王様が刻み込んでくだされた面影をより所に尼として過ごしたいのでございます」

「尼のより所は仏。ほかにより所などない。でなければ菩提を弔うことなど叶いませぬぞ。現世の面影など捨てなされ」

「捨て去ることが叶わぬゆえの出家にございます。どうか勧運様の御手で結縁をお願い致します」

「物心ついてより修行一筋に励んできた拙僧に、親王様とそなたの心の機微は難解な経を読み解くよりもむずかしい。京ではそなたを和泉式部と呼んでいるらしいが、和泉の国司であった橘殿のもとを去ったとなれば、もはや和泉式部と呼ぶのも憚られる。そなたをなんと呼べばよいのかの」

「尼になる身、なんと呼ばれようともかまいませぬ」

「では、式部殿とお呼びしよう」

　式部とは女官を呼ぶ名称であるが、女官でなくとも父親や近親者が式部省の役人であればその娘を式部と呼ぶ習わしがあった。大江一族と式部省とは平安京創設当初より深いつながりがあり、今に続いている。

　ちなみに、五年前、すなわち長徳五年（九九八）、藤原宣孝（のぶたか）と結婚した藤原為時の女（むすめ）は藤式部と呼ばれ、三年後、宣孝が急逝すると、傷心を胸に『源氏物語』の筆を起こし、五年後に宮中に召されて中宮彰子に仕え、その物語が評判になる。源氏物語「第一巻、紫の上」にちなんで紫式部と呼ばれるようになった。

　いずれにせよ皇族かそれに近い女でなければ名で呼ばれずに、誰それの女（むすめ）、あるいは式部と呼ばれることが多かった。

「式部殿の親御、雅致殿は確か和歌の優れた詠み手でしたな」

「はい、父（てて）は大江家の長（おさ）、匡衡（まさひら）様に勝るとも劣らぬ和歌詠みと言われております」

「その雅致殿は式部殿が尼になることを存じておるのか」

「父からは勘事（かんじ）をうけました」

「幼な子を見捨て、夫から離縁され、父からは勘事、とはのう」

　勘運は白くなったあごひげを左手でさばきながら眉間に皺を寄せた。勘事とは親から義絶されること、すなわち勘当のことである。

「七日前に門前に参ったそうだが寺僧に追い返されたとのこと。その折の心内と今の心内を拙僧の眼を見ながらお聞かせくだされ」

勧運は和泉式部を正面から強く見すえた。

「門前にて追い返されたあの時より、今日この刻の方が出家への思いは募っております」

式部は怖じることなく勧運を見返して強い口調で告げた。

「拙僧にはそうは思えぬ」

やや経って勧運は穏やかに首を横に振った。式部は勧運から庭へと目を転じてかるく口を結んだ。

「人というものは、迷いつつなにかを決断しなければならぬ時に、その心内を尋ねられると、あたかも不動の心を持って決断しているがごとくに答えるもの。おそらく迷う心を断ちきるために、知らず知らず強い口調になるのであろう」

「父からの勘事、夫との離縁、親王様の薨去。この先わたくしが行き着く先は尼寺以外にありませぬ」

「拙僧は得度したい若者の出家親に数えきれぬほどなっている。その者達は鉄のごとくの硬い心内で僧になることを望んだにもかかわらず、半数ほどは修行に耐えられず、寺から逃げ出し、あるいは還俗した。その者達の髪がもとのように生えそろうには一、二年あれば十分だ。だが女性はそうは参らぬ。尼の修行に耐えかねて還俗したいと思い直しても剃髪した髪が再び床まで届くには十数年の歳月がかかりますぞ」

「今は、ただただ、親王様の菩提を弔いたい一心にございます」

「弔いたい心は一時の迷い。式部殿の眼はそう拙僧に訴えている」

「では、わたくしの胸や腕に刻み込まれた親王様の面影をどのように鎮めたらよろしいのでしょう」

「経にそのような処方は書かれておらぬ。面影を消し去るにはそれなりの歳月がかかろう。一年後かあるいは十年後か、さらには死するまでか。拙僧には女性（にょしょう）、いや式部殿の心内はとんと不可解。どうやら式部殿は親王様の菩提を弔うのでなく、親王様にまつわる諸々の面影を忘れるために尼になろうとしているのではないかの。そのような思いで尼になるのは仏をないがしろにするに等しい」

きつい言葉とは裏腹に勧運の声は限りなく柔らかく優しかった。いつの間にか陽も落ちて、庭で餌を探して跳ねていた群雀も飛び去り、急激に寒さが増していった。

「このまま京に戻るとなれば途中で陽も暮れよう。今夜は拙僧の僧坊に泊まるがよい。ゆっくりと胸の内を整えて、まこと親王様を安んずるために菩提を弔いたいのか、あるいは面影をぬぐい去りたいがために尼になりたいのか問いなされ」

勧運は縁から立ち上がると和泉式部を本堂から離れた小さな庵に誘った。庵は寄り添うように二棟あり、それぞれが五坪（十畳）ほどの広さしかなく、二棟の行き来は渡り縁で結ばれている。

「こちらの庵は式部殿が持参した書状をしたためた者が加冠をすませるまで住んでいた。今は誰も住んで居らぬが、修行僧等がいつも掃き清めて整えてある。筆も硯もさらに寝具も備えてある。夕餉はこの庵で頂きなされ。そのように手配させよう」

庵はしっかりした造りで、屋根は瓦で葺いてある。両方の庵の周りは縁がぐるりと設けられていて、そこに座せば境内の林や庭が一望できた。

「拙僧は隣りの庵に寝泊まりしている。なにか不如意のことがあれば渡り縁に設けた木盤を一つたたき、遠慮なく拙僧を起こされよ」

勧運は和泉式部が深々と礼をするのを背に庫裏へと戻っていった。

（二）

勧運和尚の名は京中にひろく知れわたっていた。骨と皮ばかりの長身を風に漂わせ、辻々を托鉢して廻る姿を京の人々は尊崇の念をもって遇した。

京は五、六年、長くて十年に一度の頻度で疫病が大流行し、そのたびに多くの罹病者が路傍に生きているまま遺棄された。勧運はそうした見放された者達に托鉢で得た食料や衣類の全てを施し、薬草を与えた。

疫病が流行すれば路傍に溢れる罹病者は千人を超える。

勧運はそれらの罹病者に来る日も来る日も介護と施療を続けた。托鉢で得た供物だけでは足りるはずもなかった。

そこで勧運は広隆寺の維持と修復用に蓄えた銭を惜しげもなく罹病者救済に当てた。二百年近く前に再建された広隆寺であってみれば修復や修繕にいくら銭があっても足りない。だが勧運は迷うことなく修復や補修に費やすべき銭を残らず罹病者救済へ注いだ。

結果、広隆寺は本堂の瓦が崩れ落ち、雨漏りで床は腐れて歩くたびに嫌な音をたてるまでに荒廃した。崩れた土塀から雑草が生えて、もはや塀の役割は失せていた。

勧運が救った命は三千人を超えている、と京人等は噂しあった。

疫病が下火になり、勧運が寺に籠もる日が多くなると、今度は広隆寺の門前に病人が押し寄せて勧運に施療してもらうことを望んだ。それに勧運は快く応じた。施療の謝礼はほとんどの病人からもらわなかった。広隆寺に押しかける病人は極貧であったからだ。

寺はますます困窮し、荒廃する。勧運はそれを意にも介さなかった。

下弦の月が東の空に昇って庵の先に広がるクヌギ林を照らしている。

勧運はもう半刻ほども庵の縁に座していた。

若い頃は月光のもとで草木の一本一本が鮮明に見分けられたが、年老いた今、目に映るものは茫洋として輪郭がなく、クヌギ林がひとかたまりの闇にしか見えなかった。

カンッ、と木盤を木槌で叩く乾いた音が一つ鳴った。勧運は隣接する庵に目をやった。黒い影が渡り縁をこちらに向かってゆっくりと近づいてくる。風に乗って香の匂いが勧運の鼻孔に届いた。それは昼、本堂で和泉式部の衣装に炊き込められた香の匂いであった。和泉式部は勧運の横まで来ると無言で座った。勧運は黙したまま、動かなかった。

月が雲に隠れたのか急に闇が深くなった。

勧運は天空を仰いで月を探した。薄雲がかすかに光を帯びて月を包んでいる。だがすぐに雲はとぎれて、再びクヌギ林を黒く浮きあがらせた。

「眠れぬのかの」

勧運はクヌギ林に目を転じながら尋ねる。和泉式部は頷いて小さくため息をついた。

「ならば強いて眠ろうとせぬことだ。月を見ておればやがては眠くなる」

「下弦の月はなにやら寂しさばかりが募って、わたくしには辛うございます」

「上弦の月は満ちゆく月。夜毎に明るさを増してゆく。逆に下弦の月は欠けゆく月。やがて漆黒の闇を誘う。だが、その闇が過ぎればまた新月が三日月となり上弦の月から満月へとかわる。人も月と同じ。満ち欠けを繰り返して日々を生きている。式部殿の辛さもやがては薄らぐと拙僧は思っている」

「闇と光を繰り返すならこの辛さは何度もわたくしの心内（こころうち）に去来するのでしょうね」

「それを断ち切るために広隆寺に参ったのではなかったのか」

「尼になれば断ち切れるのでしょうか」

「それは式部殿の心がけ次第。そう申すしかほかに言いようがない。ここに参った以上、昨日までの辛い諸々は忘れるよう心がけなされ。現し世（うつしよ）のなにもかも忘れ去ってこそ尼になれるのだ」

「頭では忘れても、この胸の内に宿る炎（ほむら）は去ってくれませぬ」

「炎は親王様が薨じた時に消えたのではないのか」

「消えておりませぬ。わたくしの腕（かいな）、肩、胸乳（むなじ）、唇、いえ身体（からだ）の奥底でその炎は燻りつづけてわたくしを苦しめます」

「今夜眠れぬのも、その炎が燃え立っているからかの」

「お願いがございます」

苦悩にみちた和泉式部の声が勧運の耳元で響いた。

「今、この場でわたくしの髪を切ってくださいませ」

「剃髪の儀式は昼、おこなうことに決められている。あの月が山の端に隠れれば、その炎も収まろう」

「ならば山の端に月が入るまでわたくしを勧運様の腕(かいな)で強く戒めてくださりませ」

和泉式部は立ち上がると勧運が座している膝に後ろ向きに座った。

まるで窮鳥が親鳥の羽下に逃げ込むような素早い動きに勧運は拒む隙もなかった。

勧運は胸内に和泉式部の背が納まると両腕で和泉式部を後ろ抱きした。

ホッ、と和泉式部が吐息をもらした。その息が勧運の抱きしめた手の甲にあたった。厳寒をしのぐために着重ねた和泉式部の衣装を通して身体のぬくもりが勧運の腕に伝わる。

そのままふたりは動かなくなった。

何度か薄雲が月にかかり、闇を深くし、何度か薄雲が月から遠ざかり、闇を薄くして、やがて下弦の月が山の端に沈んだ。

「炎は鎮まったかの」

締めつけていた腕の力を抜いて訊ねる勧運の声は穏やかだった。

「もう少し、このまま勧運様の懐に居させてくださりませ」

「こうして式部殿を後ろ抱きにしていると、拙僧は大陸の説話を思いだす」

「その説話をお話しくださりませ」

「アイドと申す女性の話だ」

「アイド、とはいかような字を当てますのか」

「アイは人を愛するの愛。ドは奴婢の奴を、奴と読む」

「愛奴ですね」

「そう愛奴だ。愛奴は物心ついたときはすでにその美貌で長安では並ぶ者がないと言われた。成長するにしたがって美貌はさらに顕著となり、街中を歩けばすべての男が羨望の眼で振り向いたという。富のある男や権力をもった男達からの求愛は引きも切らなかった。言い寄る男達の誰を選べばよいのか、愛奴にはその術を分かるはずもなかった。悩んだ末、愛奴は、ある寺に赴き、そこに祀られている愛染明王に男達が己にかける愛の多寡を分かるようにして欲しいと祈願した」

「己への男の慈しみの多寡を知ることができたら、どんなにか心安らかでしょう」

「多寡を知ることが、心安らかになるとは思えぬが、ともかく愛奴は、それを願って、来る日も来る日も明王を参詣した。ある夜、愛奴の枕辺に愛染明王が現われて、二つの事柄について訊ねるが、それに答えれば願いを叶えてやると、申された」

「二つの事柄ですか？」

「左様、二つの事柄だ。最初に明王は、男の愛の多寡を知ってなんとする、と訊ねられた」

あたかも和泉式部に明王の問いを答えさせるかのように、そこで勧運は言葉を切った。和泉式部は勧運の胸中で身を固くしたまま口を開かなかった。

「愛奴は、己に注ぐ愛が最も多い男に身を捧げる、と答えた」

「女性ならばこの世で誰よりも己を慈しんでくださるお方に身を捧げるのになんの不思議がありましょう」

「では、と明王は二つ目の問いを発せられた。その男が己の意に染まぬ時は、どうする、と問うた。式部殿であったらどうなさる」

「そのような男であっても真をもって慕われれば、やがてはその慈しみゆえにほだされて慕わしく想うのが女性（にょしょう）の性（さが）」

「なるほどの、そういうものかの」

勧運は明けやらぬ庭先の闇に目を凝らしてわずかに頷いた。

「愛奴は迷うことなく己を最も強く愛する男に身を捧げると答えた。愛染明王は頷いて、愛奴に慕い寄る男の愛の多寡を測れるようにしよう、その上で最も愛の大きい男に迷うことなく愛奴が身を捧げるような心を持つようにしよう、そう告げて、枕辺から姿を消した」

勧運は後ろ抱きにした和泉式部を立たせると勧運のとなりに座るように促した。和泉式部は促されるままに勧運のとなりに身を接して座った。

「愛奴は最も強く慕うてくだされた男と共に暮らしたのでしょうね」

和泉式部の呟きは過分に羨望の思いが込められているように勧運には聞こえた。

「男と共に暮らしはじめた愛奴には常に男の愛の多寡がみえる。そして、街に出れば愛奴に注ぐほかの男達の眼差しに混じる愛の多寡も透けてみえた。求婚を拒否されたものの、まだ諦めきれずにさらに慕い寄る男もひとりやふたりではなかった。男との暮らしが一ヶ月、二ヶ月と過ぎてゆく。夫の愛がほかの男に勝っていると分かっている愛奴は幸せだった。半年を過ぎたある日、愛奴が長安の街を歩いている折、見知らぬ男が言い寄った。しかもその男の愛奴に注ぐ愛は共に暮らす男のそれよりも大きかったのだ。愛奴は迷うことなくその男の求めるままに身を任せた。今まで共に暮らしていた男のことは一顧だにしなかった」

勧運は一息いれて顔を上向け月を探した。月はすでに山の端に入って見えなかった。

「夫のもとを去ったわたくしが、夫のことを一度も顧みなかったとは思いませぬ。いえ、夫のことはいつも胸中に去来してわたくしを苦しめます。おそらく愛奴も共に暮らしていた男を何度も痛みを伴って顧みていたにちがいありませぬ」

和泉式部は己が責められているかのごとくに抗弁した。

後に和泉式部が著した『和泉式部集』には別れた橘道貞への絶ちがたい思慕の情を詠った和歌が多く収録されている。

「愛奴と式部殿を重ね合わせてなどおらぬ。愛奴は己を最も愛する男に身を捧げる、と愛染明王に約した。そこで明王は式部殿が橘殿に感じているような後悔と哀別の痛みを持たぬように愛奴の心を変えてしまったのだ。おそらく、それが愛染明王のせめてもの愛奴に対する思いやりであったのだろう」

「なにやら、哀しく切ない説話ですね」

「左様、拙僧も同じ思いだ」

「愛奴はその後、どんな路をたどるのでしょうか」

「話はその繰り返しで終わっている」

式部はまだ明けやらぬ庭の闇に顔を向けたまま、ホッと小さくため息をついた。

翌朝、勧運は群雀の鳴き声で目を覚ました。冬の陽が締め切った蔀戸（しとみど）を通して部屋に漏れてくる。修行僧の読経が離れた本堂から聞こえていた。勧運にとって、それはいつのも変わらぬ朝であった。寝具をのけて起きあがり、蔀戸を押し上げると部屋に冷気が一気に流れ込んできた。勧運は大きくのびをして、和泉式部が投宿している庵を見た。四隅の蔀戸はことごとく開けられていて部屋の内が覗けた。そこに和泉式部の姿はみえなかった。勧運は縁を渡って隣の庵に行った。寝具がたたまれて式部が持参してきた包みはどこにも見あたらない。文机の上に用紙が三枚並べて置いてある。そのそれぞれに文字がしたためてあった。勧運はその三枚を手にとった。

いかにせむいかにかすべき世の中を
背けば悲しすめばすみ憂し

かくばかり憂きを忍びてながらへば
これにまさりてものをこそ思へ

この世にはいかが定めむおのづから

昔をとはむ人にとへかし

二首目の歌には、「尼になりなむといふを、しばし猶念ぜよといふ人に」と詞書が添えられていた。三首目の歌にも「語らふ人おほかりなどいわれける女の、子産みたりける、たれか親とひたりければ、程へて、いかが定めたると人のいひければ」と詞書があった。

一首目の世の中に背くとは、おそらく尼になるということであろう、その尼になればなったで親や知人が悲しむであろう、だが、出家を諦めて現世に生きれば、それもまた後ろめたくやり場のない日々であろう、そう詠う和泉式部の心境は、やはり現世で生きる道を選んだのであろう、と勧運は思った。

二首目の詞書、尼になるのはよくよく考えてから、とはおそらく勧運だけでなく、従弟の諸行や親達も忠告したに違いないと、と勧運は思い至る。

三首目を、勧運は、生まれた子の父親が誰であるかどんなに意を尽くして話してもこの世では信じてもらえないだろうから、この子の親であると心あたるその人に聞いてください、と解した。生まれた赤子の男親を興味本位で聞き出そうとする無遠慮な人々への抗いの気持ちと惨めさが勧運の胸をうった。

「赤子の父親だと心あたる男は、世に名乗りでることはあるまい」

と勧運は呟いた。

尼にもなれずひとり京に通ずる小道をとぼとぼと帰ってゆく和泉式部の行く末を勧運は案じた。思うにまかせぬ世を如何にこれから生きようとするのだろうか、願わくば己の欲するままに生きて欲しいと勧運はしみじみと思った。

第五章　御霊会

（一）

朱雀大路から東へ八町程（約八百八十メートル）歩くと堀川小路に行きつく。

京を南北に走るこの小路の道幅は十丈（約三十メートル）、路に沿って幅四丈（約十二メートル）ほどの堀川が流れている。川の両岸に植えられた柳は都でもっとも美しい並木と言われていた。

賀茂川が京人の娯楽の地なら、この堀川沿いは生活の匂いが強く漂っている所でもある。川幅、水量とも賀茂川に比ぶべくもないが、京、北方の山奥から流れ出る水はどこまでも澄んで、人々はこの川に特別な愛着を持っている。

川沿いのいたるところから泉が湧き出し、そこで洗濯をする者、食器や野菜を洗う者、水汲みをする女、童子の体を拭いている母親、堀川にはいつも女達の嬌声とひそひそ話が飛び交い、賑やかだった。

その堀川小路の六条から七条にかけては、京最大の市場（東市）がひらかれ、麻、綿、絹、糸などの衣類をはじめ薬、塩、干魚、生魚、さらには牛、馬、太刀まで売る店が軒を連ねている。洗濯や水汲みを終えた女達は東市に競って出かけ、必要な品々を買い求める。定価などなく、売り手と買い手の掛合いの声が市場にあふれていた。女達が作ったキウリやナス、クワイ、カブラなどの畑物と店の品々が物々交換されることも珍しいことではなかった。

京人ばかりでなく、近郷近在の者をはじめ、宮中に仕える女官達や公家なども牛車を連ねて絹物や食べ物などを求めに集まってくる。

まさに貴賤、貧富、老若、男女を問わずあらゆる人々が東市におし寄せていた。

その東市の雑踏に清経がいた。

清経は、防鴨河使になる三年前までこの一帯では『悪清経』として知れわたっていた。

東市では売り手と買い手で価格の折り合いがつかないことも多かった。

店の主は女が多い。買い手は店主が女と侮って、品物の値を大幅に値切ろうとする。たいていはしたたかな老女店主の巧みな口に言い負かされて折り合いがつくのだが、なかには横暴な者もいて、わずかな銭を置いて腕力にものをいわせ、売り物を持ち去ることもあった。

そんなとき、老女店主はきそって清経の仲裁を頼った。

清経は品物を持ち去る男のあとを追いかけ、追いつくと何も言わずにいきなり男の胸ぐらをつかみ、げんこつをかためて、思いっきり男の顔面を殴りつける。逆上した男は清経に挑みかかる。ほとんどの男は再度、顔面に清経のげんこつを見舞われて大地に転がるはめになる。男は恐れ入って、売り手の示す価格とおりの銭を支払わされることになる。

老店主は感謝して、いくらかの銭をさしだすが清経は笑って受け取ろうとはしなかった。

清経は加冠（成人式）をすませたばかり、身の丈も六尺に近く、しかも目が切れるように長く、気品のある顔立ちである。

市場で働く女達の間で清経はたちまち人気者となった。

何人もの女が清経に秋波（ながしめ）を送ってくる。そんなとき清経はどうしてよいか分からず、気恥ずかしさも手伝って顔を赤くして黙り込んでしまう。

広隆寺、勧運の手をはなれて、七条坊門小路沿いの父が残してくれた館に住みはじめたばかり。それまで寺暮らしだった清経は世の女にまったくといっていいほど疎かったので、どう扱ってよいのか分からなかったのだ。

その姿が京女達にはたまらなく初々しく見えるらしく、さらに女達の人気を高めることになった。

そこで清経は秋波を送ってくるような若い女達を避けて老婆達を相手にすることに決めた。そう決めると気が楽になった。店主の老女達は口が達者で恥じらいもないかわり、話題が豊富だった。早くに両親を亡くした清経を老女達は我が子のように慈しんでもくれた。

「ありゃま、めずらしい。清経様ではありませぬか」

そんな老女のひとりが店から飛び出してきて清経の両手を握りしめた。

「なんのことわりもなく姿をかくしてそのまんま。市のお婆達はどこへ行ったのかと噂してましたぞ」

老女は満面に笑みを浮かべてしげしげと清経をのぞき込む。上から下へ走る目線は、三年も来なかった清経を値踏みしているようだ。

「一年ほど経ってから防鴨河使におなりになったと聞きましたが、その装束、真でしたな」

老女は握っていた手を急に引っ込めた。

「賀茂川のお守りで東市に来るのがめっきり減ったが折々夕餉の総菜をそろえるために顔をみせている」

「ならば、この婆の店に寄れば安く売ってやったものを」

「寄りたかったが、業を終えてここに来るとお婆の店は終わっている。お婆の姿などみかけたこともない」

「あたりまえじゃ。東市は官衙（役所）が仕切っている。官人は東市の終業を未の刻までと決めている。それを破るとうるさいからの」

「どうだ、横暴な買い手は少しは減ったか」

「減るものか。前より増えたわ」

「仲立ちする者はいないのか」

「おらぬ。どうじゃ、川守の業を抜け出して、すこしでもいいから前のように東市に来てくれぬか。そうなればほかのお婆達も大喜び」

「賀茂川のお守りはそれほど楽ではないぞ。業を放してここに来ることなど叶わぬ。だが仲立ちする者がいないとなれば心許ないな」

「京職の官人が見回りを前より頻繁にしてくれているが、屁の支え棒にもならぬ」

「ひどい言いようだな」

お婆達はしたたかな買い手と必死の掛け合いをしてすこしでも高値で売ろうとする。買い手に言い負かされないためにはなよなよとした言葉など使っていられない、ついつい言葉づきは荒くなるがそれとは裏腹に気持ちはさっぱりとして思いやりにあふれている。

「京職に訴えると、後日、買い手を伴って京職まで出頭せよ、と命じられる。たった、一文、二文の諍いに丸一日つぶして京職の門をくぐる奴などいるはずもない」

「そう官人を悪し様に申すな。吾も官人の端くれだ」

「おやまあ、そうだった。清経様もしょうもない官人でしたな」

老婆は口を開け、声をたてて笑った。ほとんど歯の抜けた老婆の皺にまみれた笑顔に誘われるように清経も破顔した。

「ところでお婆、つかぬことを聞くが、この東市には河原に住まう者も買物に来ているな」

「ああ、来ている。銭さえ払ってくれるなら京人も河原に住まう者も皆、客だからな」

「その河原に住まう者の客の中に、こつと名のる者はいないか」

「こつ？　それは人の名か？」

「いや、分からぬ。人の名か、それともどこぞの地名か。お婆は東市の主のような者、一度くらい、こつ、という言葉を聞いているのではないか」

「乞食（こつじき）を乞（こつ）と縮めて呼ぶこともあるが、それ以外では木屑（こつ）くらいだ。こつ、とは骨のことではないのか。いくら河原に住んでいるとは言え骨を名にする者など居らぬぞ」

「白骨、骸骨。骨から思い起こすことはあまり良いものではないからな。人の名ではないかもしれぬ」

「なぜ、それを知りたいのじゃ」

「ある者が、わけの分からぬものを吾に押しつけて、河原に住むこつに、と申して去っていったきりで再び都に戻ってこない」

「その者に、その時、その場で、こつ、のことを問いただせばよかったではないか」

「急ぎの旅立ち、訊く閑がなかった」

「なんとも面妖な話だが、そのように急ぎの旅立ちならば、河原に住むこつに、でなく、住む、むこつに、ではなかったのか。住むの、むと、むこつのむが重なって、住むこつに、と聞こえたのかもしれぬ。よくあることじゃ」

お婆はなんでもないことのように頷いて、

「むこつ、なら清経様も聞いた名であろう」

と言った。

お婆にそう言われてみれば、『河原に住む、むこつに』が『河原に住む、こつに』に聞こえたのかもしれない。なんの手がかりもない以上、お婆の言葉に従ってみよう、と清経は思った。

「もちろん、むこつなら何度も名を聞いている」

「ならば一度、むこつに当たってみなされ」

「むこつは河原に住まう者のひとりと言われている。あそこには一万八千人もの人々がひしめき合って暮らしているのだ。どうやって会えると申すのだ」

「御霊会が明日催されるのは存じておろう」

「長官から数日前に報らされている。しかもその御霊会に駆り出される」

「ほう、では御霊会に加わるのだな」

「そうではない。参集者が勝手をせぬように見守るためだ」

「偉そうに参集者の勝手、などと官人のような口をききなさる」

「お婆、吾は官人になったのだぞ」

「清経様の業は賀茂川のお守りといったではないか。ならば人を取り締まるようなことはお門違いではないのか」

「明日の人出は二万とも三万ともなるらしい。検非違使と京職だけではとても対処しきれぬ。防鴨河使は閑な庁だと思われているらしく、このような折は必ず力添えを命じられる」

「御霊会を皆が心待ちにしているのですぞ。一時衰えたかと思った裳瘡が今年になって勢いを盛り返してきた。裳瘡には罹りたくないからな。この婆とて明日、神泉苑に参るのは楽しみ」

「で、むこつ、のことは？」

「その御霊会の山車を先導なさるのがむこつ法師。法師は山車で官人に目を付けられているが、御霊会に山車はかかせない。きっと目をみはるような山車にお目にかかれる。そうなれば疫病退散は間違いなし」

「山車で目をつけられているのか？」

「山車の大柱が大嘗祭（だいじょうさい）の標山（しめやま）に似てるともっぱらの評判」

「標山とは大きな柱のようなものだろう。ならば似るのはあたりまえ。それにしても大嘗祭とはずいぶん古い話だな」

「十六、七年も前にあったきりだから清経様は四、五歳であろう」

「見たことはないが帝が即位なされた最初の年だけに催すらしいな」

「そう、その年の新穀を献じて天照大神を祀る厳粛な大祭だ」

「お婆はその大嘗祭を見たのか」

「見た、みた。それは華やかだった。明日の御霊会で引き回す山車の大柱がその標山に似ているのは畏れおおいとのこと。検非違使はその山車の引き回しをとりやめさせたいらしいが、そうはいかないよ。疫病に罹って死ぬか、疫病から逃げられるか、だからね」

「それでむこつが目をつけられているのか」

「そのようなことも知らぬのか。むこつ法師は猿楽の名手。ほれぼれするような舞をまわれる。それも官人は気に入らぬらしい」

「昔のように東市を歩き回っていた頃と違い、ここ三年は賀茂川に張り付いて暮らしている。とんと京内のことには疎くなってしまった」

「さっさと、官人など辞めてここに戻ってきなされ」

お婆は慈しむように清経へ笑いかけた。

（二）

神泉苑は桓武天皇が皇族の遊興の地として作らせた。

南は三条大路、北は二条大路、東は大宮大路、西は壬生大路に接し、南北四町（約四百四十メートル）、東西二町（約二百二十メートル）の広大な庭苑である。

自然林を多く残した苑はあちこちから泉が湧き出し、中央の大池には神が宿っていると信じられていることから、その名がついたといわれている。

皇族遊興の苑であったが、頻繁に利用したのは桓武、平城、嵯峨、淳和の四代を最盛期として徐々に使われなくなった。

そのため管理もずさんになり、神泉苑の外周、十二町（約千三百メートル）に巡らした土塀は、いたるところで崩れてどこからでも苑に入れた。

今では賀茂の四条河原と共に京人の憩いの場として解放されていた。

神泉苑で初めて御霊会が催されたのは、およそ百四十年前の貞観五年（八六三）のことである。

この御霊会の目的は、長岡京造宮の過程で権力抗争にまきこまれ、恨みをのんで非業の死をとげた早良親王（追尊、崇道天皇）以下六人の御霊を鎮めるためのものであった。

そのころの人々は非業の死をとげた者の怨霊が疫病神となって疫病や洪水、凶作などの災害をもたらす、と信じていた。そこで疫病神を鎮魂し、その退散を願って催したのが御霊会であった。疫病や凶作が起こるたびに御霊会は繰り返し催され、時代が下るに従い、官より一般民衆の間で盛んにおこなわれるようになる。

持ちなれぬ警護棒を携えて清経等防鴨河使の一行が神泉苑に入ったのは辰の刻(午前八時)だった。昨日、検非違使庁より下部達全員に貸与された警護棒は樫を六角に削った握り応えのある太さで背丈ほどの長さである。犯人捕縛や群衆の規制に携帯するものであるが、賀茂川を保守管理する防鴨河使には無用のものであった。下部達は警護棒を持たされたもののどう扱ってよいのか戸惑う者が多かった。

清経は広隆寺で、錫杖を巧みに使う修行僧から使い方を伝授されたこともあって、錫杖に似た警護棒を握ってみると広隆寺で気ままに過ごしていた頃のことが懐かしくなった。

すでに大池のまわりには三千人を超えると思われる京人が参集していた。

「亮斉はむこつ法師が舞の名手であることを知っておるか」

清経は昨日のお婆との会話を思い浮かべた。

「存じておりますとも。むこつ法師の猿楽舞が久しぶりに拝見できるのが何よりの楽しみ」

亮斉は参集者のなかに法師を求めるようにせわしなく視線をはしらせる。

「それにしても、むこつとはずいぶん変わった名だ」

「名は体を現わす、と申しますからな」

そう亮斉に言われても清経は今ひとつ腑に落ちない。いぶかる清経に亮斉は、

「やがて、分かりましょう」

と気をもたせる言い方をした。

「おお、あそこに勧運和尚がみえますぞ」

蓼平が清経の肩をたたいて、それから正面を指さした。大池につきだして建てられた釣台（つりだい）に墨衣を身にまとった勧運が立っていた。

清経は亮斉にことわりをいれてから人込みをかき分けて釣台に駆け寄った。

「和尚、健やかそうでなによりです」

釣台の下から見上げた清経が笑いかけた。

「おお、やはり参っていたか。それにしてもあの文はなんだ。拙僧は一汗かいたぞ」

勧運は手招きをして清経に釣台にあがるよう促す。清経は勢いをつけて釣台に飛び乗った。

「お手数をおかけしました。で、文の持ち主を尼にしてさしあげられましたのか」

「諸行殿の従兄の息女であることを清経は存じていたのか」

「そう諸行様は申されていましたが、なに吾にはだれであってもかまいませぬ。諸行様が頭を下げて、和尚に一筆、文字をしたためてくれ、と頼まれただけ」

「なぜ、断らなかったのだ。拙僧がそうしたことを好まぬのを清経は骨身にしみて知っているはずだ」

「ですから、一行のみの文に致しました」

清経は屈託なく笑った。

「あのような下手くその字を二行も三行も読まされてみよ、命が縮まるぞ」

勧運は顔を上向けて清経の笑いにつられたかのように目を細める。

「おや、まだ縮まるような命が残っていたのですか」

「口のへらぬところは変わらぬな」

「その話はいずれゆっくりうかがいましょう。和尚、ここで何をしているのですか」

間近でみる勧運は血色もよく、何よりも目に生気が宿っている、と清経は安堵する。

「見れば分かるであろう。御霊会に参ったのじゃ」

「まさか、その歳で御霊会に加わるというのではないでしょうね」

「頼まれたのじゃ。仁和寺のげんぼう僧都(そうず)にな。僧都はその昔、高野山で拙僧と共に修行した身」

「とすれば、その僧都も高齢ですな。ならば疫病神にとりつかれて死んでも惜しくない歳。まだ長生きをしたいのですか」

「憎まれを口ききおって。そうではない。げんぼう僧都に頼まれた護符を持参したのだ」

勧運は釣台の隅で一心に筆を動かしている若い僧達に目をやった。釣台は二百畳ほどの床張りで、三十名ほどの僧が座していた。

「よいことを思いついた。清経、おぬしひとりで参ったのではあるまい。防鴨河使の者を皆、ここに呼んで参れ」

「呼んでどうするつもりなのですか」

「護符を一万枚作らねばならぬ。ところが昨日から夜を徹して広隆寺の僧が総力をあげてやっているが、とても間に合わぬ。とうとう釣台に持ち込んで続ける仕儀になった。まだ四千ほどの護符が仕上っておらぬ」

「和尚、吾等は物見遊山でここに参ったのではありませんぞ」

「分かっている。おそらく神泉苑に集まる人の数は二万、いや三万を超えるであろう。御霊会を取り締まるための要員であろう。ご苦労なことだ。御霊会が始まるまでには半刻ほどある。その間だけでも護符作りに手を貸せ。久しぶりに亮斉や蓼平等にも会いたいものだ」

勧運にそこまで頼まれると清経も無碍にはことわれない。亮斉も蓼平も宗佑も勧運和尚とは旧知である。

清経は亮斉等が待機している土塀際にもどり、皆を連れて再び、釣台に戻った。

勧運は目を細めて亮斉ら下部達を迎えた。

「その昔、拙僧が皆に字を教えたことが、いま報われることになった」

勧運はいかにもうれしそうだ。

清経の父清成が防鴨河使判官で存命のころ、清成に頼まれた勧運が下部達に字を教えたことがあったのだ。

「拙僧の教え子であってみれば、みな、目を見張るような達筆を会得したはずじゃ。その達筆で竹短冊に七文字をしたためてほしい。それもできる限り早く頼む。ほれそこに文字の書かれていない竹短冊が山となって置いてある。あれらすべてに七文字を書きいれなくてはならぬのだ」

勧運は釣台の床に積み上げられた竹短冊を顎で指し、やおら懐から大きな用紙を取りだし下部達にみせる。

そこには、蘇民将来之孫也、と墨書してあった。

竹短冊は幅二寸（約六センチ）、長さ六寸（約十八センチ）ほどに真竹を薄く切り裂いて作ったものである。

「短冊に、この七文字をしたためれば、おぬし等の横を疫病がすり抜けてゆくこと請け合いだ。筆は今、僧等が手渡す」

数名の修行僧が下部達に一本一本筆を渡した。

下部達は諦めと得心とがない交ぜになった顔で修行僧から筆を受け取った。諦め顔は勧運の強引さにであり、得心の顔は七文字に秘められた効力についてであることが清経には手に取るように分かった。

蘇民将来とは疫病から人を守る異国の神の名で、その神の孫と称する護符を肌身につけていれば疫病神はさけて通ると信じられていた。その護符を何千枚も作るとなれば勧運が請け負わなくとも疫病神は下部達を避けて通るにちがいなかった。

「それにしても、まるでわたくし達があたかもここに参り、護符をしたためることが分かっているような用意のよさ。短冊はともかく、このように筆まで揃えてあるとは」

亮斉は笑いながら勧運に話しかける。

「ここに早く参ったのは参集者の中には字が書ける者もいるのでその者達に手伝ってもらうために、

幾つかの硯と墨、それに五十本ほどの筆を広隆寺より持参したのだ。そこに亮斉等が顔をみせたというわけだ。これも仏の思し召しじゃ」

　勧運はさも愉快そうに声をたてて笑った。

「護符作りはむこつ法師に頼まれたのですか」

　亮斉には、勧運とむこつ法師が物を頼み頼まれる仲であるとは思えなかった。

「いや、むこつ法師ではない。仁和寺のげんぼう僧都に頼まれたのだ」

「その僧都様はいずこに居られますのか」

　この世で勧運和尚に一万もの護符作成を依頼する者がいるということが亮斉には信じられない。

「仁和寺でまだ護符作りに励んでいるのであろう。あちらは一万五千も書くのだそうだ。そのうち姿を現わすはずだ」

「げんぼう僧都様はむこつ法師から護符作りを頼まれたのでしょうが、よくも二万五千もの護符作りを引き受けたものですな。僧都様は仁和寺ばかりでなく、京の寺々の僧侶達を束ねるお方、一方、むこつ殿は河原に住まう者。一体おふたりはどこで知り合ったのでしょうな」

「そのようなこと、拙僧は知らぬが、京人の多くが加わる御霊会のためと言われれば断るわけにも参るまい」

「仁和寺の僧都様、広隆寺の勧運様、御両所がそろう御霊会なら二万五千もの護符を作らねばならぬのも頷けますな」

「いや、拙僧はげんぼう僧都に頼まれただけ。竹短冊に七文字をしたため終わればすぐに広隆寺に戻らねばならぬ。なにせ寺の全ての僧侶を連れてきたので今広隆寺はもぬけの殻。いつ賊が忍び込んで寺宝を盗み出すかもしれぬ」

「おや、勧運様は平素、あのボロ寺には賊が盗みたいような貴重なものは何一つない、と申していたではありませぬか」

亮斉はいかにも楽しそうだ。

「そのとおりだ。だがの亮斉、賊に盗みたいものがなくとも、寺そのものが宝物なのだ」

「あのボロ寺が、ですか」

筆を持ったまま勧運と亮斉はとりとめのないやり取りを続けて、一向に文字をしたためようとしない。目が遠くなった亮斉は文字をしたためることができないのだ。それは勧運も同じことで皆に早く書けと叱咤するが自らが筆を執ろうとしない。ふたりの老人の思惑が知らず知らずに饒舌となってどこまでも続いていく。

時が経つとともに参集者が増えていく。その数に清経は驚きと恐ろしさを感じ、検非違使や京職が御霊会の暴走を懸念するのも分かるような気がした。誰かが間違った先導をすれば参集者は思わぬ動きをする。その動きが大内裏に向かわぬようにしなければならない。そのために防鴨河使まで警護要員として駆り出されているのだ。

半刻後、全ての護符が仕上がり、釣台の床にうずたかく盛られた。

勧運と僧達は釣台に広げた墨と硯を手際よくかたづけると釣台から下り、人込みを分けて広隆寺へ戻っていった。

それを待っていたかのように、官人が清経の前に現われた。

「吾は検非違使の少尉（しょうじょう）。防鴨河使の方々には二条大路沿いの土塀に沿って警護をお頼み申す。なに、警護といってもおぬし等が配置につく二条大路沿いは警護などあってもなくても同じ。御霊会の列は大宮大路口から神泉苑を出て、大路を南に下る。おぬし等の配置された所に行列は通らぬ。警護棒を使うこともあるまい」

少尉はこともなげに言うと、意味ありげに清経に一歩近き、

「防鴨河使主典（さかん）の蜂岡殿ですな」

念をおすような口調で清経を下から上へと探ぐるように一瞥した。

「いかにも」

「なるほど、おぬしが蜂岡殿」

名を告げず一方的に己の名を確かめる少尉（しょうじょう）に清経は不快の念を強くする。少尉は検非違使庁の四等官のうちで三番目の順位で、看督長（かどのおさ）、火長（かちょう）、下部等を束ねる職である。少尉が束ねる員数は三百余人と防鴨河使とは桁違いである。当然、職階も清経より一つか二つ上である。だからというわけではあるまいが、少尉の口ぶりに人を低くみる調子が含まれているように清経には思えた。

少尉は揶揄するように、

「菰に包んだ長芋の味はいかがだったかな」

と耳元でささやいた。

清経はその言葉を聞くやいなやあの夜のことを瞬時に思い出した。致忠から託された菰包みを不審

に思った検非違使、それが今、耳元で意味ありげにささやいた少尉その人であることに気づいた。

「うまかった」

清経は平然と応じた。

「捕縛された致忠様は翌日、佐渡に配流と決った。おかしいとは思わぬか。罪人の刑が決るまでは通常、ひと月はかかる。それが致忠様は翌日」

「そのようなこと、なぜ吾に訊かれますのか」

「おぬしなら、はやく決めなくてはならぬわけを知っているのではないかと思ったからだ。あれだけ太くて長い山芋の菰包み。まだ食い残しているのではないか」

「残さず食べてしまって跡形もない」

清経はそう告げると、

「警護に就くぞ」

と下部達に命じた。

二条大路に巡らされた土塀に沿って防鴨河使下部達は警護棒を握りしめ、少尉が割り当てた警護箇所に、それぞれが散っていった。清経の警護箇所からは、はっきりと釣台が望め、釣台の横に山車が横づけされていた。

山車は長方形の箱に作られている。箱の長辺は二間（三・八メートル）、短辺は一・五間（二・七メートル）ほどで、四つの車輪がとりつけられ、箱の中央に太い柱が立っている。

柱には色とりどりの布片が取りつけられていた。

あれがお婆の話した標山に似ている大柱か、と清経は思ったが、大嘗祭をみたことがない清経には似ているのか否か分かりようもなかった。

山車の両側に人の腕の太さほどもある縄が一本ずつ取りつけられている。清経の場所からでは縄の長さは分からない。人々が押しあい圧しあいして縄に手を掛けようとしているのをみると、縄の長さは半町（約五十五メートル）をくだらないようだ。

両手ですくった水がもれるように人々は崩れた土塀から神泉苑の内に絶え間なく入り込んでくる。すでに参集者は一万人をゆうに超えていた。その衆目は釣台に向けられている。積み上げてあった竹短冊の護符はすでに山車に移されていて、釣台に人影はなかった。

人々は誰かが釣台に姿を見せるのを待ちこがれているようだった。しかし、一向に現われる気配がない。人々が手拍子を打ちはじめる。それはたちまち全ての人々に伝搬していった。

ぱん、ぱん、と叩く手拍子は乱れることなく続く。釣台は深閑としたままだ。

すると、手拍子の調子に合わせながら人々は「むこつ、ほうし」「むこつ、ほうし」と繰り返しくりかえし囃しはじめた。

手拍子と連呼がさらに大きくなったそのとき、連呼はどよめきに変わった。

釣台の裏手から深く頭を垂れた者がゆっくりとした足取りで現われた。

手拍子と連呼がやんだ。

すり足で釣台の中央まで進んだその者は顔を伏せたまま両足をそろえ、両腕を水平にひらいて静止した。人々は伏せた顔をみようと釣台にすり寄るが、深く伏せた顔をのぞき見ることはできなかった。

奇妙な立ち姿のままでその者はまったく動かなくなった。微動だにしないのだ。

人々はその者が次にどんな動きをするのか注視する。その者は古木のように佇立したままだ。

「むこつ」

誰かが大声をあびせた。

瞬時、水平に保たれていたその者の両腕は骨が抜けたようにだらりとたれさがった。両腕は風に柳がそよぐように揺れている。

「むこつ。むこつ」

人々のあちこちから声が飛んだ。

むこつはそろえた両足の片方を半歩前にだし、その足を引き上げて片足立ちした。引き上げられた足は両腕と同じようにゆらゆらと揺れている。

頭は深く垂れたままで人々からはあいかわらず顔はみえない。

まるで骨が無(な)いかのような不自然で均衡のとれない片足立ちで静止していることが清経には信じられなかった。そんな姿勢で人は静止などできないのだ。

「むこつ？　なるほど、むこつとは无骨(むこつ)のことであったのか」

釣台に目をこらしながら清経は大きく頷いた。

深く垂れていた无骨の頭がかすかに揺れた。伏せられていた顔がすこしずつ上向いていく。人々は伸びあがって无骨の顔をうかがう。さらに顔が上向く。

顔は面で覆われていた。

面には大きくせり出した額の下に、見開いて盛りあがった目が彫られている。鼻は異様に長い。口は薄気味悪くひらかれ、下あごは二本の糸で吊られてゆれていた。赤い漆で塗りかためられたその面は猿楽に用いるものだった。

猿楽は奈良時代に大陸から伝来した散楽から進化した曲芸や奇術で、平安時代になると猿楽と呼ばれるようになった。

猿楽面をつけた无骨が若いのか年寄りなのか清経には定めがたかった。しかしがっしりして人の及ばぬ身体の動きは年寄りとは思えなかった。

「无骨法師、猿楽法師」

无骨へ人々が声をかける。やがて群衆は声を合わせ、

「无骨、法師、无骨、法師、无骨、法師」

と、手拍子を打ちながら連呼を始めた。

猿楽面が正面を向く。足も手も鋼をさし込んだように真っ直ぐに伸びていた。手拍子が止む。无骨は両の腕をゆっくりとひらいて水平にした。一呼吸おいて、右手が前に廻され、ぴたりととまった。人々が促されるように一拍を打つ。左手も同じように前に添えられると、だれひとり遅れることなく数千の拍手が一つ、鳴った。

前にだされた无骨の両腕は調子をとって流れるごとくに動き始め、それに合わせて人々が打ち出す手拍子に一定の調子が加わる。

无骨の一挙手一投足で万に及ぶ手拍子が神泉苑に響いた。

地をする足は天を突き、空を切る手は水平に繰りだされ、右を向いた猿楽面は瞬時にして左へとまわり、上向いていたかと思えば、うつむき、ひらりと体が軽く移動したかと思えば、ゆらりと重そうにとどまる。天を仰ぐ猿楽面に喜びの表情が生じ、地にうつむけば悲しみの面持ちとなり、洗練され卓越した舞に、観衆は喜怒哀楽のすべてを見いだして一喜一憂するのだった。

无骨の身振りが次第に速まると、それに合わせて人々の手拍子も急になり、拍手と舞が極限の速さに達したその刹那、舞がとまった。ひと呼吸遅れて、すべての拍手もやみ、しわぶきが聞こえるほど神泉苑は静寂になった。

人々は固唾をのんで无骨を注視する。

舞をとめたままの体が少しずつ崩れていく。あたかも骨が无くなるように手も足も体さえも折れ曲がり、塊となって釣台の床に転がった。その塊の真ん中に朱色の猿楽面が天をにらんでいた。

神泉苑のいたるところから、驚きと感嘆のどよめきがあがる。どよめきはすぐにやんで、その塊が次にどんな動きをするのか人々は顎を突きだし、目を細めて釣台の床をにらみすえる。だが猿楽面は天をにらんだまま微動だにしない。しびれを切らした観衆のひとりが、

「无骨。法師！」

と叫んだ。

その掛け声が呪縛を解く言葉であったかのように无骨の黒い塊が蛇のように胎動し、次第に膨れ上がって人の形を取り戻しはじめた。

群衆は、どよめきを発し、手拍子をとる。

一つ目の拍手が鳴り響くと无骨の腕が蘇り、二つ目で足が、三つ目で首、やがて元の姿に戻った无骨は再び舞いはじめた。舞は今までの素早い動きから一転して優雅で軽やかなものへと変わった。无骨は舞いながら釣台の中央から山車が並ぶ右手へと移動していった。

その時になって群衆は山車にしつらえられた小さな舞台に、盛装した稚児が乗っているのに気づいた。稚児は身の丈に余る刀を構えたまま直立している。その愛くるしい姿に人々の目は无骨から稚児へと移った。

山車舞台の四方に張り巡らされている注連縄（しめなわ）に稚児は構えた刀を重そうに振りあげて、かわいらしい甲高い声を発して振りおろした。注連縄は切れて左右に放たれた。それを合図に山車に取りつけられた大綱を人々はわれ先に握り、先頭に目をやった。綱の先頭にはいつの間に釣台から移動したのか、无骨が猿楽面をかぶったままの姿で立っていた。

「大宮大路口より出でて、大路を北に向かう。綱引け」

无骨がよく通る声で号令した。人々は綱を握った腕に力を込める。ゆらりと山車がゆれて、大柱をふるわせながら動き出した。

「大宮大路を北に向かうだと」

清経は首をかしげた。確か検非違使少尉は大宮大路を南に向かう、と言ったはずだ。それが北だ、というのだ。御霊会の最後尾でなく先頭を監視するとなればとても四十五名の防鴨河使下部では対応しきれない。少尉の予測は外れたのだ。

清経は塀沿いを走って下部達を集めると、

「山車を先導する无骨を監視する」

と命じて綱の先頭に向かって走った。ともかく、検非違使や京職の官人等が駆けつけるまで、无骨を見張らねばならない。

山車の周囲には着飾った護符撒きの女達、およそ三十名ほどが竹短冊をいれた布袋を肩から提げて従っていた。

神泉苑に入れなかった人々が大宮大路にあふれていた。

護符撒きの女達は肩からさげた袋の中から、蘇民将来之孫也、としたためた竹短冊を取り出し、沿道の人々にばらまく。

人々は争って竹短冊を奪い合い、拾い上げて、それを手に持ち、胸に押しあてて列に加わってゆく。

綱の先頭に追いついた清経のわずか先に无骨の姿があった。釣台で舞っていた无骨に比べ、所在なげに先頭を歩く姿はひと回りもふた回りも小さくみえた。

大宮大路と二条大路が交わる辻を横切り真っ直ぐ北に進む。左手に真っ白な土塀、土塀の内側は大内裏である。大極殿をはじめ百官が勤める庁舎のほとんどがこの塀の内側にある。いわば平安京の心臓部である。

どこまでも続く土塀の長さはほぼ十町（約千百メートル）、京で一番長くて美しいと言われている土塀である。

そこに郁芳門、待賢門、陽明門、上東門の四門が設けられている。

清経は下部達と共に一番南に設けられた郁芳門へと走った。

行きついた郁芳門にはだれひとり警護の衛兵は見あたらない。門は閉ざされていた。

清経は門前を下部達でかためた。

遅れて无骨に先導された山車がゆれながら近づいてくる。无骨は郁芳門が警護されているのに気づくと、真っ直ぐに清経の前まで歩み寄った。下部達に緊張がはしる。清経は警護棒を胸元にひきつけ、无骨の出方を待つ。

触れんばかりまで清経に近づいた无骨の視線を清経は猿楽面をとおして強く感じた。

清経は得体の知れぬ不気味さに一瞬たじろいだ。たじろいだのは猿楽面の怪異さでないことは確かだった。猿楽面に穿たれた小さな眼孔から无骨の眼差しなどみえるはずもなく、その不気味さは无骨の身体のあらゆるところから発しているように清経は感じた。

清経は胸元にひきつけた警護棒を垂直に持ちかえ、右手を警護棒の端に移動させ柔らかく握った。それは広隆寺で修行僧から教えられた攻撃の構えだった。

眼前の无骨が消えた、と清経は思った。

そう見えたのは、无骨が一瞬で身体を小さく折りたたみ、大地にひれ伏したためだった。次の瞬間、俊敏に伸び上がり、清経の右横を駆けぬけ、数歩先で清経へ振り返った。

无骨の手には清経の警護棒が握られていた。

无骨は警護棒を山車の列に向かって高々とさし上げると、

「御霊会じゃ、御霊会じゃ、疫病祓いの御霊会じゃ。凶作祓いの御霊会じゃ」

と大声で発した。参列者はその声に呼応して、

「吾等は蘇民将来の孫なれば疫病神はさっさと失せよ。失せて吾にはとり憑くな」

と声を合わせた。

「御霊会じゃ、御霊会じゃ、疫病祓いの御霊会じゃ。凶作祓いの御霊会じゃ」

繰り返す无骨は後ろ向きに警護棒を清経に向かって投げつけた。警護棒は過たず清経の両腕に吸い寄せられるように収まっていた。

无骨は清経を振り返りもせず、再び列を先導しはじめた。

清経の顔がみるみる赤く膨れあがっていく。

「むこつ」

叫んだ清経は无骨の後を追った。後方で亮斉が引き留める声が聞こえた。

「やれやれ、短慮に火がついてしまった」

亮斉は諦めた口調で清経の後ろ姿に嘆息し、

「京職や検非違使の者が参るまで吾等はこの門を守る」

と下部達に命じた。

御霊会の列は无骨に導かれて、大宮大路をさらに北へと進む。清経は行列にまじって无骨のあとに続いた。无骨の歩みはまさに骨の无(な)いような力無いものにみえたが背は強大な壁のごとくに清経には映った。

『おいそこの悪童、どこからでも打ちかかってこい』

そう无骨の背が挑発するのだ。

清経は警護棒をいつでも繰り出せるように構えて参集者を押しのけ无骨の背に迫った。

全身に力を溜めて、警護棒を无骨の背に打ち下ろそうとするが隙（すき）がない。そんなことはないと何度も試みるのだが、警護棒は清経の腕から寸分も動かない。

清経の額から汗がふきだし、屈辱で顔がふくれあがってきた。悪清経と呼ばれていた三年前まで腕力ではどんな力の持ち主であってもヒケをとったことはないと自負していた。それが今粉々に砕かれたのだ。

无骨に先導された山車は大宮大路の起点、すなわち一条大路との辻に出た。大宮大路は尽きて左（西）に曲がるか、右（東）に曲がるか、いずれにしてもこの先は一条大路をたどるしかない。清経は当然左に曲がると思っていた。大内裏を左回りに一周して神泉苑に戻ると思ったからだ。

予想に反して无骨は右に進路をとった。進路の先は一条河原だ。

まずいことになった、と清経はそこでやっと冷静になった。

一条河原は糺（ただす）の森（もり）に近接している。森には下賀茂社が祀られていて、そこに帝がしばしば幸行する。その森と一体となった一条河原は神聖な地でもある。

そこに二万を数える御霊会の参集者が立ち入ることは許されていない。

清経は振り返って山車に目を転じた。

何百人もの手で曳かれた山車は揺れながら堀川小路の辻に入るところであった。

无骨はそのまま東進を続ける。

堀川小路に沿って流れる堀川には橋が架かっている。橋床を真っ赤に塗った小さな橋で、もちろん欄干などない。公家等が牛車でこの橋を渡るとき、牛飼い童は慎重に慎重を重ねておそるおそる渡る。年に一度や二度、戻り橋から脱輪した牛車が立ち往生するのを京人なら知らぬ者はない。それほど一条戻り橋は狭いのだ。

死者をかついで渡ると再び蘇るという謂れをもつこの橋を、人々は恐れと畏敬の念を込めて『一条戻り橋』と呼んだ。戻る、とは魂が蘇ることである。

无骨が山車を戻り橋の前でとめた。

山車の車輪幅と橋の幅を无骨は慎重に見極める。清経には山車の車輪幅の方が橋幅より広く見えた。无骨が戻り橋の西詰に山車の先端を接近させ、静止させた。それから身体を飛翔させて六尺ほどもある山車舞台に飛び乗った。

山車上から左右の車輪幅と橋幅を見比べる。綱を曳く人達が无骨を注視する。无骨が手のひらを前にして両手を天に突き出す。

「ようし」

无骨はあげた手のひらをわずかに前後に振る。人々は无骨の手のひらの振りに合わせて曳き綱を神妙に曳く。ゆらり、と山車が進む。

「とまれ」

前後に振る手を静止させて无骨は命じる。

橋幅ぎりぎりで山車の前輪が戻り橋に乗った。

山車の方向は左右の曳き綱の力加減で右にも左にも曲がる。真っ直ぐ曳くには二本の綱を均等に曳かなくてはならない。

左右それぞれの綱を百人以上の参列者が曳くとなれば、左右の均衡をとるのは至難である。一見、大路を行く山車は直進しているようにみえるが、常に右に左に蛇行をくり返しているのだ。

无骨は再び手のひらを前後に振った。それを合図に山車は一寸、二寸とかすかに前進する。无骨の両の手のひらがとまる。山車もとまる。

今度は右の手のひらだけを前後に振った。山車の右側面に付けられた綱を曳く人々が息を詰めてわずかに綱を持った手に力をいれる。山車がわずかに左に進む。すかさず无骨の右手の振りがとまる。山車が軋みながらとまった。

その繰り返しをしながら山車は一条戻り橋を寸刻みで渡っていく。

山車の後方に列をなす人々が後から後から詰めかけ、一条戻り橋西詰は立錐の余地もないほどに混み合ってきた。

前方の情況が分かぬまま進まぬ山車に人々は苛立ちを募らせていく。

戻り橋が木と木がこすれるような鈍い音をたてた。

西詰に立って山車を見ていた清経はその軋み音を耳にすると、押し寄せる人をかき分け押し倒して戻り橋の西詰中央に立った。

「渡ってはならぬ」

叫ぶと警護棒を水平に構えて渡ろうとする人々を押し返した。

「渡るな、引き返せ」

山車の後について渡ろうとする人々の背後から襟ぐりを掴み、引きずり戻し、それでも渡ろうとする者は容赦なく堀川に追い落とした。真冬の堀川は水位が低く落ちても溺れることはない。清経に追い立てられた橋上の人々はその暴挙に恐れをなして山車の後尾から離れて橋の外に戻った。

「なぜ、とめる」

橋から追い出された人々が清経に食ってかかる。

「橋鳴りが聞こえぬか」

「橋鳴り？　何も鳴ってなどおらぬぞ」

「口を慎み、耳を澄ませ」

清経は橋に耳を傾ける。人々が清経に習って耳を澄ます。

ぎい、ぎい、と橋の軋む音が人々の耳にかすかに届いた。

「戻り橋は今、山車を支えるので目一杯だ。おぬし等が山車の後について橋を渡れば橋は落ちる。山車が戻り橋を渡りきるまで一歩も動いてはならぬ」

清経は警護棒を胸元にひきつけて仁王立ちした。

事情を知らぬ列の後方から、先へ進め、先へ進め、とわめきながら戻り橋に人々が詰めかける。その夥しい数に清経はひとりで橋を守りきる自信がなかった。山車はまだ橋の中程しか進んでない。

堀川は川幅が狭い。そこに架かる橋の長さは五十歩もない。それが今、清経には途方もない長さに感じられた。

警護棒一本では抗しきれなくなった清経はもはや惨事は避けられぬと覚悟した。

「山車が渡りおえたぞ」

清経とにらみ合っていたひとりが橋の東詰を指さした。その指に誘われるように清経は背後へ振り向く。

山車の後輪が戻り橋を渡りきるところだった。清経は溜めていた息を一気に吐くと警護棒をひいた。

人々が先を争って山車の後を追った。

一条戻り橋を渡りきった山車は遅れをとりもどすかのように速度をあげ、一条大路を東に進む。无骨は山車舞台でゆるやかに手足を動かし踊りはじめた。

「猿楽舞いじゃ。それ猿楽舞いじゃ」

人々が口々に囃たて、无骨の手振りに合わせていっせいに踊りだす。

猿楽舞いはもともと滑稽な物まねの所作で、どこかで人を揶揄する要素がある。无骨の舞には人を笑わせ、心を和ませる軽妙な所作が舞のなかに秘されているが、それを凌駕して有り余る敏速な動きが見る人々を圧倒した。

列に加わった者達は无骨の舞を真似て奇妙に身体を動かしながら西洞院大路、東洞院大路の辻を過ぎてゆく。

山車を囲んだ護符撒きの女達は竹短冊を沿道の人々に投げ与え、列に加わるよう促す。

山車は富小路(とみ)の辻まで進んだ。

このまま東進すれば東京極大路に突き当たる。その先は空き地を挟んで一条河原である。

やはり山車は一条河原に向かうのか、と清経は懸念した。

だが、山車はその辻を右に曲がって富小路に入った。

すると前方に瓦葺きと檜皮葺きの大屋根がみえてきた。

土御門(つちみかど)邸である。

富小路と土御門大路に接して建てられた広大な館の主(あるじ)は左大臣藤原道長である。

山車はその正門前にとまった。

无骨は舞をやめて開かれた門内を眺めやった。

山車舞台の高みから館内を見下ろす無礼に館を警護する道長の家人(けにん)達が色をなして、山車から下りるように声を荒げる。无骨はその声を無視して山車舞台上に立ちつづける。

門前は後から後から押し寄せる御霊会の参列者でふくれあがる。

「近づいてはならぬ。とどまるな」

家人達は声をかぎりに人々に警告する。

門内から弓矢を携えた家人等が現われ門をかためた。しばらくすると大扉が軋み音をたてながら閉まりはじめた。

「一の上(かみ)に申し上げる」

无骨が猿楽面をつけたままの姿で大声をあげた。

一の上とはすなわち、左大臣藤原道長のことである。

「去年(こぞ)の裳瘡(もがさ)で多くの人々が路地や河原で骸(むくろ)と化した。公卿(くげ)の方々も等しく裳瘡に襲われ身罷った者も多い。一の上においても今を去ること三年前、すなわち長徳四年の疫病にて重篤におちいったこと心に刻んでおられるはず。今また疫病は京の道々、辻々を横行跋扈し、人々にとり憑き、とり殺している。公卿にあってもしかり。門を閉めて疫病神を近づけまいとするのは児戯に等しい。疫病神から逃れる唯一の方は、山車からまかれる護符を胸に抱くことしかない。門前に尊顔を現わし、護符を受けられよ」

无骨の声は朗々と響いた。

猿楽面をつけたままで一言一句声を明晰に聞き取れるのが清経には信じられなかった。面をつけて声を発すれば、くぐもって聞きにくいばかりでなく、何百と門前に押し寄せた人々の隅々まで通る程の大音声などだせるはずもないのだ。

その間も大門は无骨の呼び掛けを無視するように閉まり続け、やがて完全に閉まった。

无骨は山車を取り巻く人々を一渡り見回すとやおら両足をひらきはじめた。舞台の床をすりながら左右にひらく脚はやがて床に密着し、一直線になった。すると胴が床にめり込むように縮んでいく。猿楽面が胴をさらに押しつぶすように重たげに天をにらんでいる。

門をかためる家人が山車の車輪を足がかりに舞台に駆けのぼった。その俊敏さにはなみなみならぬ武人の片鱗がうかがえた。

「ここは土御門邸門前。そのような幻術には騙されぬ。山車ともども門前より去ね」

腰に下げた太刀をひき抜き、切っ先を猿楽面に向けた。

天を睨んだ面になんの反応も表われない。

「聞いているのか。聞こえたならば、すぐにこの場から失せよ」

家人は太刀を逆手に持ちかえてさらに猿楽面に近づけた。

「吾を突き刺せるかな」

猿楽面から声がした。

「あなどるか」

家人が太刀束に力を込めた刹那、黒い塊と化した无骨の脚が鋼のように蘇ると家人の両足を掬った。不意をつかれた家人は舞台から大地へ転げ落ちた。舞台にはもとの姿にもどった无骨が何事もなかったかのごとく、猿楽舞を舞いはじめた。参列者は手を打ち、足を鳴らして无骨に真似て舞いはじめる。

「捕らえよ」

ことの成り行きを見ていた家人達が山車に殺到した。

「いかん、いかんぞ」

清経は警護棒を握りなおすと山車舞台に駆けのぼった。

新手の男に家人達は一瞬ひるんだかにみえたが、舞台上のふたりをひきずり下ろそうと山車舞台にとりつき、よじ登ってきた。清経はその家人達を蹴り上げ、警護棒を押しつけて地に追い落とした。

无骨は舞を続けながら山車舞台に上がろうとする家人達をけ落としている。

手強いとみた家人達が舞台にあがることを諦め、山車を取り囲んで一斉に抜刀した。

清経の全身に力がよぎる。なぜだかうれしくなってきた。押さえに押さえていた、何かが身体中ではじけるような気がした。

清経は防鴨河使主典という地位を忘れて、三年前の悪清経に戻っていた。

「吾に与(くみ)するとやけどをするぞ」

无骨が清経の横に並んで語りかけた。

「たまにはやけどもしてみたいものだ」

清経が破顔する。

「この場を切り抜けたら新月の夜、七条河原で待っている。必ず参られよ」

「待っている？」

清経は唐突な言葉の真意を確かめようと无骨を見たが、猿楽面を被った无骨からはなにも読みとれなかった。

「両名とも山車からおりよ。さもなくば山車の大綱を断ずるぞ」

家人が曳き綱に太刀を近づけて怒鳴った。

无骨は山車舞台から綱を切ろうと身構えた家人めがけて飛翔し、家人の脇を触れんばかりで通り過ぎ、すれ違いざまに家人の太刀をしたたかに蹴り上げていた。

太刀は空を切って山車舞台に立つ清経の足下に落ちた。

息を詰めて成り行きを見ていた参列者から歓声があがる。

无骨はなんでもなかったかのように猿楽舞を舞いはじめた。

家人達は切っ先を无骨に向けて遠巻きにした。

「おぬし等は一の上様の家人(けにん)。そのおぬし等が一の上様の門前を血で汚す気か」

清経が山車舞台から言い放った。

家人達は清経の言葉を無視して八方から无骨に切り込んだ。

白刃が陽にきらめく刹那、无骨は軽々と飛翔した。家人達の輪の外に逃れた无骨は平然と舞をつづける。

太刀では追い払えぬと思った射手達が門前を離れると无骨に矢先を向け弓弦（ゆづる）をしぼって近づいてきた。

「すみやかに立ち去れ」

无骨と十数歩の間合いで立ちどまった射手達は无骨の胸に的を合わせた。

无骨の舞がやんだ。参列者が固唾を飲む。射手達はさらに弓弦をしぼる。

と、そのとき、土御門邸の大門が軋み音を発して内側から開かれた。参列者の目は无骨から門奥の土御門邸に注がれた。

門内にきらびやかな衣装を身につけた七人が立っていた。

「射手はひかれよ」

中のひとりが无骨の前まで来ると声高に命じた。

「藤原の保昌様だ」

参列者の中からささやき合う声が流れた。

清経は山車舞台から飛び降りると无骨の傍らに寄った。まさしく无骨と向き合ったその人物は藤原保昌だった。

「先ほどの口上、道長様の御耳に届いた。道長様は護符お受けになりたいと申されておられる」

保昌は仰々しく告げると、振り返ってひときわきらびやかな装束の男に丁寧に頭を垂れた。

「一の上。左大臣、藤原道長様だ」

門内の七名の中からそれらしき人を探そうと参列者は背伸びし、顎をつきだし目を細めた。

道長がほかの者を従えるようにして、門の外にでた。

京人がこのような至近距離で左大臣道長を拝したことは未だかつてなかった。街中で道長を乗せた牛車と行き交うことはあっても御簾をおろした牛車内に人の気配は感じるものの容姿など分かるはずもなかった。

それが今、手を出せば触れんばかりの所に立っているのだ。

「一の上の右に居られる御方は敦道親王様であらせられる。御両所は護符をお受けなさると申されておられる」

保昌が響き渡る大声で告げた。

参列者は思わぬ高貴な人々を前にして言葉を失った。

清経は盗み見るようにして素早く保昌を除く六名に目を走らせた。

男が三人、その後方に三人の女が控えている。

「なんと」

清経は絶句した。三人の女のひとりが過日、清経の館を密かに訪ねてきた壺装束姿の女であったからだ。

清経は目を伏せ、分からぬように後ずさりして参列者のなかに紛れ込んだ。

「猿楽舞の名手と聞き及ぶ。一の上は護符を受ける前に一差し舞ってほしいとのこと。ついてはその猿楽面をとりさり、素顔で舞われよ」

保昌が无骨に一歩間合いを詰めた。その一歩には面をとることを拒否させない強い意志が感じられた。

人々は黙したまま、无骨がどう応じるか待った。京人の誰ひとり、无骨の素顔を知らないのだ。无骨が人前に姿を見せるときは必ず猿楽面をつけていた。

无骨はかすかに頷くと、大きく身体を縮め、一気に伸び上がり背後の山車舞台に後ろ向きのまま飛翔した。

「敦道親王様並びに一の上を見下ろすのか」

保昌が舞台に上がろうと車輪の軸に足をかけた。

「舞台で舞わせよ」

その声は道長でも敦道親王でもなかった。彼等より後方に控える眉目秀麗な男だった。

「公任(きんとう)様だ。あのお方は藤原の公任様だ」

人々のささやきがあちこちからもれた。

藤原公任は道長と従兄同士、先の関白藤原頼忠の息である。

公任の姉、遵子(じゅんし)は二代前の天皇、すなわち円融天皇の妃である。遵子と円融帝の間には子がなかった。もし遵子が皇子を生んでいれば、左大臣の座には道長でなく、公任が就いていたはずだった。

「保昌。公任の申すとおりだ。舞は舞台で舞うが最良」

辣腕と権謀に長けた道長の声とは思えぬほどかん高かった。

舞台にたった无骨は道長等に深々と頭(こうべ)をたれると、やおら猿楽面をとった。

日焼けした精悍な顔が現われた。

太い眉と尖った鼻梁の下にきりりと結ばれた大きめの口が過不足なく納まっていた。その容貌からは年齢を推定することは難しかった。

清経には初めて見る顔である。いや、だれもが初めてに違いないのだ。

各々が勝手に思い描いていたであろう猿楽舞の名手、无骨の相貌と今、舞台で白日に晒された无骨の顔に人々は違和を抱かなかった。

道長等に向き直った无骨は腕をゆっくりと前にだした。それから右腕を斜め上、左腕を斜め下に開いていく。それが舞のはじまりだった。

舞う両手足、頭、胴、それらは一つとして同じ動きをすることはなかった。一見すると均衡を欠いたその動きは奇異に見えた。

ゆく道々で激しく身体や手足を動かす滑稽な舞とは違って、ゆっくりと緩やかに動く五体は微風に揺れる柳の枝の如くたおやかたで優雅であった。

无骨の顔面は一片の感情も読みとれぬほど虚ろで、目はまっすぐ前方に注がれている。見る者からはその凍りついたような表情がゆっくりと動く手足につれて上向けば喜びの表情に、うつむけば悲しみの面差しに見えるのだった。

身体がわずかに右に傾き、差し出された両の手のひらが空に向けられると、无骨の姿は喜びに包まれ、かすかに身体を左に傾け、手のひらを地に向けると、一転して悲しみへとかわる。右から左への身体の傾けは一寸にも満たないとしか人々には見えなかった。

しわぶきの一つさえも人々からは漏れなかった。

人々は无骨のうつむけた顔に己の悲しみを重ね、上向けた面に己の喜びを思い出して、舞う无骨に恍惚となる。

无骨の手にいつの間にか一枚の竹短冊が握られていた。

舞いながらそれを道長に向かって投げた。緩慢な動きでありながら投げられた竹短冊はほどよい速度で過(あやま)たず道長の足下に落ちた。道長はそれを鷹揚に拾い上げて懐に収める。

踊りつづける无骨は同じように公任、それから三人の女の足下に懐から取り出した竹短冊を順繰りに投げた。そのことごとくが各々の足下に弧を描いて落ちた。

まだ竹短冊を手にしていない敦道親王が一歩前にでた。その横に保昌が並んだ。

无骨は舞いながら新たな短冊を懐から取り出すと、敦道親王に向かって同じように投げた。短冊は親王の足下に落ちると思ったが矢のような速度であった。短冊が親王の胸に当たる直前、保昌が短冊を右手でたたき落とすようにして掴んだ。

无骨の目と保昌の目があった。无骨は表情を変えぬまま、保昌に向かってかすかに顔を歪めた。それはいかにも手元が狂ったとでも言いたげな表情だった。

无骨は何事もなかったかのように最後の短冊を保昌に向かって投げた。ゆるやかな弧を描いて短冊は保昌の足下に落ちた。

保昌はそれを拾い上げると敦道親王に渡し、親王に投げられた短冊を己の懐に収めた。

道長、公任等は保昌が短冊を取り替えたことに気づくはずもなかった。

（三）

土御門邸、寝殿の一室、道長、公任（きんとう）、保昌の三人が座していた。

それぞれの前には炭櫃（すびつ）が置かれ、山盛りになった炭が赤々と点って、いかにも温かそうだった。

「これをご覧くださりませ」

保昌がふたりの前に寄って竹短冊をさしだした。

「護符ではないか」

道長は炭櫃に手をかざして護符を一瞥した。

「御霊会を先導した无骨なる男からさずけられました護符をお持ちでございましょうか」

「蘇民将来の孫なり、という竹の短冊ならば、ほれこのように懐深くにしまい込んでいる」

道長は懐から護符を取り出して保昌の前に置いた。それにならって公任も懐から護符をだした。護符は疫病が終息するまで肌身はなさず身につけておくのが習わしとなっている。

「護符は道長様、公任様方の足下に无骨が投げて寄こしました」

「覚えておる。次に无骨が敦道親王様に投げた護符を無粋にも保昌、そなたが右手でたたき落とすようにして掴みとったのだったな」

道長が不快げな顔をした。

「出過ぎた真似を致しました」

保昌は慇懃に頭を下げた。

「なぜあのようなことをした」

「敦道親王様以外の御方々には緩やかな弧を描いて護符は足下に届けられました。しかし、敦道親王様に投げられた護符は矢の如く親王様の左胸に向かって投げられました」

「それが、どうかしたのか。无骨の手元が狂ったのではないのか」

「寸分の狂いもない无骨の舞をごらんになったはず。あの名手の手元が狂うなどということはありませぬ」

「では无骨は護符を親王様の左胸めがけて投げたのか」

「この護符をお手にお取りになってとくとご覧くださりませ」

道長は護符を右手にとって、首をかしげた。

「これは竹の短冊ではないな。わたくしが受けた護符よりはるかに持ち重りがする」

「樫のもっとも堅い幹を削り込んで作った護符でございます」

「これはまこと敦道親王様が受けられた護符なのか。ならば、なにゆえ親王様でなく保昌が持っておるのだ」

「親王様にはわたくしが受けた竹の護符をお渡し致しました」

「取り替えたのはなぜだ」

道長には今ひとつ保昌の意とすることが分からない。

「ごめんをこうむります」

保昌は樫製の護符を手にすると立ち上がって部屋の中央に建っている太い柱に向かって投げた。うなりを生じて護符は一直線に飛び、柱に突き刺さった。

「なんと」

道長と公任がそろって驚愕の声をあげた。

「これは疫病神から身を守る護符ではありませぬ。人を殺す凶器にございます」

保昌は柱に刺さった護符を抜いて、懐にしまうともとの位置に戻って座した。

「公任は二年前まで検非違使別当であったな」

道長が険しい顔を公任に向ける。道長と公任は従兄同士、しかも同じ年に生まれている。

「長徳三年から長保一年まで、二年間、その任にありましたのはよくご存じのはず」

公任が苦笑を交えて答える。検非違使に任じたのはほかならぬ道長である。

「検非違使庁で无骨の消息を聞き及んでいたのではないか」

「聞いておりましたが、詮索はしなかったようです」

「保昌に心当たりはないのか」

「わたくしは、国司として地方地方を渡り歩いた身。京をほとんど留守にしておりますゆえ心当たりはありませぬ」

　保昌は四十五歳で道長、公任より八歳年上であるが政にかかわれる藤原北家の出ではない。藤原南家の保昌はいわゆる受領階級として地方を渡り歩いていた。

「无骨が敦道親王様をねらったとは思わぬが、これは探ってみねばなるまい」

　道長は同意を求めるように公任を窺った。

「无骨は河原に住まう者のひとり。探るにしてもその手がかりすらないと思われます」

「では検非違使は无骨の探索はしなかったのだな」

「探索はしなかったものの、无骨についてはは目をつけていたようで、わたくしの耳にもいくつかの噂が入ってきました」

「ほう、どのような噂であったのか」

「河原に住まう者一万七千余人を束ねる闇丸の参謀ではないか、との噂。左大臣の強い願いで定めた賀茂河原清掃令により百余名の検非違使が七条河原に出張ったのは去年の秋。闇丸の巧みな戦法で検非違使一行は手も足もでなかったこと、道長様はよくご存じのはず。その巧みな戦法を闇丸に進言したのが无骨ではないかと」

「検非違使一行を率いた別当、房行は、京人の笑い者になったことを悔んで、その後何度も賀茂河原清掃令の再度執行の沙汰を進言してきている。房行に无骨を探らせるのもよいかもしれぬ」

「左大臣が直々に検非違使別当に命ずるようなことではありませぬ。ここはわたくしが内々に動いてみましょう」

「政ばかりでは息も抜けぬ。それも一興。ところで房行の進言だが公任はどう思う」

「房行殿では荷が重すぎます」

「そう思うのだが、もう一度房行に機会を与えてもよいとも思っている」

「また、検非違使庁だけで河原に行かせますか。同じように闇丸らに追い返されるようなことがあれば、お命じになった道長様の権威に傷がつきかねませぬ」

「昨年、房行が指揮した検非違使の者は百名、今度執行するとなれば八百人を房行につけるつもりだ」

「そうなればこれはもう戦ですな」

「戦かもしれぬ。戦をしなくては闇丸達を河原から退去せさせることはかなうまい」

「果たして八百人で河原から闇丸や无骨を追い出せるでしょうか」

「房行から五百人ほど武人をつけてくれれば、かならず河原から闇丸等を追い出してみせると再三申してきている」

「房行殿は河原から闇丸達を追い出さぬかぎり、己の栄達はない、と固く信じておりますからな」

「あのままでは検非違使別当を更迭するのもほかの省庁に異動させるのもかなわぬ。房行に代わって強力に指揮の執れる者がおればよいのだが」

「差し出がましいようですが、その指揮、この保昌にお任せくださりませ」

保昌が平身した。

「本来なら、保昌に頼むところだが、次の除目で保昌を再び国司に叙任するつもりである。指揮を執らせるわけにはいかぬ」

道長は保昌の申し出を即座に一蹴した。

「まあ、よい、今年再度、賀茂河原清掃令を発布して河原に住まう者達を退去させ、河原を本来の姿にもどさねばならぬ」

道長は強い口調で言い切った。

第六章　秘事

（一）

徒し堤の前に業を終えた下部達と熊三等が所在なげに集まっていた。

「亮斉が居らぬが、熊三、亮斉を見なかったか」

清経は朝から亮斉と会っておらず、てっきり徒し堤に来ているとばかり思っていた。

「朝方、五人のお婆（ばば）を連れて岩倉に参ると言ったきり」

熊三は腑に落ちない様子だ。

「岩倉は京の北。往復するには三刻（六時間）もかかる。そこに一体何しに参ったのだ」

「なにか亮斉殿に考えがあってのことでしょう」

蓼平が亮斉を庇うように答える。

「いつ戻ってくるのか分からぬのか」

「よい知恵が浮かんだ、と申してましたが……」

熊三はしきりに首をかしげる。

「亮斉がおらねば、徒し堤の補強に取りかかることもできぬ。蓼平達は今日のところは帰ってくれ」

まだ未の刻を過ぎたばかりで、下部達がこれから京内へ行き、日銭を稼ぐ雑用を探すには間に合う時刻である。

「それでは吾等も今日のところは引きあげますかな」

熊三は助力に集まった二百人ほどに散会を告げた。集まった者達はみな腑に落ちない表情であったがそれでも足早に徒し堤をあとにする。

残ったのは蓼平と宗佑、それに清経だけであった。

「こういうのを蜘蛛の子を散らす、と申すのでしょうな」

宗佑は苦笑いしながら遠ざかる下部達の後ろ姿に目をやった。

「宗佑、おぬしは行かなくてよいのか」

蓼平が宗佑に気をつかう。

「吾まで雑用捜しに行ってしまえば、戻ってきた亮斉殿に要らぬ気遣いをさせますからな。それに吾はこの徒し堤の補強が終わるまで雑用捜しに京内には行かぬと決めました」

そう言いつつも宗佑の目はうらやましげに下部達の後ろ姿を追っていた。

清経は支給米を四割も減らされて日々の生計が苦しい下部達を思うと、果たして防鴨河使の終業後を徒し堤の補強のために拘束することが良かったのか悪かったのか、いまさらながら問わずにはいられなかった。

半刻後、お婆達に支えられるようにして亮斉が戻ってきた。

「岩倉まで行ったそうだな。物見遊山でもしてきたのか」

戻ってきたことに安堵しながらも清経は皮肉の一つでも口にしなければ腹の虫がおさまらなかった。

「若い頃ならば岩倉など走ってでも行けましたが、古稀を過ぎると、いやはや」

亮斉は荒い息をしながら心底疲れた様子だったが、顔は穏やかで満面に笑みさえ浮かべている。

「どんな用があったのだ」

「このお婆達の生まれは岩倉の幡枝(はたえだ)と申す山奥」

亮斉は五人のお婆を拝まんばかりに頭を下げる。

「お婆、何で岩倉に亮斉を伴ったのか話してくれ」

腑抜けたような亮斉を無視して清経は女達に頼んだ。

「わしらは京内に嫁いでくる前まで岩倉の幡枝に住んでおりましてな。そこで土器(かわらけ)を作っておりました」

小太りの女が親しげに清経に話しかけた。

古来より公式の儀式や神事に欠かせないものとして土器がある。この土器を作る担い手は女である。男は土器の素材である粘土の採取、運搬や焼成するのに必要な薪作りなどの力仕事を担当し、土器作りに手をだすことは禁じられていた。

　その土器作りの女達五人が徒し堤の助力に集まった昨日、娘の頃、伏見に出かけた昔話に夢中になっていたのを傍ら聞いていた亮斉が、伏見稲荷詣では楽しかったか、とお婆達の話に加わった。

「わしらが伏見に行ったのは伏見稲荷を詣でるためではない、伏見に近い巨椋池（おぐらいけ）に行ったのだ、と亮斉殿に申したのだ」

「そうしたら、亮斉様は伏見稲荷にも詣でず、池になにしに行ったのだとお訊きになる」

「そこで粘土をこねる話をしてやったのだ」

　お婆達が代わるがわる実に楽しげに話しかけるが清経には話の先がさっぱり分からない。

「稲荷詣、粘土、巨椋池、分からん。亮斉、手短に話してくれ」

　清経はいらいらを募らせた。

「お婆達の方が話はうまいですからな。お婆達に訊いてくだされ」

　亮斉は心底疲れたのか口を開けるのも億劫のようだった。

「粘土と巨椋池と一体どのような関わりがあるのだ」

　亮斉も亮斉なら、お婆達もお婆達だ。年寄りはどうしてこうもゆっくりと話を進めるのかと清経はさらにいらいらを募らせる。

「巨椋池をご存じかね」

「宇治の方にある大池と聞いているが、まだ行ったことはない」

　巨椋池は宇治川、桂川、木津（きづ）川が流れ込んでできた周囲四里（十六キロ）もある池である。三川を行き来する船の荷下ろしや、積み替え、船だまりとして重要な池である。

ちなみに巨椋池はおよそ六百年後、豊臣秀吉が伏見城築城に際し、四分割されて水運の機能は失われ、以後、大池、と呼ばれるようになる。さらに明治になって埋め立てられ畠となってからは、千年前の姿を忍ぶよすがはない。

「その池がどうかしたのか」

いつも清経の短慮に苦言を呈する亮斉が苦笑いしている。

「参られて、一度、見なさるがいい。実に大きくて広い」

「大きくて広いのだな。分かった。で、そこに何しにいったのだ」

「一度も参ったことのない主典様には分からぬだろうが、そこには岡屋津（おかのやつ）とよばれる船着き場がある。その船着き場に突堤が築いてある。突堤は賀茂の堤よりずっと前に作られた古い堤」

「分かった、古い堤なのだな。それがどうしたのだ」

「賀茂の堤でさえ、ほれ、このように崩れて、徒し堤の哀れな姿になっている。その賀茂川の堤より巨椋池の突堤はずっと古い。岡屋津の突堤が壊れてもおかしくはあるまい」

「ああ、おかしくない。それがどうしたのだ」

「若い者はいかん、すぐ話の先を急ぎたがる。先を急ぐとろくなことにはならんぞ」

お婆のひとりがからかうように清経に笑いかける。清経はぐっと唾を飲み込み大きく息を吸い、横目で亮斉に助けを求める。亮斉は笑いたいのをこらえて口をへの字に結んでいる。

「わしら娘は傷んだ突堤を補修するため十日も駆り出されたのだ」

「お婆達が突堤を補修？　補修は男手の力仕事ではないのか」

「突堤にたくさんのひび割れができての、そこから池の水が入り込んで突堤を崩してしまう。ほれ、賀茂川の堤が壊れるのとよく似ているであろう」

「似ている、似ている。それをお婆達はどのように補修したのだ」

「そのひび割れに粘土を詰めたのじゃ」

「それをお婆達がやったのか」

「わしらはそのような力仕事はやらぬ。京の近在の山や崖には粘土が沢山あるが巨椋池の近くにはみあたらぬ。男衆が何百人と駆り出されて岩倉から掘り出した粘土を運んだ」

「お婆達も一緒に運んだのだな」

「吾等は素手で岡屋津の突堤まで行ったのだ。わしらには粘土をこねるという大事な業が与えられていたからの」

お婆はその時のことを思い出したのか誇らしげだ。

「山だしの粘土を考えもなしに突堤のひび割れ箇所に詰め込んでも水はとまらぬ」

日々、土器作りに粘土をこねる女達には粘土の質や土の細かさなどが一目して分かるのだという。ひび割れた突堤に止水と崩落防止を目的とした粘土を詰めるには、ほどほどの堅さにほぐさなければうまくひび割れた箇所に詰められない。粘土にわずかに水を含ませ、手頃な堅さにする技は土器作りの粘土をこねる技に通じる、とお婆達は話した。

徒し堤と突堤のひび割れがどのように結びつくのか、なぜ亮斉が満面に笑みをたたえているのか、今ひとつ分からない清経はますますいらいらが募る。

「もうお婆達の話はよい。亮斉、その先を短く話してくれ」

「やっと、徒し堤の補強策がみつかりましたぞ。とは申せ、まだ皆に話して聞かせるほどに考えはまとまっておりませぬ。まとまりましたら、皆に話しましょう」

亮斉は頼もしげにお婆達に頷いてみせた。


亮斉や熊三等と別れた清経は、この数日間に起こった諸々のことを考えながら家路をたどる。

出自も名も告げぬ壺装束に身をつつんだ女が館を訪れてから、己の身辺には不可解なことばかり起こる、と清経は呟いた。

壺装束の女を送った帰りに、検非違使に追われた藤原致忠に菰包みを託され、そのおり、河原に住む、こつへ、と致忠が告げたこと。

それは聞き間違いで、どうやら猿楽舞の名手、无骨であるらしいこと。

その无骨が参列者二万とも三万ともいわれた御霊会を催したこと。

清経の館に賊が押し入ったこと。その賊がなにも盗らず退散したこと。

上司、大江諸行長官から添え書を頼まれて広隆寺の勧運に一筆したためたこと。

无骨から新月の夜に七条河原に会いに来るよう告げられたこと。

清経はそれらの出来事を順をおって反芻してみる。

それらは一見、みな何の関連性もなく思えたが、どこかで繋がっているようにも思えた。

それにしても、あの无骨と申す者、新月の夜に七条河原とはずいぶん人を喰った話だ、と清経は腹立たしく思い起こす。

七条河原には河原に住まう者達の葦小屋がそれこそ河原の石が見えないほどに建ち並んでいる。彼等は夜に灯りを点すような贅沢なことはしない。油を買う銭もゆとりもない。月明かりだけが頼りである。

新月の夜ともなれば七条河原は漆黒の闇。四千もの葦小屋のなかからどうやって无骨の住む葦小屋を探しだせばいいのか。清経は无骨に試されているような気がしてならない。

さらに不可解なのは館を訪れた女が土御門邸内から御霊会の護符をもらうため門前に姿を現わしたことであった。

女は道長、公任、敦道親王などの雲上人に混じってなんとはなしに寂しげだったように清経には見えた。

もう、あの女性(にょしょう)は悲田院の静琳尼様と会って赤子を引き取る手順をつけたのであろうか、と清経は思った。

女からも静琳尼からもその後、何も報らせがない。ふたりはまだ会ってないのかもしれない、と清経は思いをめぐらす。

館が見えた時に陽はすでに傾いて寒さが増してきていた。

清経は思わず背を丸めて腕を組んだ。このところ館に着くのはいつも日が暮れてからになる。灯りを点しての夕餉の支度はつい手抜きをしたくなる。今夜も湯漬けで空腹をごまかすしかないと妙に寂しい思いで館の門を見やった。すると門前に牛車がとまっていた。

さては壺装束の女が身分を明かして、再訪したのか、と清経は思わず笑みをこぼした。

だが女が乗る牛車でなく、公家が用いる網代車（あじろぐるま）らしいと分かると清経は落胆した。その心の動きに清経は思わず赤面する。

牛車を取り囲むようにして牛飼い童のほかに三名の警固の者がみえた。壺装束の女の再訪でないとすれば、牛車で清経の館を訪れるような高貴な人物に心当たりはなかった。

清経の館を訪れたのでなく、車輪の破損かあるいは牛が歩かなくなったのかして、館の門口で休んでいるのかもしれない。そう思い直して清経は門まで歩いていった。

「防鴨河使主典、蜂岡清経殿ですな」

三名の警固者のひとりが近づいてくる清経に慇懃に問うた。

「いかにも蜂岡だが」

「吾等は権大納言藤原公任様の家司（けいし）。牛車で公任様がお待ちです」

警固の者は清経を牛車の横に誘って、牛車に上がるよう促した。

「牛車に乗れと？」

清経は戸惑った。

「公任様は蜂岡殿と内密で話されたいと申しておられる」

牛車の乗り降りには作法があって、乗るのは後方、下りるのは前方と決まっている。これを破ると凶事にあうと公家等は信じている。

清経は促されるままに御簾をあげて牛車の後方から乗り込んだ。牛車に乗るのは初めてだった。夕暮れ時の牛車内は薄暗い。香を焚き込めてあるらしい車内はいい匂いがする。車内は思ったより広く、あとひとりやふたりは同乗してもさほどの窮屈さはない、と清経はあらためて車内を見回した。

「蜂岡清経殿ですな」

清経が座すのを待って公任が話しかけた。清経はゆっくりと頷く。息が掛かりそうな近くで公家と名のつく人物と同席するのは初めてだった。

「蜂岡殿の館に伺ってもよかったのだが、独り身とのこと。わたくしが館に伺うとなれば、それなりに気を使わせることになる。それ故、牛車に場を定めた」

今をときめく大納言、わざわざ出向かなくとも、公任が居を構える四条邸に呼びつければ済むことである。そうしなかったのは、なにかわけがある、そのわけとは壺装束の女との関わりではないかと清経は思った。

「そうですか、あなたが蜂岡清経殿ですか」

遠慮のない視線が清経にそそがれる。過日、土御門邸で清経は公任の姿を見ているが、むろん公任は清経の存在に気づいてもいなかったにちがいない。

「官位を頂いて三年余。従六位下、防鴨河使主典の身。公任様にこのように親しくお声をかけて頂けるとは思ってもみませんでした」

それが清経の正直な気持ちであった。

「清経殿のことは、さるお方から聞いておりました。そうですかあなたが蜂岡清経殿」

同じ言葉を意味ありげに呟く公任に清経は戸惑いを隠せない。

「さるお方がどのように吾のことを吹聴したか存じませぬが、公任様のお耳をわずらわせた事柄は悪い話ばかりでございましょう」

「いずれ、さるお方のことは知れるときがくるでしょう」

公任は曖昧に答えて、

「このように隠密裏に訪ねたのは、秘密裏に頼まれて欲しいことがあるからです」

と急に声を低めた。その時、牛車が揺れて動き出した。

「過日、御霊会を先導した无骨は存じておりますね」

意外な名を告げられて清経はますます困惑する。

「防鴨河使として御霊会監視のために神泉苑に出張りました。その折、初めて无骨なる者を間近にみました」

「ならば土御門邸門前での无骨の舞いをみているのですな」

その折の无骨を庇って山車舞台に立った清経のことは記憶の底にも残っていないようだった。

「无骨は河原に住まう者のひとりと聞き及んでおります。また闇丸の片腕とも聞いています。そこで无骨と闇丸のことを調べてほしいのです」

「公任様は確か数年前まで検非違使別当を兼務なされていたと憶えております。検非違使に命じるほうがよいのではありませぬか」

「検非違使と河原に住まう者との確執は防鴨河使である清経殿がよくご存じのはず。検非違使では无骨と闇丸の探索はかないません」

「検非違使が困難な探索を吾にできるわけがありませぬ」

「河原にすまう者と唯一折り合いをつけ、波風たてずに接している官衙（役所）、それが防鴨河使庁。その河原の管理をするのが防鴨河使主典、すなわち、蜂岡清経殿」

「その折り合いを隠れ蓑にして両名の素性を探れ、と申されますか」

清経がかえす言葉には憤懣がふくまれていた。

「不満のようですね」

公任がすかさず清経の気持ちを察してかすかに笑った。

「ふたりの素性をお知りになってどうなされるおつもりなのでしょうか」

「今は申せません」

壺装束の女といい、公任といい、なぜ位の高い者は物事を秘事めかして運ぼうとするのかと清経は思う。

「どうですか、引き受けて頂けませんか」

高圧的でも命令口調でもない公任の口振りには高貴な血と恵まれた境遇を併せ持った人特有のおおらかさがにじみ出ていた。

「お受け致しましょう。ただ吾は密かに人の身辺を洗うようなことは生来向いておりませぬ。いつ何時、素性を洗うべき闇丸殿や无骨殿にこのことが露見するかしれませぬ。そうなれば両名の探索を打ち切りますがそれでよろしいでしょうか」

「かまいません」

あっさりと認める公任に承知するしかなかったが清経の気持ちはそれほど不快ではなかった。それはおっとりと構える公任の人柄に清経が惹かれたためかもしれなかった。

「もう一度お尋ね致しますが、吾のことを公任様に告げた、さるお方はどなたなのでしょうか」

「わたくしの口からは申せませんが、清経殿の育ての親、広隆寺の勧運和尚殿ならば存じているかもしれません」

公任は謎めいた顔でかすかに頷いた。

(二)

清経が広隆寺の勧運のもとを訪れたのは、公任と会った二日後であった。

「和尚、大江諸行様依頼の件ではいたく手を煩わせました」

読経を終え、庫裏に戻ってきた勧運に清経は親しげに声をかけた。

「あのような下手くその字で頼まれると、どんな頼み事でも断りたくなるぞ。清経には字の素養がない。拙僧の教え子ではもっとも劣るぞ」

「おやおや機嫌がわるいですな。さては訪ねてきた若い女性（にょしょう）の扱いに手をやいたのではありませぬか」

「寺にいた頃の清経の方がずっと手がやけたぞ」

勧運は上機嫌で応じる。

「和尚が出家をとどまらせたのですか」

「和泉式部殿のことを清経は存じておるのか」

「諸行様によれば和歌（うた）の才は大江家随一。ですが大江家では持て余しているとのこと」

「大江家にとって和泉式部殿の噂は火種のようなものだからの。式部殿は心で出家を望んでいたが身体が出家を拒んでいた」

「心が欲し、身体が拒む。なにやら生々しいですな」

「和泉式部殿は在野にあってこその女性（にょしょう）だ。夫のもとを去り、為尊親王のもとに走った女性。和歌の名手。清経の耳にもそれなりの噂は飛び込んでこよう」

「為尊親王と申せば兄君が皇太子居貞（おきさだ）親王、弟君が敦道（あつみち）親王でしたな」

「お三方は冷泉上皇の皇子。いまさらあらためて確かめることでもあるまい」

「広隆寺に来る道々、敦道親王の牛車に和泉式部殿がむつまじく同乗して、衆目のなか朱雀大路を下っていった、という噂を耳にしたものですから」

「おなじ牛車とは」

勧運は一瞬、唖然とした顔をしたが、

「それもまた式部殿が選んだ道」

と眉をひそめて頷いた。

「和泉式部殿は為尊親王の御霊を安すんずるために出家したかったのではありませんか。それにしてはずいぶんとはやい変わり身」

「式部殿は為尊親王薨去をひどく哀しんでおられた。哀しみがよほど大きかったのであろう。その哀しみから抜け出すには敦道親王の情けにすがったのかもしれぬ」

「敦道親王の情け？　なんと出家どころか為尊親王の弟である敦道親王と牛車に同乗する仲」

「女性の心の動きは拙僧には分からぬが、式部殿が出家の道を選ばなかったことは確かなようだ」

「京人の噂を聞いた大江諸行様の渋い顔が目に浮かぶようです」

「まあよい。式部殿は公家、京人の衆目をこれからも集める道を選んだようだ。式部殿の出家を受けいれてやらなかった拙僧にはそれ以上のことは言えぬ」

「そうですな。和尚、人の行く末を案ずるよりまずは御身を案ずる、ですな。吾はいつも和尚のことを案じております」

「拙僧に難問を押しつけたくせに、よくぬけぬけと言えたものだ。拙僧の身を案ずるならもっと頻繁に広隆寺を訪れよ。清経の肉親は唯一、拙僧ひとり。その拙僧は八十路を超えた」

「和尚、そのように吾を諭したり、叱ったりしているうちは、広隆寺に寄りつかぬのが和尚への吾からの心遣い。和尚、吾が広隆寺に詰めて和尚のことを案ずるような日が未来永劫来ないことを吾は日々祈っているのですぞ」

「子供だましのようないいわけをしおって」

勧運は目を細めて清経を見やる。腹をわり、思ったことを口にし、冗談の中にお互いを思いやる、そんな友に勧運は全て先立たれた。八十一の高齢となればそれも致し方のないこと、と思っているがその思いを少しでも忘れさせてくれるのが清経とのたわいもない会話であった。

「ところで徒し堤の手入れは思うように進んでいるのか」

「和尚の耳にも徒し堤の件は聞こえているのですか」

「空き地を耕す京人のなかには広隆寺の信者も居る」

「亮斉が職を辞す覚悟で取り組んでいます」

「巷では賀茂河原清掃令が再び発せられるともっぱらの噂。そうなれば徒し堤の補修どころではなくなるぞ」

「諸行様からまだそのことについてはなんの報せもうけておりませんが、そのうち分かるでしょう」

「ほう、噂は本当であったか」

「今日、和尚を訪れたのは、その清掃令のことです」

「そのようなこと、拙僧には分からぬ」

「吾はぜひとも清掃令の執行をやめさせたいのです」

「清経にそれをとめる力などあるはずもなかろう」

「清掃令を廃せるお方は、清掃令執行を命じる道長様」

「左大臣に諫言(かんげん)できる身分でもあるまい」

「もちろん、お会いすることもかないませぬ」

「ならば、どうにもなるまい」

「道長様の信任が厚い公任様ならば、道長様に進言できるのではないかと吾は思っているのです。そこで和尚にあらためてお訊きしたいのです。吾が父のあとを継いで防鴨河使主典になるよう取り計らってくだされたのは確か、和尚が公任様に頼んだからでしたな」

「前にも申したが公任様の父である頼忠様の病を治してやったことがあった。そのおり、公任様を見知ったのだ」

「一昨夜、公任様が吾の館に訪ねて参りました」

「ほう、公任様が？　あの朽ちた館に。して用件はなんであったのだ」

「公任様は吾に闇丸殿と无骨殿の素性を探れ、と命じられました」

「闇丸殿と无骨殿の素性？　それをなぜ清経に頼んだのだ。それより清経は公任様を存じているのか」

「一昨夜が初めてです。にもかかわらず公任様は吾の顔を見るなり、そうですかあなたが蜂岡清経殿ですか、と訊ねられた。それはあたかも前から吾のことを知っているような口振りでした」

「なんの不思議もない。拙僧が四年前、清経の名を告げて官位の周旋を頼んだのだ。それを公任様は憶えていたのであろう」

「公任様は、吾のことは、さるお方から聞いている、と申しました。もし和尚から聞いているのなら、勧運和尚と告げたはずです。それを、さるお方、と秘密めかして告げたのは、さるお方、とは和尚ではないということになりませんか」

「公家という者はよく持って回った言い方をする。公任様もそうではないのか」

「いいえ、吾は別れ際にもう一度、さるお方のことを訊ねたら、それは育ての親、勧運和尚が存じているかもしれぬ、とはっきり申されました。和尚、さるお方、とはどなたなのですか」

「拙僧が知る由もない。公任様にからかわれたのであろう。そのようなことに気を回すことはない。さて、ひさしぶりに昼餉でも一緒にせぬか。なにやら下界の生々しい話を聞かされると、急に腹がすいてきた」

勧運は硬い表情を解いて、穏やかな顔を清経に向けた。

(三)

翌日、勧運の姿は悲田院の静琳尼の居室である仮屋にあった。

「お久しゅうございます」

静琳尼は不意に訪ねてきた勧運を笑顔で迎えた。

「すっかり、快復した御様子、なによりです」

「こうして、今あるのは勧運様のおかげ。思えばわたくしも父も勧運様に何度救われましたことか。感謝の気持ちでいっぱいです」

「感謝は生きていればこそできること。なによりです」

そう言って勧運は周りに人が居ないのを確かめてから、

「今日、伺ったのは静琳尼様の弟、公任様のことでございます」

と小声で告げた。

「公任のこと、とはいかなることでしょうか」

「昨日、清経が広隆寺に来ました。清経が申すには、公任様は清経に密かに会われ、闇丸殿と无骨殿のことを探るように命じた、とのこと」

「はて、公任がそのようなことを。弟がなにゆえ頼んだのか、分かりませぬ」

静琳尼は思い当たるふしがないのか訝しげな顔をした。

「清経も突然の公任様の依頼を不審に思い、なぜ己のことを知っているのか訊ねたようです」

「で、弟はなんと答えましたのか」

「さるお方から聞き及んだと、申されたそうでございます」

「さるお方?」

「左様、さるお方。となれば、それは公任様の姉である遵子(じゅんし)様、すなわち静琳尼様しかおりませぬ」

遵子という名を思わず口にした勧運は部屋の周囲をあらためて見まわして、人の居ないのを確かめた。

「わたくしから弟公任に清経殿について一切申したことはありませぬ」

「遵子様をお疑いしているのではありませぬ。当代きっての聡明なお方と評される公任様であってみれば、拙僧と遵子様、それに闇丸殿の秘事(ひじ)に気づかれたのではないか、と思われます」

「この秘事は勧運様、闇丸、それにわたくしの三人が黄泉の国まで懐深くしまい込んで持っていくと約したこと」

「左様、三人以外、何人にも漏れてはならぬ秘事。とは申すものの、拙僧の歳を考えれば、清経にこの秘事を伝えてもよいのではないか、と思うこともあります」

「わたくしも清経殿に打ち明けられればどんなにか楽になるかと思うことがありますが、告げられた清経殿のことを思い計れば、黙しているのがよいのでしょうね」

「それにしてもあの秘事があってから、もう二十四年も経つのですな」

勧運は遠い日のことを思い出したのか目を細めて眉根に皺を寄せた。

「ほんに、二十四年前。たしか貞元二年（九七七）のことでしたね」

「そうあれは五月の頃でしたな。深夜、広隆寺を訪れた遵子様が、父上である頼忠(よりただ)様の病を治してほしいと頼まれた時は、驚きましたぞ」

遵子の父藤原頼忠は円融天皇のもとで左大臣の地位にあった。

「高熱を発した父を救えるのは勧運様しか居ないと思っておりましたからね」

五十をいくつか越えた勧運は京で広隆寺の高僧として名を馳せていた。法経が顕著であることもさることながら容貌怪異なことも名を知らしめた大きな要因だった。

黒く長い髭を顎にたくわえ、がっしりとした体躯に太い首、濃い眉毛の下には赤みがかった双眼が憂いを含んでおさまっていた。

早朝から陽が落ちるまで京の辻々に立ち、喜捨を受けながら路地や軒先に行き倒れた病人達を介護してまわった。やがて京では勧運に介護された病人は必ず治癒するという風聞がながれた。

「遵子様のたっての願いに負けて勝元(かつもと)を伴い病に伏せる頼忠様のもとを訪れたとき、公任様は幼さののこる童でしたが、その頃から聡明で思慮深い眼差しに拙僧は驚かされたのをおぼえております」

「父は病の因(もと)は怨霊、と信じておりました。それを十一歳になったばかりの公任が、父に向かって、怨霊など恐れるに足らぬ、気丈に養生すれば必ず治ります、と申していたのが昨日のように思い起こされます」

「公任様の申されたことは一理あります。拙僧の見立てと同じでしたからな」

「父はわたくしと勝元様の介護で本復しましたが、ふたりで介護する間、公任は一度も勝元様の前に顔を見せませんでした」

「おそらく、公任様は遵子様が勝元に惹かれていくのを見るのが嫌だったのではありませぬかな」

頼忠の看病に勝元を伴ったのは勧運のいたずら心からだった。

広隆寺を訪ねてきた遵子を見た勝元はその美しさに一瞬にして虜になったからである。

勝元の気持ちを少しでも叶えてやろうと勧運は考え、勝元と遵子に頼忠の看病を任せたのだ。医術のなんたるかも知らぬふたりに看病させたのは、頼忠が風邪と疲労と怨霊の恐怖からの発熱で、裳瘡（疫病）でないことが分かっていたからでもある。

勝元は清経の父である蜂岡清成の弟である。兄弟は蜂岡家が代々住んでいる七条坊門小路沿いの館に共に暮らしていた。

清成が勧運の姪（姉の娘）と一緒になったのを機に勝元は館を出て勧運のもと、広隆寺で暮らすようになっていた。

「拙僧は今でも己の浅慮を悔いております。四条邸に勝元を伴わなければ、いや遵子様と勝元だけに頼忠様の看病を任せなければ、ふたりは苦しまなくてすんだのですからな」

「わたくしは何一つ悔いておりませぬ。勝元様との邂逅に感謝しております」

静琳尼（遵子）は穏やかなほほえみを勧運に向けた。

「まさかと思いました。ふたりが相思相愛になることなどあり得ないこと。遵子様は左大臣の女、勝元は無位無冠の広隆寺に止宿する若者」

「人は家柄で恋をするのではありませんよ」

「そうであっても、まさか遵子様が勝元の子を宿すとは」

「わたくしには驚きでも困惑でもありませんでした。勝元様を心より慕っておりました」

「遵子様は円融帝の后がねになられるお方。遵子様が身ごもったと聞かされて拙僧はどうしてよいか途方にくれました」

「勧運様があのような計らいをしてくだされたこと、今でも思い起こして懐しくなることがあるのですよ」

あのような計らいとは、遵子の懐妊を知った勧運はその事実を隠して病の癒えた頼忠のもとを訪れ、遵子に怨霊が憑いている、と恐ろしげに告げたことである。

「頼忠様はことのほか怨霊を恐れていましたからな。遵子様に憑いた怨霊を祓い落とすには四条邸、西の対の屋に籠もって加持祈祷を施さねばなりませぬ、と申し上げたとき、頼忠様の恐怖と困惑の顔が今でも目に浮かびますぞ。まさか遵子様が懐妊しているとは夢にも思わなかったでしょうな」

勧運は十ヶ月の間、己が指名したふたりの介護者以外は何人(なんぴと)も西の対の屋に近づいてはならぬ、と告げ、頼忠、公任にも一切近づいてはならぬ、と言い渡した。

もしこの戒めを破れば、遵子は怨霊に憑き殺される、と脅したのだ。

この無謀とも思える勧運の要請を受けいれたのは、頼忠の異常とも思える怨霊への恐怖があったのは確かだった。しかしそれより頼忠が恐れたのは、遵子が円融天皇の妃として入内することが決まっていたからで、その遵子が怨霊にとり憑かれたことが公になれば、入内が危うくなると懸念したからである。

「出産までの間、西の対の屋でわたくしに付き添ってくれたのは、小黒麿(おぐろまろ)と乳母の加々女(かがじょ)。よく尽くしてくれました」

「小黒麿殿は心底、遵子様をかわいがっておられましたからな」

小黒麿は頼忠の有能な家司(けいし)（家臣）で、頼忠が左大臣の職を無難にこなせるのは小黒麿によるところが大きいと噂されるほど秀いでた男で、武力も人にひけをとることはなかった。

頼忠の信頼は厚く、遵子の養育全てを任されていた。

遵子はそんな小黒麿を兄のように慕っていた。

「十ヶ月もの間、四条邸の者誰ひとり、遵子様の懐妊に気づかなかったのは、ひとえに小黒麿の細心の注意と配慮の賜物」

「周りに知れぬようにするのはいかほどのことであったか。小黒麿だからこそ成し得たのです。それでもわたくしの懐妊に公任は気づいていたのかもしれませぬ」

「公任様はその時十一歳、もう少し歳を召されなければそのようなことは分からぬのでは」

「公任にかぎって、歳で判ずるのは当てはまりませぬ」

静琳尼はその頃のことを思い出したのか、顔を上向けて目を細めた。

遵子が四条邸の誰にも気づかれず御子を出産したのは天元元年（九七八）春二月の深夜である。出産を担ったのはもちろん乳母の加々女である。加々女は乳母であると同時に産婆でもあった。そのことを考慮して勧運が遵子の介護者としたのだ。

産まれた赤子は臍の緒を首に巻きつけて息をしていなかった。

控え室で待つ勧運と小黒麿の前に加々女は悲痛に満ちた顔で赤子を運んだ。それを見た勧運は臍の緒を首から外し、両足を持って逆さに振った。すると心弱い声で産声をあげた。

「赤子は死して産まれた、という拙僧の嘘に遵子様はよく耐えられましたな」

勧運はしみじみとした声で言った。

遵子が死産と信じていることを知ると勧運は小黒麿と加々女に赤子は死産であったことにして、勧運が引き取って育てると告げた。

「遵子様が円融帝に入内なさるにはその道しか残されておりませんでした。遵子様がもし生きている赤子をその手で抱けば円融帝のもとにゆくのを拒むのは分かっておりましたからな。そればかりではありませぬ。入内前の遵子様が御子をお産みになったことが公になれば頼忠様の失脚は明らかでした。遵子様出産は小黒麿、加々女それに拙僧の三名が黄泉の国まで持っていくべき秘事。だがその秘事がよもや検非違使の看督長(かどのおさ)に知れるとは思いもよりませんでした」

看督長に露見したのは、遵子が入内と決まったひと月後であった。

そのふた月前に関白藤原兼通が五十三才で死去し、頼忠が左大臣から関白になった。

関白には身辺を警護する者を配置することが律(ほう)によって定められている。その律にのっとって七名の検非違使庁の者が日夜を分かたず四条邸および頼忠の身辺警護にあたっていた。

その七名のひとり、看督長がどうしたことか遵子の出産を知ることとなった。

看督長はその秘事を誰にも漏らさぬことを条件に己の出世を小黒麿に強要した。

「わたくしが勝元様の御子を産んだことでただひとつ悔いておりますのは、小黒麿を殺人者にしてしまったことです」

小黒麿は看督長の要望を叶える振りをして油断させ彼を人に気づかれることなく殺害した。

天元元年四月、遵子は入内して後宮の襲芳舎(しほうしゃ)に移った。

入内を見届けた小黒麿は四条邸から姿を消した。

もちろん小黒麿の殺人も失踪も入内した遵子は知る由もなかった。

「円融帝のもとに参っても勝元様と死して産まれた御子のことは忘れられませんでした」

「勝元は遵子様が入内すると聞いた翌朝、拙僧が読経をしていると不意に参り、坊主になりたいと言いだした。もちろん拙僧は異を唱えた。しかし、勝元はすでに心に深く決めているようだった。今だから申せるが、勝元は話しながら大粒の涙を流してオイオイと泣きおった。滑稽じゃった。おかしいじゃろ。のう、遵子殿、笑ってくだされ」

遵子の目がみるみる潤み、涙が頰を伝わった。

決心がかたいとみた勧運は東大寺の高僧、奝然に勝元を託すことにした。後に東大寺の別当となる奝然はこの時四十一歳、勧運より九つ歳下であった。

奝然と勧運は一時期共に東大寺で修行した旧知の友である。

「勝元が東大寺へ修行に参ったことを拙僧は遵子様にお報せしようと試みましたが後宮に入られた遵子様、お報せする術もありませんでした」

嘉因と名を改めた勝元は奝然の弟子として定縁、康城、盛算らとともに九州太宰府から台州商人の舟に便乗して宋に向かった。

舟は済州島の南を通り、台州（臨海）の湊に着く。

一行はしばらく台州の開元寺で疲れを癒して後、天台山に向かった。天台山の巡礼におよそ一ヶ月を費やし、入京の途についた。

越州、杭州から長江の河口地帯を北上、揚州、泗州から南京応天府を通過して首都の汴京（中国河南省開封）に入った。

杭州から汴京までおよそ二百五十里（千キロ）におよぶ旅であったという。

汴京到着の翌々日、一行は崇政殿において宋の太宗に謁見した。

奝然は携えてきた『王年代記』『職員令』などの書物と銅器を献上した。

「三年後、奝然殿一行は日本に戻ってきましたが、その二年後、ふたたび勝元（嘉因）は宋に渡り、未だに帰国しておりませぬ」

「勝元様はもうお戻りにはならないのでしょうね。まるでわたくしから逃れるように異国へ行ってしまわれた」

「勝元は逃げ出したのではない。遵子殿のことを懸命に忘れようとしたのです。すすんで出家したのも、読経三昧に明け暮れたのも、入宋したのも全て遵子殿を忘れるためのものだった。それほど勝元にとって遵子殿との出会いは大きかったのです」

勧運はそこで言葉を切って大きく息を吐いた。遵子は唇をかんで何かに耐えているようだった。

「勝元様はわたくしが勝元様の御子を出産したことは知らぬままで宋に旅立たれたのですね」

「知らぬはずだ。その御子が清経であることももちろん知らぬ」

勧運は遵子の御子を極秘裏に引き取って勝元の兄、蜂岡清成に託したのだ。

清成夫妻には子はなく、喜んで実子として育てることにした。

勧運は清成夫妻に清経の父親は勝元であることを伝えたが実母が遵子であることは伏せた。

「わたくしが清経様を実の子と知ったのは、小黒麿、いえ闇丸殿からでしたね」

「さよう、小黒麿殿でしたな」

「小黒麿が一万数千の河原に住まう者を束ねる闇丸殿になっていたとは今でも信じられませぬ」

「小黒麿殿は遵子様のゆく末が気になって、京より外に出る気はなかったのです」

小黒麿は河原に住まう者のひとりとなって京に留まった。

それまで河原に住まう者達はばらばらで統制もなく秩序などなかったが、それを小黒麿は三年かけて統制し、秩序ある集団に仕立て上げた。もちろん小黒麿という名を秘してのことである。いつの間にか小黒麿は河原に住まう者や京人から、恐れと畏敬の念を込めて、闇丸、と呼ばれるようになる。

「昨年、勧運様、小黒麿それにわたくしが再び邂逅できたのは清経様が赤子を拾われて悲田院に届けたがため」

「そうでしたな。まるでその赤子にたぐり寄せられるように拙僧等は再び会うことになりましたな」

「赤子を通して清経様を知り、悲田院流失のおり、清経様により命を救われ、さらに罹病者の看護から裳瘡に罹ったわたくしを清経様が勧運様のもと広隆寺に送って養生を頼んだことで勧運様と邂逅し、勧運様を通して小黒麿と再会。その序(きつかけ)は清経殿が赤子を拾われ悲田院に届けたことから」

「まさに清経が拾った赤子が遵子様、小黒麿そして拙僧を再び結びつけたのですな」

「その赤子を引き取りたいと申される方が現われたから会って話をして欲しい、と先日清経殿が悲田院に参られました」

「ほう、どのようなお方ですかな」

「清経殿が申されますには、身分も名を明かさないがやんごとなき御方のように見受けられた、とのこと」

「なにやらまた清経が拾った赤子は人々をあらぬ方へと導いていきそうですな。それにしても遵子様が身分を隠して悲田院に奉仕なさっていること、拙僧には驚き。おそらく公家や京人が知れば仰天するでしょうな。悲田院へ参られるきっかけとなったのは確か亡き円融帝の御霊(みたま)を供養している最中(さなか)に、円融帝の声を聞いたからと申されておりましたな」

入内した遵子には円融天皇との間に皇子は誕生しなかった。御子が授からない遵子に父頼忠は気をもむがこればかりはどうにもならない。

焦った頼忠は関白の地位を利用して強引に遵子を皇后にする。

通常、親王を出産した女御や更衣、御息所の中から立后することが慣例化しているが五十九歳の頼忠に遵子の親王誕生を待つ猶予はなかった。

人々は遵子皇后を『素腹の后』と呼んだ。

正暦二年（九九一）円融法皇が三十三才で崩御する。

太皇太后であった遵子は実弟の大納言公任のもと四条邸に身を寄せ四条宮と呼ばれるようになった。

「そうでした、亡き帝の御霊（みたま）を供養するため仏門に入ったわたくしがあるとき夜を徹して経を唱えておりましたが、払暁に眠気に襲われてうとうとしていると円融法皇が現われて、供養はもうしなくてよい、生前に十分に尽くしてもらった、これからは御身を労り御身が望むままに暮らせ、こう申されました。夢か現かは未だもってはっきりしませぬ。しかしその時わたくしは襲芳舎に入ってより両肩にずっしりと重くのしかかっていた様々なものが霧散し軽くなっているのを感じたのです」

「その御身が望むままのお暮らしが悲田院での献身であると申されましたな」

「望むままに暮らせと告げられるまでは世俗から隔絶して法皇の菩提を弔い続けて一生を終えるつもりでした。法皇がお告げくだされた御身の望むままとは何か自らに問いました。わたくしに法皇の供養のほかに望むものがあるのかと。するとかつて四条院で育った頃のことが昨日のようにあふれ出てきました。父頼忠、小黒麿、勝元様。わたくしにかかわった方々はその後誰ひとり安寧の日々を送った者はおりません。勝元様を失意に落とし、父頼忠は円融帝の御子を身籠らぬわたくしに悲しみ、小黒麿は何も告げずに四条邸を辞しました。そしてわたくしは勝元様の御子を生きて産むことが叶わなかった、とその時は信じておりました。その方々を思うとすまなさで心が張り裂けそうになります。わたくしは日夜自身の望むままの暮らしについて考えをめぐらせました。そうして一つだけ得た答えは円融法皇の太皇太后、四条宮としてこれからも生きるなら望むままの暮らしなどないと分かったのです」

遵子はその後ひと月ほどして四条邸を去った。四条邸からさほど遠くない姉小路沿いに長い間、無住になっている館を極秘のうちに買い取り、そこに移ったのだ。

その館を買い取るに際して遵子は心の内を公任に伝えた。公任は一言も己の思いを述べず、館の買い取りや家具調度の運び込みなどを極秘裏ですすめた。

「そうでしたな、そこまではすでにお聞かせ頂いておりましたが、公任様は遵子様がなぜそのように苦労なされることを分かっていながら悲田院での奉仕を黙認なされているのでしょうか」

「悲田院での苦労などなにほどのこともありませぬ。公任はわたくしが四条院でうつつと法皇の御霊を安んじているより、よいのではないかと思ったのでしょう」

「拙僧はそうではないように思えます。公任様は三人が秘事としていることを以前から知っているのではないかと思うようになりました。ただ、闇丸殿が小黒麿殿であることまではつきとめてはいないがおぼろげながら、そのことに気づいているのでしょう。そこで清経に闇丸殿の探索を密かに命じた、と思っております」

「公任がそのようなことをするとは思いませぬ。闇丸殿を小黒麿と疑っているのなら、わたくしに問いただせばよいことです」

「公任様は聡明な方です。近々、賀茂河原清掃令が再び発せられると清経から聞きました。もし遵子様に問いただして、闇丸がかつて頼忠様の家司小黒麿であることが明らかになれば、清掃令を執行するに際して悩まれるに違いありません。遵子様には訊くに訊けないのです」

「わたくしから清掃令の執行を止めるよう頼んだとて公任は困惑するだけ。清掃令の執行をお決めになるのは左大臣道長様」

「昨年の清掃令執行の失敗にこりてこの度は千人近い検非違使等官人を河原に出張らせるとのこと」

「このこと小黒麿いえ闇丸殿は存じているのでしょうか」

「もちろん知っているはずです。それもあって公任様は闇丸殿の素性を探りたかったのでしょう。小黒麿なら清掃令が執行されれば河原に住まう者すべてを動員して戦うでしょう」

「なんともやりきれぬこと。今、悲田院には河原に住まう者が三百三十人ほど収容されております。清掃令の執行で河原から追い出されれば悲田院に救済を求めてくる者が急増します。そうなれば、このような仮屋では満足な施療も叶わなくなります」

「執行は公任様でもおとめできますまい。ここは執行されないことを祈るばかりです」

「いつかはこの秘事も公任に詳(つまび)らかになるかもしれませぬ」

「それは御仏の御心、そう思って流れに逆らわず、清経の行く末を見守ってやるしかありませぬ」

勧運は深く頷いた。

（四）

平安京は公家、官人と京人、それに『河原に住まう者』の三者が住み分けて暮らしている。

夜、まず、明かりが消えるのは賀茂河原の葦小屋で、次いで京人が暮らす町家、いつまでも光々と灯明をつけているのが、公家の邸宅や大内裏の官衙（役所）である。

日が暮れると賀茂河原は深い闇に閉ざされる。漆黒の闇を松明なしで歩けるのは、闇を司る陰陽師か、比叡山の修験者くらいである。その者達とて夜の賀茂河原に来るなど稀有だった。

新月、まったく光のない賀茂河原を清経は左手に松明、右手に錫杖を持って歩いていた。

錫杖は広隆寺に住んでいたとき、修行僧から譲り受けたものである。

なにも新月の夜を選んでわざわざ賀茂河原に呼ぶことはなかろうに、と清経は内心で毒づきながら、じっと闇に目を凝らした。賀茂河原には三千とも四千とも言われている葦小屋がひしめいて建っているはずなのだが灯りのひとつさえみえない。

ここに住む人々でさえ歩くのに難渋するほど無秩序に建てられた葦小屋群の間を、松明の火をたよりにどうやって无骨を探せばよいのか。

陽が西に落ちてまだ半刻と経っていない。葦小屋の住人達はすでに眠りについているのか、話し声はおろか、しわぶきひとつ聞こえなかった。ときどき赤子の泣く声が聞こえるが、それとて賀茂川の瀬音にかき消されてしまう。

このまま進めば六条、七条、八条河原を過ぎ、九条河原を突き抜けて京の外に出てしまう、と清経は案じた。その一方で、どこかから无骨が声をかけてくるに違いないとも考えていた。

風が川面を吹き渡ってゆく。その風のさやぎが微妙に変わった。

「无骨殿か」

前方に松明を突きだしながら清経は闇をうかがった。

「无骨だ。火は消して頂こう」

壮年を思わせる男の声である。清経は川面に松明を逆さにして浸けた。瞬時にして漆黒の闇となった。

「わたくしの後についてきなされ」

「この闇で見えるのか」

「目で見ようとしてもこの闇。見えるわけがない。目をつぶり、わたくしの足音を聴かれよ」

无骨はとまろうとせずに先へと進む。清経のことなどまったく意に介していないような早足だ。清経は言われたとおり目を閉じ、耳をそばだてて无骨の足音をたよりに歩く。すると今まで闇を歩くのに難渋していたのが嘘のように楽になった。しばらく歩いて无骨が立ちどまった。闇で見えないが、葦小屋の前らしい。

「ここだ」

无骨はそう告げて身をかがめたようであった。

「入ってこられよ」

どうやら葦小屋の内に入ったようだった。

清経は錫杖を葦小屋に立てかけて手探りで小屋に入ると同時に明かりが点った。无骨が火をつけた竹ひごを手に座っていた。

葦小屋は葦や茅で作られており、粗末で狭く、これならば半日もかからずに造り上げることができると、清経は周りを見ながら思った。

雨露を防ぐだけの茅葺の低い屋根に頭をつかえさせながら中腰で二歩進み、无骨と向き合う形で座った。

「なぜ新月の夜を選んだか、まずもって訊きたい」

「そのようなことがお分かりならぬ？」

「月があれば、手元に明かりがなくとも夜道は歩ける」

「月があれば、人を尾行するのもたやすい」

窮屈そうに座した清経をからかうような口振りだ。

「吾が何者かに尾行されているとでも」

「己がつけられていることさえ分からぬような鈍い者には、こちらからの心配りがかかせぬからな」

「では河原で松明を消せと申したのは尾行者をまくためだったのか」

「尾行を断ち切れたか否かは定かではない。なにせ、蜂岡殿は館から七条河原まで、どうか後についてきてくれと言わんばかりに松明を点して来られましたからな」

「无骨殿が検非違使より目をつけられているのは存じている。それにひかえ吾は防鴨河使の官人。人に尾行される謂われはない」

公任のことを考えたが、すぐに違うと思い直した。

清経は不機嫌な声で訊いた。

「吾を呼びつけたわけをお聞かせ頂こう」

「まずもって、ここに参られたことに礼を述べる」

无骨の口調が変わった。

「過日の夜、検非違使に追われた藤原致忠殿からなにかを託されたはずであるが」

「たしかに」

「そのおり、致忠殿はなんと申されましたか」

「河原に住む、こつへ。と聞こえたが、そうでなかったかもしれぬ。ところで吾が致忠様から何かを託されたのをなぜ知っているのだ」

「致忠殿の一行が佐渡へ向かうのを蜂岡殿は見ていたはず」

「致忠様父子が行き違うのを見ていた」

无骨が手に持っている竹ひごが燃えて半分ほどの長さになっている。

「では致忠殿の一行が囚獄司を出立した直後のことは目に致しておりますかな」

「いや、吾は囚獄司庁から遠く離れた防鴨河使庁の門口にいましたから見ておらぬ」

「囚獄司を出た致忠殿一行にある男が別れの挨拶にきたのだ」

「そのようなことがありましたのか」

「その男とはこの无骨だ」

无骨は竹ひごに点る火をふき消した。

「ほう、无骨殿が。そも、おふたりはいかなる繋がりがありますのか」

「旧知の仲、と申しておこう。吾等は長い間会っていなかったのだ。致忠殿は蜂岡殿に菰包を託した、と告げた」

清経は呼ばれたわけがようやく腑に落ちたが、そうであれば心に引っかかることが一つあった。

「ならば、吾の館を盗賊のような真似をして家捜しすることはなかろう。今のように告げてくれればよかったのでは」

「家捜し？　盗賊？　なにを申しているのだ。そのようなことをした覚えはない」

「无骨殿ではないとすると、いったい誰が」

「菰包は賊に持ち去られたのか」

闇の中で无骨がひと膝にじり寄る気配があった。

「いや、菰包は吾が館にある」

「それはなにより」

无骨が安堵の吐息をもらすのが清経に伝わった。

「してみると賊は単なる物取りであったのだな」

「そう、思いたいのだが、賊はなにも盗らずに去った。一文の銭すらもだ」

「となれば、ことは急になってきたようだ」

その言葉は清経に投げかけられたのでないらしく、思わずもらした独り言のように清経に聞こえた。

「菰包の中身を知っているのか」

答えられなければ无骨に渡さないつもりであった。

「それは」

と无骨が言いかけたとき、

「无骨殿、无骨殿。直ぐ参られよ」

突然葦小屋の外からただならぬ男の声がした。

「一緒に参られよ」

无骨は緊張した声で清経を促すと葦小屋の外に出た。清経も外に出ると葦小屋に立てかけた錫杖を手探りで探し当て、それを胸に抱いた。

「无骨殿が申したようにネズミの一団が入り込んできましたぞ」

闇から声が届いた。

「やはりの。蜂岡殿、後をつけられていたようですな。わたくしの足音を聞き漏らさずについてきなされ」

无骨は男を促すと早足で歩きはじめる。清経は耳を傾け、无骨の足音を聞きのがすまいとして息をつめる。どちらの方角に進んでいるのか分からなかったが清経は取り残されることもなく无骨と男の後をついていった。

ふたりが立ちどまった。

前方に川の瀬音が大きく聞こえる。清経の背後におびただしい人の気配があった。

无骨が清経にささやく。清経は言われたとおり川の方へ耳を傾ける。

「後ろへの心配りは無用。前に耳をすませ」

すると前方に人の気配がした。さらに耳をすますと小枝を踏み砕く小さな音が聞こえた。人が動いているのだ。それもかなりの数のようだった。動く時だけ人の気配を感じるが、とまると闇に溶け込んでしまう。風はまったくない。一団は清経達の方に向かっているようだった。

人の気配が消えた。一団がとまったのだ。

清経は闇に目をこらした。すると一点がにわかに明るくなった。

一団のひとりが松明に火を点じたのだ。火は一つ、また一つと増え、たちまち幾本もの炎となって一団を浮きあがらせた。三十人ほどだ。皆、顔を黒い布で覆い、刀を帯びている。松明の炎が一直線に並んでとまった。

中央の炎がゆっくりと円を描く。と、一団は松明を前に突き出し、葦小屋に向かって走り始めた。

その時を待っていたように、清経の背後から喚声があがった。

松明の動きがとまる。

一団は松明を前に突き出して、暗がりに目をこらし、喚声の正体を突きとめようとした。

「松明を捨てろ」

无骨が低い声で命じた。一団の者は誰も動かない。

「松明を捨てろ」

怒声に変じた无骨の声が再び発せられた。しかしそれにも応じず、

「抜け」

と一団の中央にいる男が命じた。

無言のまま、一団の者がゆっくりと抜刀した。右手(めて)に刀、左手(ゆんで)に松明を持った者達は命じた男を中にして円陣をつくった。

円陣を組んだまま刀を突き出して少しずつ葦小屋へと進み始める。

すると再び喚声があがり、四方の闇から何百何千もの石礫が松明めがけて投げつけられた。一団がとまる。石礫はやむことなく投げつけられた。一団の何人かがたまらず松明を投げ出し、刀を振り上げて、闇に向かって突き進んだ。その者にさらに激しい石礫が飛び、体に当たる鈍い音がした。たまらずにその者は円陣内に逃げ戻る。

「水辺までさがって松明を消せ」

頭領と覚しき男の命に一団は後ずさりしながら賀茂川縁まで退くと、手に持った松明の灯心を水面に浸けた。

すべてが闇となる。

「火を消してもおまえ達のひとりひとりがこちらからはよっく見える。なにをもくろんでいるのだ」

无骨が問うた。返答はない。

「頭領は誰だ」

再び无骨。沈黙したままだ。

「三千の者が取り囲んでいる。逃れられぬぞ」

「どうせよと申すのだ」

三千と聞いて覚悟を決めたのか一団から声があがった。

「ぬしが頭領か」

「いかにも」

「ぬしだけ残り、ほかの者は去れ」

无骨の声は鋭く、よく通った。

一団のだれも動く気配はない。そのまま時が過ぎた。

「おぬし等、すべてが石で叩き殺されるか、それとも頭領ひとりを置いて立ち去るか、すぐに決めろ」

有無を言わせぬ无骨の声が響いた。

「われが残ればよいのだな」

一団が動く気配があった。

「松明をつけろ」

无骨が命じると後方に控える人々のあちこちから松明に火が点った。

その明かりを頼りに一団の者はひとり去り、ふたり去り、やがて河原に頭領らしき男だけが残った。松明を持った数名の男達を従えて无骨と清経が男と十歩ほど離れたところで立ちどまった。

「刀を捨てろ」

无骨が命じた。男は観念したのか手に持った刀を高く放り投げた。

「顔を覆ったその布をとれ」

だが男は布をとろうとしない。

「ならばこちらで剥ぎ取ってやろう」

无骨が声を荒げる。

「顔を見たいのならそうすればよかろう」

男の言葉に无骨と清経が歩を進めようとした。その時を待っていたのか、男は懐に隠し持っていた小振りの刀を胸元で構えると、突進してきた。刀は過たず无骨の脾腹を突き抜けたかにみえた。无骨の体は歪むと大地に張りつくように平らになった。刀は空を突き、男は勢い余ってたたらを踏む。

男は態勢を立て直すと刀を逆手に持ち替えて、伏せた无骨の背に切っ先を突き立てようとした。瞬時、黒い影となって走った清経が手にした錫杖を男の肩めがけて打ち下ろした。男は刀を退くと、清経の錫杖をわずかの差でかわした。

両者は息を詰めて向き合った。

清経の体中の血が沸き立つ。うれしくて仕方ない。相手が思ったより強かったからだ。清経は錫杖を横に構え直した。

男は刀を清経の喉元に向けて低く構える。顔を布で覆っているため男の表情が清経には読みとれない。松明の光がもう少し強ければ男の動きに素早く応じられるのだが、遠巻きにした松明の微光では男の動きを予測するのは無理であった。

清経は錫杖を構えたまま動かなくなった。小振りの刀では錫杖を構えた清経を切り裂くことは難しい。錫杖をかいくぐって清経に肉薄し、体ごと突き出さなくては清経を切れない。動くのは清経でなく男の方だ。

清経は男が動き出すのをじっと待った。无骨は何もなかったように河原石に座って、両者の睨み合いを眺めている。数本の松明が明るさを増した。男は切っ先を清経に合わせると一歩だけ間合をつめた。清経が一歩さがる。また、ふたりは動かなくなった。

川の瀬音が遠のき、風の音が清経の耳から消えた。

男が真一文字に清経の懐めがけて体をぶつけてきた。その時を待っていた清経は地を蹴ると軽やかに右に飛んだ。飛びながら男の肩に錫杖をしたたかに打ち下ろした。

男が呻いて刀を落とすと河原にうずくまった。无骨が素早く男に近づくと顔の布を剥ぎ取った。見たこともないひげ面の男だった。

「誰に命じられた」

无骨は松明を男の顔に近づけた。男は観念したのか口をかたく結んで荒い息をしている。

「去れ」

无骨の思いもよらぬひと言に男は驚きの顔をした。

「命じた者の名を明かせと強いれば、舌をかみ切って死ぬつもりであろう。去って再びここに現われるな。この无骨はおぬし等が探せと命じられた物など持っておらぬ」

无骨は刀を拾うとそれを男に投げつけた。

第七章　失踪

（一）

冷泉院は二条大路の北、大内裏に隣接した四町（一万四千坪）の広大な館である。

清少納言がこの館を、名邸と讃美し、また歴史書でもある大鏡には『四面に大路ある京中の家は冷泉院のみ』と記されている。

この院の持ち主は二代前の天皇であった冷泉(れいぜい)上皇である。

上皇とは退位した後の天皇の呼び名で太上天皇とも院とも呼んだ。また上皇が出家、仏門に入った場合は法皇と呼んだ。

院内には五十を超す館が建てられ、船を浮かべた大きな池の畔(ほとり)には月を眺めるための望楼が建てられている。

厳冬の池畔は人影もまれで深閑としているのだが、今日に限って池を望める一郭に建てられた寝殿に三人の人影があった。各々の前には小さな炭櫃が置かれ、そこに炭火が赤々と点っている。

「これで花山が揃えば申し分ないのだが。そう思わぬか」

冷泉上皇が居貞(おきさだ)皇太子と敦道(あつみち)親王に頷いてみせた。

「法皇は熊野に詣でて京を留守にしております。それにしてもここは寒いですな」

居貞皇太子は炭櫃に触れるほど近くまで手をかざした。

「こうして父上の元に集まるのは為尊(ためたか)の葬儀以来でございます」

敦道親王が慇懃に頭を下げる。

「為尊が亡くなって四十九日の法要も無事終わった。敦道が法要を取り仕切ってくれたのだったな。その為尊のことでなにか話があるそうだの」

冷泉上皇は息子達が会いにきてくれたことがうれしかったのか、いつものとがった表情に代わって目尻に笑い皺をみせた。

「父上に申し上げるか否か迷いましたが、申し上げた方がよいと敦道が申すので今日、院に伺候したしだい」

居貞皇太子が冷泉に軽く頭を下げる。皇太子が自ら辞儀をするのはこの世に三人しかいない。すなわち今上帝の一条天皇、皇太子の異母兄である花山法皇、そして父である冷泉上皇である。

「迷ったとは為尊のことか」

「いかにも、兄のことでございます。巷説では兄、為尊の薨去(こうきょ)は悪性の腫れものによるもの、といわれております」

敦道親王は神妙な面もちだ。

「そう聞いている」

「わたくしは薨去の前日に親しくうち語らっております。兄は腫れもので苦しんでいる様子などありませんでした」

敦道は眉を寄せ、眉間に皺をつくった。

「為尊の死はことさらとりあげることでもあるまい。医者(くすし)の見立てどおり腫れものによるのではないか」

昨日まで壮健であった者が翌日原因不明の死を遂げることはしばしばあり、人々はその急逝の原因を深く追求することなく、黄泉へ旅立った、との一言でかたづけることが多かった。

「薨去の直前まで兄の近くに侍っていた女性(にょしょう)によりますと、兄には腫れものなどなかった、とのことでございます」

「為尊の死因を疑っているのだな」

「昨年の疫病流行のなかでさえ、供も連れずに街中を歩かれた兄です。それでも疫病にも罹らぬほどの強健な体の持ち主。腫れものごときで急死するとは思えませぬ」

「でないとすれば為尊の死因はなんであるのだ」

「そのことについて、兄を看取った女性(にょしょう)を別室に控えさせております。お会いくださるまいか」

「すぐに、ここに通せ」

上皇がせわしげに頷く。敦道親王は座をたって退出し、しばらくして臈長けたひとりの女を伴って戻ってきた。

「大江雅致殿の女、和泉式部と申す歌人でございます」

敦道は再び元の場所に坐すと、式部にも冷泉上皇の御前に座るように促した。

和泉式部は部屋の隅に平伏したまま小刻みに体をふるわせて、どうしたものか逡巡している。

「遠慮はいらぬ。父上のお側まで参れ」

居貞皇太子に促されて和泉式部は面を伏せたまま、冷泉上皇の前まで膝行した。

「式部にございます」

消え入りそうな声だった。

「為尊との噂は聞いておる」

和泉式部はわずかに顔をあげた。

「為尊との死別。辛かったであろう」

上皇の声は優しさに溢れていた。それに和泉式部は救われたのか緊張した顔をわずかにゆるめる。

「式部殿は兄が薨去する十日前ほどから、兄と寝食をともにしておりました」

敦道は感情を抑えた言葉を選んで告げた。とかく男女のことは聞き手の思い込みで好ましからぬ方にいくことが多い。特に公家の間で為尊親王と和泉式部の仲については好奇な噂が流れていたから尚のことである。

「式部殿が申すには、腫れものが兄の胸に現われたのは、薨去の三刻（六時間）前ほど、とのことにございます」

「ほう、それまで腫れものはなかったのだな」

上皇があらためて和泉式部に質した。

「はい、ございませんでした」

「胸にと申したが、ほかに腫れものは見られなかったのか」

和泉式部はかすかに首を縦に振った。

「医者(くすし)にそれとなく訊いたところによりますと、腫れものが体に現われて後、死に至るまでにはひと月やふた月はかかるそうでございます。しかも腫れものはおおきく膨れ上がり、全身に広がるとのこと。そのような病状を経た後、死に至るそうでございます」

敦道は和泉式部をいたわしげに見ながら低い声で告げる。

「ならば、為尊も一挙に腫れものが全身にまわったのか。そうであるなら無惨なことだ」

そうした痛々しい為尊の姿を思い描いたのか上皇は顔をしかめた。

「ところが、兄の腫れものは大きくも小さくもならなかったそうでございます」

「おかしいではないか。式部、それは真(まこと)か」

上皇がわずかに身を乗り出した。

「真にございます。腫れものははじめ紅色でございました。それがご薨去あそばした時は紫にかわっておりました。ただ腫れものは大きくも小さくもなりませんでした。このほかの腫れものはお身体にはなく、清らかなままでございました」

和泉式部が為尊親王のことを口にすると、そこには男女のなまめかしさが色濃く浮かんでくる。そのなまめかしさには和泉式部へ思わず手をさしのべたくなるような弱々しさと妖艶さが混在していた。敦道親王はそのことを父冷泉上皇や兄居貞皇太子に隠そうとしている己に気づいて身をかたくし、下唇を強く咬んだ。

「紅色から紫色。なにやら、蹴鞠で足を挫いたときと似ている。為尊はどこかでころんで胸でも打ったのでないか」

「いえ、そのようなことはございませんでした」

「では胸をぶつけたようなことはなかったのか」

「そのことでございます。外出なさるためお館の門前で牛車にお乗りになられるおり、近くを竹売りが通りかかったのでございます。その竹売りが振り向いたおり、担いでいた竹の先が為尊親王様の御胸に強く当たりました」

「なぜ強く当たったと分かったのだ」

「親王様がお怒りになられたからでございます。謝る竹売りに、親王様は竹が当たった御胸を示されて、狩衣が破れたではないか、と申されておりました」

「で、為尊はその竹売りをいかにしたのだ」

「親王様は謝り続ける竹売りをお許しになり、牛車にお乗りになられ、わたくしに同乗するよう促されました」

「牛車での為尊の様子はどうであった」

「いつもとお変わりございませんでした」

式部はその時のことを思い出したのであろう、かすかに顔を赤らめた。

「親王様の腫れものは、竹売りの竹が御胸に当たってできたものであると思っております」

和泉式部がそう言い切れるのは、十日も続けて共臥しした男女であったからこそのことであった。

「為尊の死にはその竹売りがかかわっていると申すのだな」

「いえ、そうは申しておりませぬ。ただ為尊親王様が薨去なさる三刻前にそのようなことがあったのは確かでございます」

「そのことでございます」

居貞皇太子がひと膝まえに進んだ。

「おそらく、竹売りは偶然に弟の館に来合わせたのではなく、門前で弟が現われるのを待っていたと思われます。牛車に乗るところをみはからって弟の胸に故意に竹先を突き当てたにちがいありませぬ」

「竹先が当たったくらいで人は死なぬ」

「竹先に毒を含ませておいたのではないかと」

「毒、であると？　なんと竹売りが為尊を毒殺したのか」

上皇は驚愕の表情で身を乗り出した。

「腫れものは毒によってできたもの。大きくも小さくもならず、三刻後に命を落とす。理にかなっております」

「だれが、なぜ、為尊に毒を？」

上皇は首をかしげる。

「わたくしにも分かりかねます」

「竹売りを捕らえて問いたださねばならぬ」

「弟が死して五十日以上が過ぎております。竹売りに身を託したその者を探し出すのは難しいと思われます」

「このこと敦道と居貞、それに和泉式部のほかに存じておる者は？」

居貞皇太子はゆっくりと首を横に振った。

「もう一つ話がございます。それは敦道に関わりのないこと。敦道、和泉式部殿を伴って退出してよいぞ」

居貞皇太子は敦道親王に含みのある言い方をしてかすかに笑った。

すでに敦道親王と和泉式部がただならぬ仲であることを居貞皇太子は知っているようだった。敦道親王はそんな居貞皇太子の言葉を歯牙にもかけず泉式部をともなって部屋を辞した。

「居貞、もう一つの話とは麗景殿(れいけいでん)のことではないのか？　ならば公家等からの好ましからぬ噂、この冷泉の耳にも届いている」

ふたりの退出をを苦々しげに見送った上皇があらためて皇太子に向き直った。

「いいえ、お話申し上げたいのは綏子(やすこ)のことではありませぬ」

皇太子は不快げに応じた。

居貞皇太子には三人の妃がいる。ひとりは道長の異母妹の綏子。ふたり目は藤原済時(なりとき)の娘、娍子(しゅうこ)。

三人目は今上帝（一条天皇）中宮定子の妹、原子(もとこ)である。定子は二年前の長保二年に亡くなっている。

　原子はこの半年後すなわち長保四年（一〇〇二）八月、不審の死をとげるのだが、このとき冷泉も居貞もさらには敦道もその死を予測する者はいなかった。公家の間では毒殺とも怨霊にとり殺されたとも噂されたが真実は闇のなかであった。

「侍尚(ないし)のこと、もう終わっております」

　皇太子の強い口調には、これ以上綏子とのことに触れてほしくないという思いがありありとでていた。綏子は東宮の麗景殿に住んでいたことから『麗景殿の侍尚』と呼ばれていた。

「で、ないとするとどのようなことだ」

　上皇があらためて尋ねる。

「真冬のしかも四周を開け放した寝殿で話をしたいと申したのは、このようなところならば誰にも盗み聞きされないと思ったからです」

「よほど大事な事柄のようだな」

　冷泉上皇は炭櫃を抱えんばかりにして両手を炭火にかざした。

「七日ほど前のことですが、賊が主蔵(くら)に押し入りました。そのおり主蔵を警護する橘惟頼(たちばなのこれより)が殺害されました」

　東宮が居住する邸内に金、宝器、玉などを納める蔵がある。その蔵を管理するのが主蔵監(くらのつかさ)である。正(かみ)を長として佑(じょう)、令史(さかん)、史生(ししょう)、蔵部(くらべ)などの官人により厳重に警備管理されている。

「主蔵に賊とは驚くが、主蔵正(くらのかみ)等は何をしていたのだ」

「警備に手抜かりはなかったと正は申しております」

「ならば賊に入られるようなことはなかろう」

「賊の方が上手だったというしかありませぬ」

「で、なにか主蔵から盗られたものでもあったのか」

「蔵部らに調べさせましたところ、太刀、一振が紛失しておりました」

「太刀の一振や二振ならばこのように人ばらいして話すほどのことでもあるまい」

「一振の太刀とは壺切りの剣」

「壺切りの剣！」

上皇は驚愕した。

「間をおかず検非違使別当を呼び出し、橘惟頼殺害を伝え、下手人捕縛に帯刀舎人を検非違使の力添えに送りました。もちろん検非違使別当にも舎人等にも壺切りの剣が盗まれたことは伏せておきました」

帯刀舎人とは皇太子の身辺を警護する武士で、内裏でいえば天皇を警護する近衛府の武士にあたる。常に太刀を帯びて警護したことから帯刀舎人と呼ばれた。将来天皇になる皇太子の警護は大事な役目で、腕に自信のある由緒ある家柄の中から選りすぐった者だけがなれた。皇太子が天皇に就けば帯刀舎人は近衛府の武士として栄達の道が待っていた。

「帯刀等の助力もあって賊は翌日の未明に捕縛されました」

「賊とは南家藤原の長、致忠ではないのか」

上皇の耳にも致忠の悪行は聞えているようだった。

致忠捕縛の報は直ちに皇太子のもとに伝えられた。

報を聞いた居貞親王は密かに検非違使庁を訪れ、人払いして致忠とふたりだけで会った。

居貞皇太子は、壺切りの剣の行方を致忠に質したが、致忠は瞑目したままひと言も口をひらかない。

そこで皇太子は、このまま黙していれば斬首は免れぬ、もし壺切りの剣の在処を申せば罪一等を免じ流罪にしようともちかけた。

すると目を開けた致忠は、真のことを話せば罪を減ずるのか、と質した。居貞皇太子は無言で頷いた。

「致忠が申すには、壺切りの剣を盗んだが、老の身、追われ追われて逃げきれぬと覚悟したそうです。窮した致忠は闇夜に偶然であった男に壺切りの剣を託したそうでございます」

「命がけで盗んだ剣を見も知らぬ男に託すなど考えられぬ」

冷泉上皇は不審をつのらせた。

「検非違使探索の手は狭まっていたとのこと。捕まることを覚悟したのでしょうが、盗んだ壺切りの剣を司直の手に渡すことだけは避けたかったのでしょう」

「託した男は知れたのか」

「致忠は出会った男の名を尋ねなかったと申しております」

「となると壺切りの剣の所在は分からぬままなのだな」

「検非違使の者と帯刀舎人が致忠追捕のおり、不審な男を尋問したとのことです」

「致忠がその男に壺切りの剣を渡したのか」

「いえ、そのおりの帯刀舎人が申すには、不審な者であったが致忠との関わりはないとのことでした」

「なぜ、ないと言えるのだ」

「その男は悪びれたところがなかったうえ、名を告げて、もし己を疑うなら賊が捕縛されたときに、己のことを訊ねてみよ、と申したそうです」

「その男の名は」

「蜂岡と名乗る防鴨河使の主典」

「防鴨河使の主典、とのことでした」

「念のため、その男の館を舎人等に極秘で調べさせました」

「で、どうであった」

「疑わしいと思われものは何一つありませんでした。だがほかに手がかりがない以上、蜂岡なる者の動きをしばらくの間、帯刀舎人等に見張らせることにしました」

「壺切りの剣の在処が分からぬなら、致忠の罪一等を減じることは無用であろう」

「致忠は南家藤原の長。父上と南家との確執は今でも巷では噂になるほど。致忠にわたくしは真のことを申せば罪一等を減ずると申したのです。致忠はそれを信じて真のことを告げたのです。そうであってみれば剣の在処が分からなくとも致忠との約定をひるがえすことは皇太子としての矜持が許しませぬ。致忠を斬首の刑に処すれば、南家の恨みは倍増致しますぞ。怨霊となってわたくし達にさらなる祟りをもたらすとも限りませせぬ」

冷泉上皇は不快げに聞いていたが、南家との確執に関してはひと言も口にしなかった。

「壺切りの剣はいかがする」

不機嫌な表情のまま上皇は訊ねた。

「帯刀舎人（たちはきとねり）三十名に剣の探索を命じてあります」

「かならず見つけ出さねばならぬ。それにしても、こうした失態に気を揉まねばならぬのは、居貞、そなたがいつまでも皇太子の地位に甘んじているからだ。このままでは居貞は皇太子のままで終わるかもしれぬ。どうにかせねばなるまい」

冷泉上皇は苛立たしげに上体を前後にゆすり、それから顎をつき出すと目を細めて居貞皇太子を窺った。

「そのようなことを父上が口になさると、政（まつりごと）は乱れますぞ」

居貞皇太子は憚るように周りを見まわした。

居貞皇太子と従兄弟の間柄である今上帝（一条天皇）は二十歳。皇太子は二十八歳。皇太子の方が天皇より八歳年上なのだ。一条帝は病がちだが重篤な病に陥ったことは一度もなかった。それにひかえ、皇太子は目を患い、しばしば奇行に及ぶこともあり、病に伏せることも多く、一条帝より短命ではないかとささやかれていた。

冷泉上皇が、どうにかせねばなるまい、と言ったのは、居貞皇太子が政務に耐えられる身体であるうち、すなわちできる限り早期に今上帝の譲位を画策する、という穏やかならぬ意味がふくまれていた。

（二）

冬枯れで河水が引いた河原は広々としていて穏やかに晴れあがっていた。

徒し堤の前に清経をはじめ下部達、それに熊三等とお婆達、百人ほどが集まっていた。

「徒し堤を補強して野分に備えると亮斉殿は申すがどのように補強するのだ」

熊三がみんなを代表して訊いた。

「お主等に話したとて、いかほどのことが分かるのだ。この亮斉に黙って従ってくれ」

亮斉は皆に向かって懇請するように頭を下げる。

「補強の手の内が分からねば助力のしようもないぞ」

熊三が不満げに言い返した。

亮斉から徒し堤の補強法を事前に知らされていない清経や下部達も亮斉が頑なに補強の内容を話したがらない真意が分からなかった。

「三日前、お婆達と岩倉に出かけたことは存じておろう。岩倉で土器（かわらけ）作りの人々を束ねる者に会って粘土を近在の山から運び出すことの同意を得た。粘土をここに運ぶ。運ぶにはここに居るお婆達の力が欠かせない」

お婆達とは亮斉ともども岩倉に出かけていった五人の老婆である。

「力はいくらでも貸すぞ。なんでも言い付けてくだされ」

お婆達はどう応じてよいのか困惑しながらも亮斉に力添えすることが嬉しいのか首を上下に大きく振った。

「明日から粘土運びをはじめる。熊三、できる限りの人を集めて、それぞれに持ち籠を持たせ岩倉の幡枝に行ってくれ」

亮斉の顔は自信に満ちている。

持ち籠とは今で言うモッコのことである。稲藁で四角く編んだ筵の四隅に吊り縄をくりつけ、その吊り縄に棒を通してふたり一組になって担ぎ、土砂や農作物を運ぶためのものである。

「亮斉殿の話では今ひとつ、どのような堤になるのか分からぬが、ここは亮斉殿を信じて力を貸そうではないか。皆の衆、それでよいな。明日、持ち籠を携えて岩倉まで行くとしよう」

熊三が集まった人達にひときわ大きな声で告げた。


「亮斉、話は聞いた。皆に話す前に吾や蓼平等にひと言あってもよかったのではないか」

熊三等が去って、防鴨河使下部達だけになった徒し堤前で清経は苦言を呈した。

「難事を乗り切るには皆に計って同意を得ながら力を一にしてあたるのが良いのはこの亮斉、重々存じております。それをなさなかったのは、時を惜しんだからです」

「それはどういうことだ」

「力添えをしてくれる熊三等は寸暇を惜しんで参集してくれるのです。あの者達は富貴者の要望に応えて雑用をこなし、それで幾ばくかの銭を得て、生計の助けとしているのです。防鴨河使の者も同じです。わたくしが誰とも相談せずに決めたのは、もし、徒し堤の補強策を清経殿や蓼平等に諮れば様々な異論や方策が飛び出すでしょう。蓼平も宗佑もそれからほかの下部達も賀茂堤を守るために命を懸けて今日までやってきました。そした経験から徒し堤の補強策を皆がそれぞれ持っているはずです。その策は一人ひとり皆異なるにちがいありません。それらをまとめて一つの補強策に絞り込むには一日や二日で終わるはずはありません。さらに絞り込んだ策で徒し堤を補強したが梅雨時の長雨や野分の出水に耐えられなかったらどうなされます。絞り込みの策を出した者の誹りは免れないでしょう。ここは曲げてこの亮斉を黙って見ていて欲しいのです。この策がうまくいけば、わたくしが職を辞すはなむけとなりましょう。まずくいけば」

「いや、うまくいくはずだ。うまくいかせるよう皆で力を合わせようではないか」

蓼平が亮斉の手をとって強く握った。

亮斉の目論見は三日で頓挫した。

岩倉までが遠すぎたのだ。冬のこともあって、未の刻末に出発した熊三等は持ち籠に粘土を積んだところで、日没となった。明かり一つない山道を十貫目（三七・五キロ）ほどの持ち籠を担いで引き返すにはあまりに過酷だった。

「亮斉はどうしたのだ」

四日目の未刻末、徒し堤前に集まった熊三に清経が訊いた。

「朝からどこへやら。顔も見ておらぬ」

さすがに熊三も亮斉の無謀な独走にうんざりしたのか返す言葉もよそよそしかった。

亮斉は日が暮れても戻ってこなかった。

防鴨河使下部と熊三等を散会させた清経は徒し堤の前に座って亮斉の帰りをひたすら待ち続けた。

清経と一緒に亮斉の帰りを待つと言った蓼平も宗佑も帰してひとりになってみると、いまさらながら徒し堤の補強の難しさが思われた。

待ってみたが亮斉は姿を現わさなかった。そればかりか次の日も次の日も亮斉は戻ってこなかった。

（三）

静琳尼から静琳庵に来てほしいと報せ(しら)を受けたのは、亮斉が失踪して五日目の昼であった。

清経はその日の業を終えると町尻小路と姉小路が交わる一郭にある静琳庵を訪ねた。

この一帯は公家や富貴の者達が広大な館を構えている。その建物群に埋もれるように静琳庵はひっそりと建っている。それでも庵には小路と境内を区切る芝垣と小さな門が備わっていた。

清経は門を叩いておとないをいれた。しばらくすると老爺が出てきて、清経を庵の本堂へ導いた。

本堂以外に建物がないところをみると、静琳庵は清経が思っている以上に粗末であった。

庵は十坪(二十畳)ほどの広さで、そこに静琳尼と過日、清経の館を訪れた壺装束の女が座していた。

「お入りくだされ」

庵に入るようすすめる静琳尼の声は柔らかで暖かみに溢れていた。尼寺に立ち入ったことがない清経は一瞬、逡巡する。

「かまいませぬ。この御方を清経様はご存じのはず。遠慮はいりませぬ」

静琳尼のすすめにしたがって清経は庵の端に座した。

「そこでは話も交わせませませぬぞ」

静琳尼はほほえんで親しげに手招きした。清経は庵の中ほどまで進んで身を小さくして座した。

「お越し頂いたわけはもうお分かりですね」

「その御方をみれば」

清経はそこで言葉をにごし、ひそかに女をうかがった。自邸の囲炉裏火で応対したときに比べ、白昼で見る女のうなじは抜けるように白く、清楚さと気品が増しているように清経には映った。その気品は傍でほほえむ静琳尼にも備わっていて市井の女達にはないおっとりとした優雅さを秘めているように清経には思えた。

「清経様がお拾いになられた御子をこの御方にお託し申すことに致しました。ついては後見である清経様にご承諾頂きたいと思い、お呼びだて致しました」

静琳尼はすでに心に決めていたらしく、清経の気持ちを確かめようともしなかった。

「静琳尼様が御承知なれば、吾に異存はありませぬ」

同意はしてみたものの清経の心はなぜか釈然としなかった。なにか重大なことを清経に隠していて、それが拾い子の出自にかかわることのように思えたからだ。

「もし、蜂岡様が祠に捨てた御子に気づかず、さらに悲田院にお届けになりませんでしたら、おそらく御子はわたくしのもとに生きて戻ってこなかったでしょう。あらためて御礼を申します。のちほど蜂岡様のもとへ幾ばくかの謝礼をお届け致しますのでお受け取りくだされ」

女はかすかに頭(こうべ)をたれた。

「謝礼を頂く謂われはありませぬ。その御子の行く末に幸があるならば、それが謝礼」

清経はどこかで拾い子をいずれは己が引き取って育ててもよいと考えていた。引き取った清経のもとで育つのが拾い子にとってよいのか、あるいは名乗ることもせぬ女のもとで育つのがよいのか分からなかった。おそらく女は高貴な出自。そうであるならば拾い子は栄達の道を歩むかもしれないのだ。

「蜂岡様のこと、静琳尼様からお聞かせ頂きました。静琳尼様のお命を二度もお救いなされたそうでございますな」

「悲田院流失のおりは、吾がたまたま静琳尼様のお傍に居ただけ。もう一つは病に倒れた静琳尼様を医者(くすし)でもある広隆寺の勧運和尚のもとにお送りしただけでございます」

清経のことをそこまで静琳尼が話すとは思っていなかった。ひょっとして静琳尼は悲田院に来る前にこの女と会ったことがあるのかもしれない、そういえば静琳尼の出自についてもほとんど聞かされていないことに清経は思い至った。

「過日の夕刻、お館にお伺いしたときは蜂岡様のことを知る術を持ちませんでした。わたくしと御子の縁を訊ねられましたおり、お答え申し上げなかったのは、あなた様のこと、どこまでお信じ申してよいのか迷ったからでございます。静琳尼様からあなた様のことをお聞かせ頂き、静琳尼様がご信頼申し上げているお方であることが分かりました。御子を引き取るにあたって、あらためてわたくしとその御子との縁をお話致します」

女は静琳尼に承諾を得るかのように小さく頷き、清経に向き直った。

「わたくしは綏子と申します。わたくしが居貞親王様のもとに参ったのは今から十四年も前のことでございました」

そう述べて女はその頃のことを思い出したのか顔にかすかな憂いをよせた。

天延二年（九七四）、綏子は時の関白藤原兼家と従三位藤原国章の娘近江との間に生まれた。綏子は十四歳で皇太子の居貞親王の侍妃となった。このとき居貞親王は十三歳、すなわち綏子が一つ年上であった。

皇太子の住まう東宮の後宮、麗景殿に住んだことから『麗景殿の尚侍』と呼ばれた。

皇太子が幼いこともあってかふたりの間は疎遠になりがちであった。このころの居貞親王が綏子にいだいた心境を『あはれさすぎて、うとましくこそ覚えしか』と大鏡は記している。

御子が誕生しないまま五年がすぎた正暦三年（九九二）、大納言藤原済時の娘、娍子が皇太子の二番目の侍妃として召された。

すでに十八歳になっている皇太子は娍子を溺愛する。

鬱々とした日々を送っていた綏子は麗景殿を辞し、父兼家の館である土御門邸に里帰りした。すでに兼家は二年前に死去し、土御門邸は綏子の異腹の兄、藤原道長が受けついでいた。

綏子は土御門邸で母近江と暮らしはじめる。

里居をつづける綏子に居貞皇太子は一度も麗景殿に戻れ、とは伝えなかった。

一年過ぎ、二年過ぎ、綏子は土御門邸で悶々とした日々を送る。三年目、元号が正暦から長徳に改元された。

その長徳二年（九九六）の春、公家等の間に綏子と源頼定の仲がまことしやかに広まった。

「噂はまことでございます」

綏子はその頃のことを思い出したのか憂いを含んだ眼差しを清経に向けた。

「頼定様は土御門邸にしばしばお越しになられておりました」

頼定の母と道長の妻明子が姉妹であったことから、頼定は明子を頼って土御門邸に足繁く通っていた。

「頼定様は土御門邸にお越しになられると、わたくしの心中を察して巷で起きた一節、一節を楽しげにお話してくだされました。それでわたくしの愁いがどれほど救われたか」

源頼定は今から四代前の村上天皇の孫である。

村上天皇には広平、憲平（後の冷泉天皇）、為平、守平（後の円融天皇）の四人の皇子が居た。第三皇子の為平親王と左大臣源高明の娘との間に生まれたのが頼定である。

すなわち祖父が村上天皇、伯父が冷泉、円融両天皇、従兄弟が花山、今上（一条）両天皇と皇太子居貞親王にあたる。

『公家補佐』によれば十歳の頃、従四位下に叙せられ、正暦二年（九九一）、源朝臣の氏姓を賜わって臣籍に下り、十五歳で弾正大弼（だんじょうだいひつ）に任じられている。

頼定は前の関白道隆（兼家の兄）の愛顧をうけ、その関係から道隆の息子の伊周（これただ）とも親しかった。

関白道隆が病没すると伊周と道長との間で熾烈な後継者争いが起こり、伊周が敗れるに及んで頼定も冷遇されることになる。

その後伊周は、ある事件を起こし、内大臣の地位を剥奪され太宰権帥（だざいごんのそち）に左遷されてしまった。この事件に頼定も連座していることが分かったが、謹慎程度の軽い刑しか科せられなかった。

高貴な血をひく頼定を伊周と同じく太宰府に追いやることなど、左大臣になったばかりの道長にできるわけもなかったのだ。

咎めは軽かったが頼定の胸中は複雑であった。

心に鬱屈した頼定と綏子が互いに惹かれあう仲になるにはさして時を必要としなかった。

このとき頼定は二十歳、綏子は二十三歳であった。

公家達は噂を聞いて仰天し、高貴同士の者の行く末を好奇と興味の目で見続ける一方で居貞親王の出方にさらに興味を募らせた。

「頼定様はわたくしと初めて朝を迎えたとき、死を覚悟なされたと申しました」

いくら天皇の血を受けた頼定であっても次期天皇、すなわち皇太子の侍妃と深い間柄になれば死は覚悟の上であった。そのように死を賭して綏子を慈しんでくれる頼定に綏子は全身で応えた。

「わたくしも死を覚悟しておりました。いずれは東宮（皇太子）から詰問され、死を賜るか尼寺に追放されるか。どちらに処されようとも少しも怖くはありませんでした。ただ、頼定様の行く末ばかりが気になっておりました」

居貞皇太子からはなんの追求もなく、尚侍の地位を解かれぬまま二年が過ぎた。

「わたくしは御子を宿しました」

綏子懐妊の噂は居貞皇太子の耳にも届いた。皇太子は土御門邸の主、道長を呼び出し、ことの真相を調べるよう命じた。

道長は綏子の居室の几帳を開いて押し入った。道長がそこに見た綏子は、もともと華やかであったが、入念に施された化粧によってまぶしいばかりの美しさだった。

道長はその美しさに一瞬ひるんだが、意を決すると不躾にも綏子の胸元に手をかけた。

そのときの道長の行動を大鏡は『御胸をひきあけさせ給いて、乳(ち)をひねりたまえりければ、御顔にさとはしりかかるものか（道長が綏子の胸元を開いて乳をひねると、さっと道長の顔にかかったではないか）』と記している。

だが道長は皇太子に綏子懐妊について、その事実はないと報告する。それは懐妊が公になれば、皇太子として綏子に何らかの断を下さねばならないからだ。皇太子にとっても綏子にとってもそれは名誉のことではない。頼定の処遇にも頭を痛めなくてはならない。

「御子は土御門邸で無事生まれました。それが蜂岡様が拾われた御子でございます」

「その御子をなぜ、祠の前にお捨てになられましたのか」

道長、皇太子、頼定などの雲上人の名がなんでもないように綏子の口から告げられることに清経は仰天しながら尋ねた。

「兄、道長殿の思惑でした」

道長は皇太子に虚偽の報告をしたが、それは綏子の出産を認めたわけではない。御子は生まれると同時に道長に意を含まれた者によって捨てられたのだ。

「それがなぜ、悲田院に届けた御子だと分かりましたのか」

「御子を持ち去り捨てたのは、いつもわたくしの傍で雑事をこなしてくれる老爺でした。老爺はそのまま戻って参りませんでした」

綏子と頼定は御子の行方と老爺の行方をひそかに捜した。

「それが、今年に入ってすぐ、老爺が見るも哀れな姿で戻って参りました」

老爺は疲れ果てた姿で綏子に御子を連れ去ったことを詫びると、いつまでも隠しておけないと呟き、御子の消息を明かした。

「老爺は祠に御子を捨てたが、さりとて去りがたく、しばらく隠れて祠を監視していたのです。そこにあなた様が現われたのです」

清経に拾われた御子が悲田院に送り届けられるのを確認した老爺はさらに帰路につく清経の後をつけて、七条坊門小路沿いの館に住んでいることを見届けた。

「その老爺とは過日、蜂岡様のお館にわたくしが伴った者です」

「御子をお引き取りになるわけは得心致しました。しかしながら、土御門邸にてお育てになるとなれば道長様にお隠し申すわけには参りませぬぞ」

「わたくしは近く、土御門邸を退去致し、母ともども伯父の邸に移ります」

伯父とは綏子の母近江の兄である藤原景斉（かげただ）のことである。

その景斉の邸宅でひそかに育てられる御子の行く末がそれほど明るいとは清経には思えなかったが、このまま悲田院で育てられるよりは増しのように思えるのだった。

（四）

徒し堤に清経と蓼平が所在なげに立っていた。

「今日で六日目になりますぞ。もう亮斉殿は戻ってこないのではありませぬか」

寒風に身を小さくした蓼平の声に力がない。

「亮斉が行き着く先は河原しかない。かならず戻ってくる」

そう言ってはみたが清経にも一抹の不安が胸に去来する。京以外に縁戚のない亮斉が地方に出たとは考えられなかった。

「わたくし達下部も心当たりは探したのですが、なんの手がかりもありませんでした」

「妻女のもとにも報せはないのだな」

「なんとも人騒がせな亮斉だ」

「ありませぬ。あの気の強い妻女がすっかり気弱になって、昨日からとうとう病み臥せるようになりました」

清経の顔にも杞憂の色が濃い。

「亮斉殿が抜けてみて、いかに亮斉殿がわたくし達の支えであり、頼りであったか、つくづくと感じます」

「まるでもう帰ってこないような口ぶり。亮斉はかならず戻ってくる。こうして業が終えた後、徒し堤で待っているのは亮斉が戻ってくることを信じているからであろう」

「それにしても亮斉殿はなぜ黙って姿を消したのでしょう」

「分からぬ。だが亮斉は必ず戻ってくる」

「妻女が申すには、亮斉殿は銭も持たず装束もいつものまま、何日も家をあけるような様子ではなかったとのこと」

「岩倉からの粘土運搬がうまくいかなかったのを苦にしたのでなければよいのだが」

「亮斉殿は今までに何度も困難な賀茂川堤修復を指揮してきました。粘土の運搬がうまくいかないからと申して、徒し堤の補強を途中で投げ出すようなことは断じてありませぬ」

「妻女が心配だ。蓼平は妻女のもとで亮斉の帰りを待ってくれ」

「そう致します。主典殿はいかがされますか」

「吾はもうしばらく待ってみる」

蓼平が踵を返して歩き始めようとしたとき、

「あ、あれは」

と叫びに似た声をあげ、前方を指さした。清経は蓼平が指さした先に目を走らせた。

「亮斉！　亮斉ではないか」

清経は両手をかざしながら走り出した。走りながらなぜだか涙が出てきてとまらなくなった。己で、ばかな、そんなことがあるか、と恥じる気持ちがあったが、それとは裏腹に涙はとまらなかった。

「今までなにをしていたのだ」

亮斉の前に仁王立ちした清経は亮斉を怒鳴りつけた。

「みつかりましたぞ。やっと、みつけましたぞ」

亮斉はよろけながら清経に近づいた。

白髪混じりの髭がまばらに亮斉の鼻下と顎にこびりつくように生えている。頬骨がつきだし、衣服から老人特有の異臭が漂っていた。

「無事なのか？　無事なんだな。心配させおって。みなもどれほど案じたか」

言いつのる清経に亮斉は歯の欠けた口を開けて笑顔をつくると、無事を報せるように大きく頷いた。

心配していた清経の気持ちが安堵に変わり、亮斉の笑顔に接して怒りに変わった。

「妻女は心配のあまり臥してしまったぞ」

「連れ合いが臥している？　鬼の霍乱ですな」

いつものきつい冗談を言う亮斉に清経は怒りが収まっていくのが分かった。

「亮斉殿、腹は空いておりませんか」

後から追いついた蓼平が穏やかに訊いた。

「空いている。ほとんど食べてないからな」

「そんなことではないかと思いました」

蓼平は苦笑を交えながら腰に下げた包みを解いて竹皮の包みを取り出した。

「これは亮斉殿の妻女が病をおして、もし亮斉殿が帰ってきたら腹を空かせているに違いないから渡してくれと、この五日間毎日早朝にわたくしの家に寄り、持っていってくれと頼まれて持参している屯食(どじき)です」

「ありがたい」

亮斉は奪い取るようにして包みを受け取ると竹皮を開いて、屯食(にぎりめし)に食いついた。

「よかった、ともかくよかった。帰ってきてよかった。それにしてもずいぶんと汚い形(なり)ですな」

涙目になった蓼平が何度も頷く。

「亮斉、岩倉からの粘土搬出の件なら、案ずることはない。ほかの手だてをまた考えればいいことだ」

「ほかの手だて?」

亮斉はにぎりめしを頬ばりながら聞き返した。

「粘土での補強をあきらめてほかの補強を考えればすむことだ」

「そのような補強の手だてはありませせぬぞ。なぜ六日も防鴨河使の業を休んだかお分かりか」

「下部達も吾も亮斉は岩倉からの粘土搬出がうまくいかなかったことを恥じてではないか、と案じていた」

「情けない。蓼平、おぬし、まことにそうだったのか。だとすればおぬしに下部達を預けるのはまだ先になりそうだ」

「なにも告げずに姿を消したことなど未だかつて一度もなかったではありませぬか。そもそも、六日間もなにをしておりましたのか」

蓼平はいつものように苦言を呈する亮斉に接してうれしさが込み上げてきたのか初めて笑顔をつくった。

「ねんど、粘土だ」

にぎりめしを食べ終わった亮斉は指先についた飯粒をいとおしげに口に運びながら繰り返す。

「粘土のことはもうよい」

清経が気を遣う。

「とうとう粘土をみつけましたぞ。それもこの徒し堤から目と鼻の先」

亮斉の目が輝いている。

「ほう、粘土がこの近くにあるのか」

思わず清経が聞き返した。

「ありましたとも、ありましたとも」

亮斉の鼻がふくらむ。亮斉が得意げになるときの癖である。

「どこにそのような粘土があるというのですか」

蓼平が冷水をいれた竹筒を亮斉に渡しながら疑わしげな目をする。その竹筒も亮斉の妻女が蓼平に持たせたものだ。

亮斉は竹筒から一口うまそうに水を飲むと、

「粟田郷（あわたのさと）、あの粟田口の」

と秘密をうちあける子供のように小声で告げた。

粟田口は京から東山道、東海道への出口にあたる交通の要衝で、三条大路を東に進み賀茂川を渡った十町（およそ一・一キロ）ほど東の地である。いわば三条大路の延長路のようなものだ。徒し堤から小半刻（三十分）ほどで行ける。

東山道は近江、美濃、飛騨方面に、東海道は伊勢、尾張、三河、駿河、相模、武蔵方面に通じる街道である。

それゆえ粟田郷は粟田口とも呼ばれ、京と地方を結ぶ重要な出入り口であった。

「粟田郷に粘土がでるなど聞いたこともない」

清経は俄に信じられない。

「この亮斉とて聞いたことはありませんぞ。だがほれ、このように粘土があるのです」

亮斉は懐からひとかたまりの土塊（つちくれ）を取り出した。それを清経は半信半疑で受け取り、仔細に眺めた。

茶色と白色が半々に混じった土塊は湿り気をおびて、粘りけがある。

「粟田郷に行き着くまで、五日かかりました」

亮斉は粘土を探して京近郊を歩き回ったという。岩倉ではともかく遠すぎる。もっと京に近い所に産出しないかと、人々に聞き、それらしきところを掘り返し、夜も寝ないで京近辺を探し回った。そうしてやっと行き着き捜し当てた地が粟田郷であった。

「いったいどのようにして粟田郷に粘土があることが分かったのだ」

清経は闇雲な情熱や執念だけでは探せないと思っていた。古老の話や確かな裏付けなくして探し当てるのは難しい。粘土を探すのはそれほど大変なのだ。

「五日間、方々を捜しあぐねて、これでみつからぬならあきらめようと三条河原の対岸、粟田口まで戻ってきたのです。粟田郷に沿って小川が賀茂川に流れ込んでいるのは下部ならだれでも知っていること。賀茂川の流れの向こうに徒し堤がかすかに見えました」

皆が心配していることは分かっていたと亮斉はすまなそうに言った。

亮斉は小川に降りて五日間の汚れた手足を洗おうとして川辺までいった。その一帯は大石や小石がゴロゴロと転がって、砂地が乏しい、いわゆる河川の上流部特有の地形であった。

その時、わずかにあった砂地の所で、亮斉は不覚にも足をすべらせた。疲れていたし、寄る年波、転ぶのも無理はない、と思いながら手足を拭い、顔を洗った。腹は減っているし寒いし、気力も体力も尽きていた。

これから賀茂河原に戻り、皆に無断での不在を詫びようと亮斉は岸辺を後にした。

「戻りながら、河原で小石につまずいたことは今まで何度もあったが、砂地の上で滑ったことなどないことが気になりだした。なにかおかしいと思いながら百歩ほど歩いたとき、もしや、と思ったのだ」

そこで亮斉は転んだ場所まで戻って、あたりを入念に調べた。砂地の砂を手にとると手のひらに広げて目を遠ざける。老眼のため、砂を仔細に見るには手を遠ざけるしかない。そうすると遠すぎて砂の様子が分からない。

亮斉は目をつぶって砂を手のひらと手のひらの間に挟んですりつぶすように動かした。砂のざらざらした感触が手のひらに伝わってくる。その感触は賀茂川縁の砂地の砂の感触と微妙に異なっていた。手のひらに粘り着くような感触があるのだ。

亮斉は砂をかき寄せて両手で丸めた。なんなく丸みを帯びた砂団子ができた。それを一尺ほどの高さから落としてみる。砂団子は崩れなかった。次に二尺ほどの高さから落とす。やはり丸みを帯びたままだった。今度は一気に肩の高さから落としてみる。

「やはり、砂団子は壊れなかった。蓼平、なぜ壊れなかったか分かるか」

「砂に粘りけがあるからかもしれませんな」

蓼平が思いつくままに答える。

「粘りけのあるものは砂と言わぬ」

「では、粘土」

「砂団子と申したはずだ」

「はて分かりませぬな」

蓼平は己が試されているようで面白くない。

「砂の中に粘土が混じっていたからだ」

「なるほど」

蓼平は鼻白んで答えた。砂に粘りけがあるのと砂に粘土が混じっているのとがどう違うのか蓼平には今ひとつ理解できない。

「砂に粘土が混じっている。おそらく小川の上流のどこかに粘土の地があって、そこを流れる水が粘土をここまで運び、砂と混じったのだ」

そう考えた亮斉は小川を遡(さかのぼ)っていった。そこからおよそ半町（約五百メートル）ほどの所で白みかかった崖をみつけた。

「清経殿が手にしている土塊がそれだ。まだ粘土と決まったわけではない。明日、土器(かわらけ)作りのお婆達に見てもらうが、まず間違いなく粘土だ。蓼平、みなにいらぬ気遣いをさせた、ほれこの通り、深く詫びをいれる」

亮斉は清経と蓼平に深々と頭を下げた。

後年、時代が下った江戸期、ここから産出した粘土で陶器が作られるようになり、粟田口焼きと呼ばれるようなるまで、この地の粘土はねむったまま、およそ七百年の歳月が過ぎたことになる。

（五）

亮斉を妻女の待つ自宅まで送った清経は館に帰る途中で日が暮れた。腹がグーと鳴った。それもかなり大きな音だ。腹が減ったから夕暮れが訪れるのか、夕暮れになると腹が減るのか、とたわいもないことを考えながら家路をたどる。

そのようなことが思い浮かぶのは亮斉が無事に戻ってきてくれたからだ。気の強い妻女がおろおろと泣きながら亮斉にしがみつくのを見て、清経はふたりが寄り添って歩んできた五十年を超える日々の奥深さを垣間見る思いがした。

清経の両親はともに三十代の後半で死んでいる。だから父母には亮斉夫婦のような長い年月をかけて築きあげたお互いへの深い思いなどなかったのかもしれない。もし両親が生きていれば、とふと思った。すると急に寂しさが清経を襲った。

「やれやれ」

清経は呟いて上衣の襟をかき寄せて足を速めた。陽が落ちると急に冷え込む。小路にほとんど人影はなかった。

館に着くと清経はいつものように門からは入らず、崩れた土塀から邸内に入った。日が暮れてからの帰宅は独り身の者には気分が沈みがちになる。空腹を満たすためには自らの手で夕餉を作らなくてはならないからだ。

広隆寺に引き取られたときから自炊は当たり前のこととしてやっていたが、何歳になっても自炊は好きになれない。かといって作らなければ空腹を満たせない。いつも空腹が勝って清経は炊事をこなすことになる。

今夜は土鍋で五日分の米を炊いておこう、と清経は米びつに手をかける。冬ならば炊いた飯は五日ほどなら腐らずにもつ。冬の寒さには閉口するが食料の日持ちがよいのが清経には救いだった。米を研ぎ、土鍋にいれて竈にかける。手順はすっかり手が覚えていて清経はなにも考えずにすすめる。竈に火をいれ、炊きあがる間に、乾燥させた畑作物をもう一つの土鍋でゆでる。

それがすむと清経はいつも使っている部屋に行き、手探りで着替えをする。明かりを持っていくのが面倒で手探りで着替えられるようなったのは広隆寺に居るときからである。

ふたたび、竈の前に戻ってきた清経は竈の側に黒い影が立っているのに気づいて、思わず総毛だった。物の怪かと思ったのだ。

「そのように臆することはあるまい」

影がゆらりと動いた。声を聞いて清経は安堵する。人ならば恐れることはない、と思った。だが、断りもなく他人(ひと)の館に入り込む無礼に清経は腹が立つより、警戒した。

「わたくしが誰だか分からぬのか」

黒い影が一歩、竈に近づいた。その者の顔に竈の火があたった。

「无骨殿」

「さよう、无骨だ。米が炊ける良い匂いがするので思わず蜂岡殿の館に忍び込んでしまった」

もちろん、それは无骨の冗談である。清経の館から遠く離れた七条河原の葦小屋まで炊飯の匂いが届くわけがなかった。

「まったく気づかなかった。どこから入ったのだ」

「无骨と呼ばれているわけを知らぬおぬしでもあるまい。指が差し込めるほどの隙間があれば、どこにでも忍び込める」

「丁度よい、飯がもう少しで炊ける。食っていけ」

「それは願ってもないこと。米を喰らうのは何日ぶりか」

「さもあろう。官人でさえ粮米を四割も減らされている。河原に住する者達まで米が廻るはずもないからな。腹一杯食べてくれ」

清経は館に忍び込んだ无骨の目的をあえて訊こうとしなかった。致忠に託された太刀であることが明白であったからだ。

ふたりは黙したまま夕餉を終えた。

「今夜、参ったのは致忠殿より託された、太刀をもらい受けんがため」

夕餉後の白湯を飲みながら无骨が告げた。

「いまごろ、致忠様は佐渡を目指してどのあたりまで行き着いたのか。はたして致忠様が、河原に住む、こつへ、と申したのか、河原に住む、无骨へ、と申したのか確かめることは叶わぬ。无骨殿を信じるしかない」

「まぎれもなく、その太刀は致忠殿がこの无骨に託そうとしたのだ」

「ならば、もっと胸を張って、門よりおとないを入れればよいものを、まるで夜盗のように忍び込むとは、太刀を受け取るのにやましさがあるのではないか」

「やましさなど、毛頭ない。こうして忍び込んだのは、おぬしを尾行している者がいたからだ」

「そのような者には気づかなかった」

「河原に参ったときも、尾行されていることを知らなかったのであろう。気楽なものだ」

「今でもその尾行者は館の外で窺っているのか」

「いや、その者はおぬしが館に入るのを見届けると去っていった。それを見定めてから吾は館に忍び込んだ。おぬしは知らぬうちに、尾行されるようなことに巻き込まれたのだ」

「巻き込まれた因がかの太刀であるのだな」

「さよう、その太刀だ。ここに出して頂こう」

「勝手に探せばよかろう」

「いや、探す気はない。過日、賊が押し入り太刀を探し回ってみつからなかったのだ。吾が探したとてみつかるはずもない。どこかひと目のつかぬ所に巧みに隠したのであろう」

「そのようなことはない。人は隠したい貴重な品をもっとも隠したい所に隠そうとする。だからすぐみつかるのだ」

「おもしろい、隠したいところに隠さなかった、と申すのだな」

「太刀はあそこに放り投げてある」

清経は柴が積んである上を指さした。

「たきつけの柴の中に隠したのか」

「そうではない」

清経は柴の傍まで行き、柴の上に置いてある焚きつけ用の使い古した菰の一つを手にとった。

「その菰包みの中身が太刀なのか。なるほど賊どもが捜し当てられなかったわけだ」

「尾行されるようなことに巻き込まれたと申したが、もしそうなら、そのわけを話してもらおう」

清経は菰包みを胸に抱いたまま訊いた。

「聞かぬほうがよいのではないか」

「尾行者はこれからも吾を見張るであろう。しびれをきらして、吾を捉え、太刀の在処を問責され、无骨殿に渡した、と告げても構わぬのなら、話さなくてもよい」

无骨はしばらく逡巡していたが、

「分かった、しばらく待ってくれ」

と呟き、土間を横切って館の奥の闇に消えた。

しばらくして无骨は土間の出入り口の扉を開けて外から戻ってきた。

「ネズミが居るか否か、確かめて参った。どうやら居らぬらしい」

「ネズミ？」

ネズミなら館のあちこちで夜ともなれば駆け回っている。

「尾行者はひとりとは限らぬゆえ、用心のため館を検めた」

无骨は清経の傍まで行って座すと慇懃に右手を出した。

「菰包みをこちらへ渡して頂こう。中を確かめてから、太刀のことをお話致す」

清経は乞われるままに菰包みを无骨に渡した。

无骨は菰を開いて太刀を取り出し、鞘を払って刀身に目をこらす。土間には灯明が二つ置かれてい

るだけで刀身を仔細に検分するほどの明るさはなかった。无骨はしばらくして刀身を鞘に納めると、

「これは紛れもなく、壺切りの剣、だ」

　大きく頷いた。

「壺切りの剣？」

　聞き返す清経は、どこかで聞いた剣の名、だと思った以外なんの感慨も浮かばなかった。

「壺切りの剣を知らぬのか」

　太刀の名を知って清経が仰天すると思ったのか、无骨は拍子抜けした声で聞き返した。

「どこかで聞いた剣の名だ」

「天皇に三種の神器があるように、皇太子の神器として代々受け継がれている、あの壺切りの剣だ」

「なんと、壺切りの剣」

　无骨に言われて初めて壺切りの剣が皇太子を証する剣の名であることに清経は思い至った。それまで気づかなかったのは致忠や无骨と壺切りの剣との間に関わりを見いだせなかったからだ。

「壺切りの剣はいかなることがあろうとも、常に東宮の主蔵にあるべきもの。それがなぜ」

「防鴨河使主典のおぬしに、そのことをつまびらかにすることは禍のもと、と思われる」

「なるほど、殿上人でも公家でもない吾であってみれば、无骨殿の申すことに頷くしかない。もとを正せば致忠様から偶然に菰包みを託されただけ。中身が何であろうと吾が知るところではない。これで致忠様との願いも果たせた。ところで无骨殿、おぬしはいったい何者なのだ」

「夜も更けてきた。ふたたびおぬしに会うことはあるまい。いずれどこかでおぬしは、壺切りの剣に

ついての噂を耳にするであろう。その時、この无骨のことを思い出されよ」

无骨は座を立って土間の出入り口の扉まで行くと耳を傾けて外の様子を窺った。

「馳走になった。うまかった」

頭を下げた无骨の姿は忽然と消えた。わずかに開かれた扉の隙間から真冬の寒風が土間に吹き込んできた。

第八章　怨霊・呪縛

（一）

仁和寺(にんなじ)は京の西北郊外にある。

光孝天皇の御霊(みたま)を安んじるために、息子である宇多(うだ)天皇が仁和四年（八八八）に創建したものである。

宇多天皇は譲位後、剃髪し法皇となり仁和寺内に御所を建てて居住した。その住居を御室と称したことから、仁和寺は御室と呼ばれるようになる。

法皇は境内の一郭に八角円堂を建立し、堂内に金剛界三十七尊の銅製曼荼羅を安置した。この堂を法皇はいたく気に入り、ことあるごとに堂に籠もったという。

真冬の仁和寺境内にときおり読経の声が聞こえてくる。それが途絶えると、吹き抜ける風が松枝を揺らすほか、寺内は深閑としてもの音ひとつしなかった。

夕暮れにはまだ一刻ほど間があった。

「文をもってわたくしをこの八角円堂に呼び出したのはなにか深いわけがあるのでしょうな」

不機嫌さを隠そうともせずに老僧に尋ねたのは藤原保昌であった。

「お越し願ったのにはそれなりのわけがある。そなたの父致忠殿と愚僧は五つ違い。今ごろ致忠殿は老骨にむち打って、佐渡に向かっておるはず。もう越後に入ったことであろう」

応じたのは仁和寺の大僧都（だいそうず）、げんぼうである。

僧都とは僧や尼を統轄し、寺院を管理する役を担った僧侶のことで、げんぼうは『仁和寺の大僧都』と呼ばれている。

「父のことご存じなのか。ならば文に一筆、そう記しておいてくだされぱよかったものを」

「致忠殿とはここ四十数年で会ったのは二度だけ。文にことさら記するほどの仲ではない。ところで保昌殿はお幾つになられたか」

「四十路（よそじ）を四つ超えました」

「すると、おぬしは四十二歳になるのだな」

大僧都は保昌の後ろにひかえめに立つ男に目を転じた。

「保昌殿とは二つ違いですからな。僧都、過日はお手間をとらせました」

男は大僧都に親しげに話しかける。

「あのような無理な願いはこりごりだが、民の平穏のため。役立てて何よりだ」

大僧都は満足げに目を細めた。

「御両所は旧知のようだがその者はどなたなのか」

保昌はひとりだけ置いていかれたようでおもしろくない。

「立ち話では些細な話も叶わぬ。仏には申し訳ないが、曼荼羅が掛かった壁際に座そうではないか」

大僧都は金剛界三十七尊の銅製曼荼羅が安置された壁際まで行くと床に座した。

「ここはその昔、宇多法皇が特に好まれて座した御座所だ。おぬし等もここに座して法皇の縁を偲ぶがよい」

大僧都の誘いにふたりは素直に壁際に座した。

「保昌殿、あらためて尋ねるが、この者に見覚えはないか」

大僧都が顎をしゃくって隣りに坐した男を指した。

「はて、その顔に覚えはないが」

保昌は男の顔に一瞥をくれた。

二つ年下と大僧都は言ったが、ほお骨が高く、眼窩が落ちて鋭い目をした風貌は年下とは思えなかった。保昌は半身をよじって隣りに坐した男を無遠慮に見た。男が怖じることなく見返す。すると保昌に驚愕の色が走った。

「おぬしは无骨、无骨だな」

「気がついたか。土御門邸門前ですでに見知っているはず。吾が投げた護符を手でつかむとは、みごとであった」

「おぬし、まこと、敦道親王様を傷つけるつもりだったのか」

「保昌殿があの場に居たのは吾の誤算であった」

「民を安んじるための御霊会ではなかったのか」

「言うまでもない、京人を安んじるために催した御霊会だ。大僧都に無理を承知で二万五千枚もの護符を作ってもらったのも、ひとえに人々を疫病から守るためだ」

「まさか、土御門邸門前には偶然行き着いたのだとは言わせぬぞ」

「検非違使も京職も、山車と行列が申し出た順路を辿らなかったことに腹を立て、今でもこの无骨を捉えようと血眼になっている」

「ふたりはどうやらそりが合わぬらしいな」

げんぼう僧都が割って入った。

「いったい御両所はなにをたくらんでいるのだ」

さらに保昌の不機嫌さが増す。

「たくらみとは大仰な。いずれ无骨殿が話すであろうが、話を聞くまえに、愚僧から保昌殿に話しておかなくてはならぬことがある。これは致忠殿に頼まれたことでもある」

「わたくしが国司となって京を出た時から父とは疎遠になったとはいえ、余所人から父のことを聞かされるとは心外ですな」

「心外と思うなら、疎遠とならぬよう心がけるのが子としてのつとめと思わぬか。致忠殿はそなたと疎遠になってしまったことをひどく悔いておられたぞ。その致忠殿が仁和寺の愚僧の僧坊を訪れたのは、橘惟頼（たちばなのこれより）殿を殺害するという凶事を起こす数日前だった。一夜にわたって、致忠殿は南家藤原の苦渋を三十五年前にさかのぼって話された。話し終わった致忠殿は、この話は本来嫡男である保昌殿に聞かせるべきものであったが、未だその時はおとずれていない。もし己になにかあったらば、今夜話したことを告げてほしい、と申されたのだ」

げんぼう大僧都はその時の致忠を思い出したのか愁いを含んだ声だった。

（二）

村上天皇の御世に、南家藤原の長（おさ）で、藤原元方（もとかた）という男がいた。

文章得業生から出発して異例の出世をとげ、五十二歳で参議に昇進し三位大納言・民部卿にまで進んだ。

元方には九人の息子とひとりの娘があった。

娘、祐姫（すけひめ）は村上帝の更衣（こうい）となり、天暦四年（九五〇）、第一皇子の広平（ひろひら）親王を産む。

元方は皇子誕生に歓喜したが一抹の不安があった。

それは右大臣藤原師輔（もろすけ）の娘、安子（やすこ）も村上帝の御子を身ごもっていて、三ヶ月後には出産する予定であったからだ。もし産まれた御子が皇子であったら皇太子争いが起こるのは目にみえていた。衰退の一途をたどる南家藤原の長である元方と飛ぶ鳥を落とす勢いの北家藤原の長である師輔、その両者の娘が産んだ後継者争いの結果は目に見えていた。

元方に一縷の望みがあるとすれば安子が女児を出産することであった。

公家等のあいだでは安子は女児を出産するのではないかと噂されていた。もちろん何の根拠もない。だが当時は占いや陰陽師などをかたくなに信ずる風潮が著しかったことから、安子の女児出産はそれなりの真実を帯びていた。

それを元方は信じながらも不安は日増しに大きくなっていく。

不安の極に達した元方は村上帝のもとに参上して、外孫である広平親王を立太子させるよう頼み込んだ。

村上帝も安子は女児という噂を信じていたらしく、元方の求めに思わず頷いた。元方は口約束だけではいつ反故にされるか分からないという懸念もあって、皇太子たることを証する文をしたためて欲しいと懇請した。これに村上帝は承伏せず、かわりに皇太子であることを証する『壺切りの剣』を密かに与えた。

天皇の御文は取り消すことができない。もし安子に皇子が誕生すれば、後継者争いでもめることになる。剣ならば、後に取り返すこともできる、と村上帝は考えたのかもしれなかった。

剣を押し頂いた元方は祐姫と広平親王のもとに駆けつけ、祐姫と抱き合って喜んだ。

二ヶ月後、噂に反して安子が皇子を出産する。憲平親王である。

憲平親王は日を待たずして皇太子（後の冷泉天皇）に決まった。

元方、佑姫の落胆は大きかった。それに追い打ちをかけるように村上帝から『壺切りの剣』を返却せよ、との命が元方のもとに届く。

元方は剣を受け取りにきた使いの者に、

「憲平め、憲平め、憲平め」

と叫んで剣を投げつけた。

壺切りの剣は、立太子の儀式に公家等百官が見守るなか、村上天皇から憲平親王に与えられた。

天皇の外祖父となる夢を断たれた元方は怒りと失意から朝廷への出仕をとりやめてしまった。

自邸に籠った元方は、来る日も来る日も藁人形を作り続け、憲平め、憲平め、憲平め、と呟きながら、人形の頭部と胸に竹釘を突き刺し、部屋の壁に丹念に打ち付けていった。

怨詛だけが生きる糧となった元方は、己の命脈を悟ると、長男の致忠と九男の元忠だけを枕頭に呼んだ。致忠と元忠、それに祐姫の三人は同じ母から生れた。

「お前達に、これから頼むことがある。決して口外せず、また、夢々違うてはならぬ。壺切りの剣は村上帝よりわが孫に与えられしもの。それが憲平のもとにある。壺切りの剣を憲平のもとから奪い返し、わが墓前に備えよ。もしふたりの代で叶わなければ、末代までもこの遺言を守るべし。墓前に壺切りの剣を備えるまでわが供養は無用じゃ」

元方は苦しい息の下で告げると息絶えた。

このとき大納言元方は六十六歳、致忠二十二歳、元忠は十六歳であった。

遺言通り葬儀はおこなわれず、兄弟九人だけで南家藤原の墳墓に元方を葬った。

兄弟が皆ひきあげ、致忠と元忠だけが墓前に残った時、元忠は、

「兄者(あにじゃ)は父の遺言を守るつもりか」

と訊いた。

「守るつもりとはどういうことだ。守らねばならぬ」

「なるほど、兄者なら守るかもしれぬがわたくしは父の遺言を守るつもりはない。藁人形を壁に打ち続ける父は平静な思慮を失なっていた。そのような父の戯(ざ)れ言にわたくしは従おうとは思わぬ」

元忠は冷たく言い放った。

「憲平親王を呪う父は元忠の申す通りであったかもしれないが、死を前にして吾等を枕辺に呼んだ時の父は正気であった。いまわの際の言葉を戯れ言とは父を侮蔑するのもはなはだしい。そのような者は南家藤原の者として京にとどまらせておくわけには参らぬ」

「重々承知。これからわたくしは叡山に向かう。叡山で父の菩提を弔うつもりだ。願わくは兄者の力で父の遺言を現(うつつ)のものとし、南家藤原を古のように隆盛に導いて欲しい」

元忠は一礼すると踵を返して墓地を去っていった。致忠はその背を怒りをもってみすえていたが元忠は一度も振り返らなかった。

二年が過ぎた。祐姫が失意のうちに死去。

三年目、後を追うように広平親王も薨去した。

この年、致忠は左兵衛府の少尉(しょうじょう)に任じられた。

兵衛府は大内裏に設けられた多数の門を守衛する役所である。したがって内裏には誰の咎もうけずに出入りできた。それを承知で致忠はひそかに憲平親王が住まう東宮の主蔵に忍び込んで壺切りの剣を探した。見つけ出せぬままに東宮に忍び込む回数が多くなる。

そうして見つけだせぬままに何年かが過ぎた。

ある日、さりげなく東宮の門前を通りかかったとき、髪を振り乱した若者がなにやらわめきながら飛び出してきた。その後を帯刀らしい舎人数名が追っていく。致忠にはその光景が異様に映った。

それから数日して、憲平親王が清原善澄から明経（儒学）を学んでいたおり、講読の途中に、突然、目を見開き、われは元方の怨霊なり、と叫び、小声で笑い出すと、少しずつ声を高め、やがて部屋中に響くほどになった、という噂を致忠は耳にした。

さらに、宮中で毬をつき、天井まで届かせることに夢中になり、沓の先が破れても続けるので、見かねた公家がやめるようにそばに寄ったが、その公家を突き飛ばして蹴り続けた、という尋常ならざる噂も伝わってきた。これらの所業はすべて恨みを飲んで死んでいった南家藤原の長、元方の怨霊のなせるものだ、と噂された。

憲平親王の御生母、安子皇后が再び身籠もったのは、元方が憤死して十年後の康保元年（九六四）のことである。奇行を繰り返す憲平親王は十四歳になっていた。

村上天皇は憲平親王を苦しめる元方の怨霊の噂に気をもんでいたこともあって、皇后の出産にあたって万全を期すように命じた。

出産当日、産屋にあてられた寝所の一室の四隅と枕頭に不動、大威徳、降三世、軍荼利、金剛の五大明王像を安置した。寝所の外では名のある僧正・僧都達が護摩を焚き、安産祈祷の読経に声をからす。読経の声は一町（百十メートル）四方に届いた。

さらに僧正・僧都を囲むようにして山々寺々から選りすぐった修験者を集め、安産を妨げる物の怪を祈祷によって修験者に移し、皇后から遠ざけるための陀羅尼経が異様な響きをもって寝所となった邸宅に接する大路、小路に流れていった。

夕方になっても出産はない。

寝所の隅々に灯明が点され、庭には数百の松明が昼のごとくにあたりを照らしていた。僧正達の読経の声がかすれて弱くなる。修験者の調伏の声も力尽きてきたその時、安子皇后に出産の兆候が現われた。

産婆や女房らが緊張する。

その時、寝所に一陣の風が舞い込むと、灯明をふき消した。何十灯と点された灯明が一瞬にすべて消えたことに、産婆や女房達は恐れおののいた。寝所が闇と化したその時、安子が異様なうめき声をあげて御子を出産した。

灯明がふたたび寝所に運ばれ、室内を照らし出した。

気を失った安子の傍らで女児（選子内親王）が産声をあげていた。

数日後、安子は内親王の顔を見ることもなく死去した。

このとき安子皇后は三十八歳であった。今ならば、安子は産褥死であることは明らかであるが、当時は元方の怨霊にとり殺されたことを誰も疑わなかった。

康保四年（九六七）五月、村上天皇が危篤におちいった。次期天皇となる憲平親王はなにをおいても駆けつけなければならないのだが、毬を天井に蹴り上げることに夢中になり、天皇のもとを訪れなかった。

翌日、村上天皇は崩御、憲平親王が即位して冷泉天皇となった。

天皇即位式は大極殿で大勢の公家等を集めておこなわれるのが通例だが、冷泉天皇の即位式は異常の振る舞いを案じてひと目を避けるように少人数しか入れない紫宸殿で密かにおこなわれた。

即位の年におこなわなければならない天皇の儀式はたくさんあるが、そのなかの一つに、新しく決まった皇太子に天皇自ら壺切りの剣を手渡す儀式がある。皇太子は壺切りの剣を授与されて初めてその地位を公家百官に認められることになる重要な儀式である。

この儀式に臨んだ冷泉天皇は鞠を蹴りながら金糸銀糸で織った袋に包まれた『壺切りの剣』を皇太子と決まった守平親王（後の円融天皇）に毬のように足で蹴って寄こした。儀式に参列した公家達はその様子を見なかったかのごとくに振る舞った。

『壺切りの剣』譲渡の儀式はおよそ百五十年前、関白であった藤原基経（もとつね）が宇多天皇に一振りの太刀を献上したことからはじまる。

宇多天皇はこの太刀をことのほか気に入って、『壺切りの剣』と命名し、どこに行くにも携え、決して身辺から離そうとしなかった。『壺切りの剣』があると帝の御心は安らかになり、御気色もすぐれるらしかった。

壺切り、とは基経が献上したおり、その切れ味を証するために傍らに置かれた銅製の壺を真二つに断ち割ったことから命名された。

後に宇多天皇はこれを皇太子（後の醍醐天皇）に授けられたことから、皇太子の護身の剣、皇太子たる資格を証する剣として、代々、立太子の儀式の際に天皇より皇太子に授けられるのが習わしとなった。

すなわち三種の神器が天皇の証しであるのと同様、『壺切りの剣』は皇太子を証するものとして、以後、天皇から皇太子へと譲り渡されていったのである。

（三）

壺切りの剣を足で蹴り上げて守平親王に譲渡したその年、致忠は従五位を授けられ、右京職の大進(たいじょう)に栄転した。

大進に任じられた半月後、藤原致忠の執務室を訪れたのは右京大夫(うきょうのかみ)（右京職の長官）坂上善麿(さかのうえよしまろ)であった。

「昨日、帝にお就きになられたばかりの冷泉帝から内々にお声がかかった」

善麿はあたりを憚るように声を潜めて致忠に告げた。冷泉と聞いて致忠は思わず身を乗り出した。右京大夫が内密で帝に招聘されることなどまずあり得なかった。帝の命は関白あるいは左大臣を通して宣旨として公に伝えられるのが通例であった。それが帝自ら内々に右京大夫を呼び出したのだという。

「過日、立太子の儀式が催されたこと致忠殿も存じておりますな」

「存じております」

「そのおり、偽物の壺切りの剣を皇太子守平親王様に授与なされたとのこと」

壺切りの剣、と聞いて一瞬致忠は緊張し、

「偽物ですと？　それはなにゆえでしょうか」

と思わず語気を強めた。

「今上帝（冷泉天皇）が壺切りの剣を紛失なされたからだ」

「東宮の主蔵奥深く秘蔵されているのではありませんか」

「今上帝が壺切りの剣を与えられたのは、ご誕生あそばして、わずか三ヶ月後。そこで壺切りの剣は御生母の安子皇后が代りに受けとられたとのこと」

その時、致忠の父元方は失意と怒りで呪詛の日々を送っていたことを致忠は苦々しく思い返した。

「安子皇后は壺切りの剣をお住まいなっておられる後宮、飛香舎（ひぎょうしゃ）に持ち帰り、そのまま飛香舎に置かれていたらしい。本来なら東宮の蔵に納められるべき宝剣。後宮の飛香舎などに留め置くべきものではないのだが、失念したままに時が過ぎたのであろう。安子皇后が逝去なさったこともあって、壺切りの剣は飛香舎に忘れ去られたままで東宮の蔵に移されなかったようだ」

なるほど、そういうことであったのか、と致忠は心中で呟いた。何度も東宮の蔵に忍び込んで壺切りの剣を探したが、はじめから蔵に剣はなかったのだ。

「帝は飛香舎から壺切りの剣をお移しになるようお命じになられ、飛香舎へ内々に使者を送ったが、すでに安子皇后様は薨去なされたあとで、飛香舎は主の居ない舎となっていて壺切りの剣の在処が分からない。そこで皇后様にお仕えしていた女房を呼び出して、その行方を問われたのだ」

「して、女房はなんと答えましたか」

急くような保昌の口ぶりに善麿は苦笑をした。

「女房が申すには、安子様が薨去する一年ほど前に、突然、東宮の主蔵を管理する官人だと名乗る男が安子皇后様のもとを訪れ、冷泉帝の使いだと申して壺切りの剣を持っていったという。ところが冷泉帝は使いをだした御記憶がないとのこと。そこで冷泉帝は主蔵を管理する正(かみ)、佑(じょう)、令史(さかん)等を呼び出し、問い質されたがだれも名乗り出る者はいなかった。帝は最初、女房を疑い、その出自を調べさせたが、疑うに足る縁者や係累はいなかったそうだ。そこで主蔵を管理する者達に疑いの目を向けられたのだ」

「使者と申した者は偽りの使者」

「いや、安子皇后は足繁く、東宮にお通いになっておられたので、主蔵を管理する正や佑の顔をよく覚えておいでだった。だからこそ東宮の使者だと名乗った男になんの疑いも持たずに壺切りの剣をお渡しになられたのだ。持ち去ったのは主蔵監に勤める誰かだ。名乗り出ない以上、主蔵監の官人に探させるのは無理だと帝はお考えになられた」

「ならば、近衛府の者か、さもなくば検非違使を使って極秘に調べさせるのが順当と考えられますが、それがなぜ、京職右京大夫(うきょうのかみ)に」

「大夫にではなく、この坂上善麿にお命じになられたのだ」

坂上(さかのうえ)家は代々軍事を司る家系で、二百年ほど前の坂上田村麻呂(さかのうえのたむらまろ)は征夷大将軍となって東北地方の制圧に功労があった。

坂上家は田村麻呂を最盛としてその後、政の中枢から外れ、藤原北家が隆盛になると、検非違使の大尉(だいじょう)の地位に代々任じられるようになった。

つまりは権力や政から一歩も二歩も退いたところで、昔の栄光をよりどころとして藤原北家の家人に甘んじるしかなかったのだ。

その一族である坂上善麿が検非違使大尉から右京職の大夫に栄転できたのは、善麿の人柄にあった。誠実で信頼が置け、何よりも口が堅いと検非違使の官人から慕われ、評価されていた。多分、冷泉天皇はその噂をどこかで耳にして善麿個人に内密に頼んだのであろう、と致忠は推察した。

「それにしても、守平親王様は譲り受けられた壺切りの剣が偽物とお気づきなさらなかったのでしょうか」

「お気づきになるもなにも、真の壺切りの剣に触れたことも見たこともないのだ。壺切りの剣の譲渡式に立ち会った公家百官ことごとく壺切りの剣の真贋を判じられる者は居らぬであろう。東宮の主蔵に納められていれば、拝見することもあったろうが、十七年もの間、壺切りの剣は飛香舎に秘され、誰の目にも触れなかった。それを考えれば、たとえ判じられる者が居たとしても、政から退かれたり、身罷った者達で、あの壺切りの剣の譲渡式に参列はなされて居らなかったであろう」

「そのような重大な秘事を、この致忠にうちあけるわけをお聞かせくだされ」

「帝はこのことは秘して裁量せよと申された。されどもわたくしひとりで探し出せるあても方策もない。いかようにすれば壺切りの剣を探しだせるのか、心許ないのだ。そこで致忠殿、ひとつわたくしに内々で手を貸してほしいのだ」

善麿の依頼に致忠は欣喜した。東宮の蔵に忍び込み捜し回ったあげく、探せぬままに十数年、今ではほとんど諦めかけていたのだ。

父元方の墓前にも立てずに、草蒸す墓となっていると、墓守から報せが届くたびに、一日にも早く、墓前に壺切りの剣を供えたい、と思わぬ日はなかった。それが思わぬところから壺切りの剣探索の助力を頼まれたのだ。

致忠は善麿に無言で頷いて、平服した。

助力を約束したものの、情況は今までと少しも変わらなかった。

探し始めて一年はまたたく間に過ぎた。手がかりは東宮の主蔵を管理していた官人であることが判明したが、その官人は冷泉天皇の即位にともなって、東宮から政の要職や国司に引き上げられて地方に赴いたりして、探索は思うようにすすまなかった。

そして一年半後、奇行の多かった冷泉天皇は退位する。

これを機に右京大夫、坂上善麿は職を辞した。

壺切りの剣を探す密命から解放されたのか、辞職の挨拶に右京職を訪れた善麿には晴れ晴れとした安堵の表情があった。

永観二年(九八四)、致忠の長男保昌は二十六歳、次男斉明二十五歳、そして三男の保輔は二十三歳となっていた。致忠は息子達に幼少の頃から、和歌や舞、さらに武芸を習わせ成人後の栄達に夢を託していた。

保昌は兵衛府の官人に任じられ、衛門府、近衛府の要職を歴任して、一年前、肥前の国司として京を離れた。

斉明と保輔も左兵衛尉に前後して任じられ、順調に栄達の道を歩むかに思えた。

一年後、寛和元年(九八五)、致忠一族の栄進は突然狂いだす。

正月、斉明が大内裏の近辺で弾正少弼大江匡衡を襲い、左手の指を切り落としたのだ。斉明はその足で摂津に逃亡する。検非違使が摂津に向かったがすでに摂津から舟に乗って遠国にのがれ去った後だった。

検非違使は匡衡に襲われた理由を問うたが、匡衡はただ首をひねるだけだった。

それから二十日後、今度は保輔が下総の国司藤原季孝の顔面を斬りつけ深い傷をおわせた。

報せを受けた検非違使は保輔の捕縛に走った。保輔は父致忠の館に逃げ込む。検非違使が館に踏み込み保輔を探したがみつからない。

致忠に行方を質すと、ここに保輔は来ていない、宿願があって昨日から長谷寺へ詣でている、とうそぶいた。

四月、斉明は逃亡先の近江国で国司の家人により射殺された。首は京に送られ、囚獄司の門前に晒された。

一方、保輔は杳として行方が分からない。検非違使は京内をくまなく探すが手がかりはつかむものの、取り逃がすという失態が続く。捕縛できぬまま三年が過ぎた。

永延二年（九八八）、致忠はすでに五十七歳、老境の域に達していた。そして元方が死して三十五年の月日が流れていた。

その年の五月、越前の国司に任じられたこともある藤原景斉の館が襲われた。さらに六月、従二位中納言藤原顕光の館に賊が侵入。いずれも逃亡中の保輔の仕業であった。

逃亡を続ける保輔に追討宣司が一回、二回と下され、実に十五回もの宣司が下された。

捕まらぬ保輔に京人はひそかに快哉を送った。保輔が襲う人や館は京人の手の届かぬ、それゆえ羨望とねたみの対象である公家や高位高官達であったからだ。

これ以上、京人の物笑いになることには耐えられぬと思ったのか、検非違使は十五回目の追討宣司を発すると、京中をしらみつぶしに調べ上げた。その甲斐あって、保輔は北花園寺の境内で捕縛された。それとときを同じくして致忠も犯人逃亡幇助の嫌疑で捕縛された。

（四）

げんぼう大僧都はそこまで話すと一息いれた。

保昌はよどみなく話し続ける大僧都に耳を傾けながら、いまだに大僧都が何者であるのか分からなかった。父致忠が南家の恥とも思える事柄をうちあけるにはよほど心を許した者のはずだ。

「保昌殿と致忠殿は腹を割って話されたことがあるのか」

今までの語り口調と異なって僧都はやさしげな声をだした。

「父とはそれなりに言葉を交わしたつもりだ。とは申してもそれは幼い頃までのこと。加冠（成人）の後は遠国の国司に任じられて京にはほとんど居らぬ。ために兄弟である斉明（ただあき）と保輔の所行も知らずにすんだ。弟等は南家の恥。恥と言えば、父致忠もおなじこと」

「京を離れた保昌殿には致忠殿、斉明保輔兄弟の苦渋など分かるまい」

「南家藤原は父致忠だけではありませぬぞ。陳忠（のぶただ）伯父は信濃の国司、由忠（よしただ）伯父は長門国司、そして懐忠（かねただ）伯父は少納言、ほかに四人の伯父がおり、みなそれぞれに南家をもり立てようと汗水たらしているのです。それを損（そこ）ねるような吾が父とふたりの弟。獄門と遠流。苦渋というなら、そうした親兄弟をもったわたくしの方だ」

「ずいぶんと勝手な言い分だな」

无骨が憮然とした顔を保昌に向けた。

「これは南家藤原の話だ。无骨殿と関わりはない」

「関わりがないだと？　よく吾の顔をみろ」

无骨は身体をよじって保昌に顔が見えるようにした。

保昌はうさんくさげに一瞥したが、

「まったく覚えがない」

と口をゆがめた。

「无骨、そろそろ、真の名を伝えてもよいのではないか」

大僧都がふたりの険悪な仲をとりもつように言った。无骨が保昌の正面に座を向けた。

「保昌殿。いや兄者(あにじゃ)、吾はあの大盗賊、追討宣司を十五回受けた保輔、兄者の弟だ」

保昌は驚愕し、それからからかわれていると思って、

「愚弄するな。保輔は囚獄司門前で首を晒されたのだ」

と怒りをあらわにした。

「その生首を兄者は見ているのか」

「その年、国司として肥後に赴任していた。弟の獄死の報が届いたのは半年も後のことだ。任が明けて京に戻ったのは報せを受けてから三年も後のこと。戻ったときは大盗賊のことなど皆忘れたのか京人の口の端にものぼらなかった。見てはいなくとも生首は弟だ」

「声を荒立てるでない」

たまりかねた大僧都が両者をいさめた。

「无骨はまぎれもなく、あの大盗賊の保輔だ。忘れもせぬ。あれは永延二年（九八八）の年だった。愚僧が叡山から下り、北花園寺という小さな寺を預かっているときだ。保輔が突然訪ねてきた」

保輔は名も告げず、抱えていた長箱をげんぼう和尚の前に置いて、これを預かって欲しいと頼んだ。

「愚僧は、怪しげな男のおそらく盗品であろうその箱は預かれぬ、と断った。すると保輔は、和尚にはこの箱を預からねばならぬ責務がある、といきりたった。愚僧は、責務とはいかようなことか、と聞き返した。そのとき寺の境内で物音がした」

保輔はすぐにその物音が己を追捕している検非違使であることに気づいて庫裏を飛び出した。間をおかず二十名ほどの検非違使の者がげんぼう和尚のもとに踏み込んできた。

堂内、庫裏、境内を探したが保輔はみつからなかった。

「検非違使は保輔がこの北花園寺に押し入ったと思ったらしい。盗賊の名は袴垂保輔で必ず捕まるだろうが、盗まれたものはないかと質しただけで盗賊の追尾に寺を去っていった。床に箱が残されていた」

桐で作られたその箱は四尺（一・二メートル）ほどの長さで一辺が六寸（約二十センチ）ほどである。

「愚僧はその桐箱を庫裏の納戸に隠した。その男が検非違使の手を逃れれば必ず箱を取りに戻ってくると思ったのだ。それから三日後、大盗賊袴垂保輔がなんと北花園寺の近くで検非違使に捕縛された。愚僧は思案の末、納戸から桐の箱を取り出し、蓋を開いた」

絹の布に包まれた太刀であった。箱の中に書き付けらしい書面が入っている。げんぼう和尚はその封書をひらいた。

「そこには、皇太子たる者に与えし壺切りの剣なり、と確かそのような文字がしたためてあり、宇多天皇の玉璽が押されてあった」

そこまで話した大僧都は寒そうに背を丸めて保昌に顔を向けた。

保昌には大僧都の話を聞いても、致忠と大僧都のつながりがどうしてもしっくりと腑に落ちてくれないのだ。さらに保輔と大僧都との間柄も保昌には不可解としか思えなかった。

「袴垂が京の北の小寺にわざわざ盗品を預けようとしたのはなぜだ」

保昌はあえて保輔を袴垂と呼んだのは无骨を弟と認めたくなかったからだ。

「愚僧が叡山より下りて北花園寺の寺主になったことを致忠殿に文をもって報せてあった。それを保輔殿は致忠殿から聞いていて訪ねてきた。そうであろう保輔殿」

「いかにも父より聞かされていた。叡山で三十年、一歩も山から出ずに修行した元忠伯父がげんぼうという名の僧となって北花園寺に住していると」

「いま、なんと言われた」

保昌は目をむいた。

「元忠伯父が、げんぼう、という名の僧となって寺主になっている、と申した」

「なんと」

保昌の目はさらに大きくみひらかれた。

「どうやら、无骨殿が保輔であることを認めねばならぬようだ」

やや経って保昌は苦いものを口から押し出すように呟いた。

「やっと、吾が弟であることを認めたか」

「だが、分からぬ。分からぬ。弟は囚獄司門前で獄門首を晒されたはずだ」

「大盗賊袴垂保輔の首は囚獄司門前に晒された。それも入念に化粧をされてな」

大僧都はからかうような楽しげな声をあげた。

「そのことを疑う者は京中を探しても居ないはずだ」

「愚僧と保輔殿と冷泉上皇の三人を除いてはな」

「冷泉上皇ですと」

保昌は混沌としてくる話についていけない。

「保輔の捕縛にともない致忠も囚獄司に拘留された。それは愚僧にとって断じて見過ごせぬことであった。と申すのも父元方の遺言に従えば、壺切りの剣は兄致忠と愚僧が力を合わせて探すべきものだった。それを愚僧は致忠ひとりに押しつけ叡山に籠もった。修行中も今も致忠に押しつけたという負い目が消えることはなかったのだ」

「そうであっても元忠伯父が父を救い出すことなど叶いますまい」

「致忠が捕縛された翌日、拙僧は壺切りの剣を抱いて冷泉院を訪れた」

そこで十五年前を懐かしむようにげんぼうは次のような話をした。

(五)

「上皇様に極秘で献上致したい品があるので是非ともお取り次ぎ願いたい」

冷泉院の門前に現われたげんぼう和尚は門衛に懇願した。

一介の、しかも約束もなく訪れた僧を門衛は追い返そうとした。げんぼうは門衛に、上皇にひと言、壺切りの剣、と伝えてくれと耳打ちした。門衛はとりあわない。

「もし、愚僧を追い返したことを後々、上皇様がお知りになれば、あなた様は厳しい叱責をうけられますぞ」

げんぼう和尚は秘密めかした小声で告げた。いぶかしみながら門衛は、叱責という言葉に動かされたのか、しぶしぶと門内に消えた。

しばらくげんぼう和尚が門前で待っていると門衛が現われ、丁重に院内へ導き、一室に通された。大きな部屋でどこにも人影はなかった。

「壺切りの剣と申したそうだな」

背後から声が届いた。振り返ると壮年の男が立っていた。

「冷泉上皇であらせられますか」

げんぼう和尚は平伏した。

「冷泉だ。壺切りの剣、と門衛から聞いた」

上皇はげんぼう和尚が大事そうに胸に抱えている細長い絹布の袋に目をやった。

「これを」

げんぼう和尚は上皇が坐すのを待って、慇懃に絹布の袋を上皇の前に置いた。上皇は無言でそれを手に取ると袋口の紐をもどかしげに解いて中から太刀をとりだした。

「これが、壺切りの剣、か」

上皇が感に堪えない声をあげた。

束から鞘の先までを息をつめて鑑賞した上皇は剣を眼前で水平に捧げ持ち、静かに抜刀した。目を細めた上皇は口を真一文字に結んで、切羽（鍔元）から切っ先に向かってなめるように目を移していった。

「みごとだ」

刀身を鞘に納めた上皇は深く息を吐いた。

「これをいづこで手にいれた」

上皇が上体をわずかにげんぼう和尚に傾けた。

「そのこと御不問となさいませ」

「いかなる経緯（いきさつ）で和尚の手に渡ったのかをつまびらかにせねば、この太刀が真の壺切りの剣であるか否かを証することは叶わぬのではないか」

「この太刀は桐箱の中には納められておりました。桐箱の中には太刀と共に御文が納められておりました」

「御文？」

御文とは通常、天皇が自ら筆を執って文をしたためたものを呼んだ。

「この太刀が壺切りの剣であることを証する御文でございます」

「文をしたためたのは誰だ」

「宇多天皇にございます。御文には宇多天皇の玉璽が押印されております」

「なんと書かれてあるのだ」

「この太刀は皇太子を証する壺切りの剣である、との御文でございます。または桐箱の裏にも宇多天皇による御文がしたためられております」

「桐箱と文は見あたらぬがいかがした」

「持参っておりませぬ」

上皇の顔が変わった。

「なぜだ」

「己の命を惜しんだがためにございます。わたくしのもとに壺切りの剣があるということは、すなわち冷泉上皇様の皇子である居貞東宮のもとに壺切りの剣がないことになります。そのような重大な隠ろへ事を知ってしまった一介の僧を生きて冷泉院から出すことはないであろうと思ったからでございます」

「その文と桐箱を保持しているかぎり、この冷泉が手を出せぬと思っておるのか」

「壺切りの剣と御文と桐箱、この三つが揃ってこそ、次期天皇である皇太子を証する壺切りの剣といえるのです」

「この太刀を持参ったのはただみせるためだけではあるまい」

「上皇様に献上するためでございます」

「太刀とひき替えになにを欲するのだ。僧侶としての栄達か、それとも還俗して官人の出世を望むか」

「そのようなもの願ってもおりませぬ。願いはただ一つにございます」

「申してみよ。叶えてつかわす」

「囚獄司に捕らえられている藤原保輔の釈放をお願いしとうございます」

上皇はげんぼう和尚がなにを言っているのかよく飲み込めないようだった。しばらくして、

「あの追討宣司を十数回も受けた盗賊のことか」

と怪訝な面持ちで首をかしげた。

「その盗賊でございます」

「捕らえられ、明後日処刑されることは聞き及んでいる」

「そこを上皇様のご威光をもって解き放って頂きたいのです」

「それがこの壺切りの剣とのひき替えであるのか。おぬしはあの賊の縁者の者か」

「そのことも御不問に願います」

「さらし首になる男とこの太刀が引き替えになるなら願ってもないこと」

冷泉上皇はあきれたと言わんばかりに苦々しい顔をした。

「和尚の申すとおりに取りはからってみよう。和尚の望み通りにことが進んだならば、その文と桐箱を届けにふたたびここを訪れよ」

「いえ、その二つはわたくしが所持しておきます」

「なんと、渡さぬと申すか」

「渡したときがわたくしの命の尽きるとき。桐箱と御文は吾が命を守る護符にございます」

げんぼう和尚はその場に平伏した。上皇が壺切りの剣を抱えて立ち上がり、部屋を退出する足音が聞こえなくなるまでげんぼう和尚は額を床につけたまま顔をあげなかった。

（六）

「その壺切りの剣が再び、ここにあるとは」

大僧都、いや元忠は嘆息した。

「分からぬ。では囚獄司の門前に晒された首は誰なのだ」

保昌はまだ腑に落ちない。

「あれは、獄門が決まっていたほかの者の首だ。すなわち替え玉だ。その首が保輔でないと見破られぬために厚い死に化粧を施したのだ。すでに獄門と決まった大盗賊保輔を解き放つことなどできぬからの」

「巷では保輔が腹に刀を突き立てて憤死したといわれている」

「そのことだ。愚僧は一つ大きな誤りをしたのだ。愚僧の本意は兄致忠を釈放させることであった。保輔が解き放たれれば、致忠も解き放たれると思っていた。ところがそうではなかった。致忠は保輔の偽生首が晒された翌朝も囚獄司にとどめ置かれたのだ。そこで愚僧は一計を案じた」

元忠はそのことを思い出したのか表情をゆるめた。

「やっと、読めてきましたぞ。さらし首を見に集まった京人を言葉巧みに煽りたて、父致忠が拘禁されている射場まで先導し、囚獄司の官人を震え上がらせ、姿をくらました怪僧とは伯父上のことでしたか」

「数百の京人の押し掛けが功を奏したのであろう。それだけの観衆を一つにまとめ、行動を起こさせるには、それなりの仕掛けがなくてはならぬ」

「その仕掛けとは父の無罪を証するために保輔が腹に太刀を突き立て、真一文字にかき切り、腸を取りだして囚獄司官人に、腹が黒くないことを見せつけて憤死した、と観衆に言いふらしたことですな」

「その甲斐あって致忠は翌朝、館に戻ることを許された。もう十五年も前のことだ」

「その時の囚獄司正であった藤原為家殿が一ヶ月後惨殺されましたが、まさか伯父上や保輔が手をくだしたのではないでしょうな」

「かかわっておらぬ。今となっては闇のなかだが、冷泉上皇の息のかかった者の仕業にちがいない」

「上皇が殺害を命じたと？」

「上皇の密命を受けた為家が極秘裏の内に保輔を解き放ち、偽の生首を仕立て上げて囚獄司の門前に晒した。囚獄司の官人もこのことはほとんど知らぬはずだ」

「その口を封じたのですな」

「上皇は為家殿に命ずるに際し、過分の見返りを与えたはずだ。しかるにその見返りを為家殿は少ないと思ったのであろう。更なる見返りを求めたに違いない。もし求めに応じなければ、この秘事を公にする、とでも申して上皇を脅したのであろう」

すでに仁和寺の境内は冬のはやい夕暮れがおとずれていて、三人が坐す八角円堂内にも闇が降りはじめていた。

「さて、ここからは保輔の話を聞かねばならぬ」

元忠は座を立つと堂内に吊された灯明の一つに近づき、懐から火打ち石を取りだし、巧みに灯明に火をいれた。その手際の良さに保輔は感心する。

「みごとなものですな」

「叡山の修行で大事なのは灯明の火を消さぬことと消えた灯明にはすぐ火をいれることだ。それを愚僧は三十年も続けていたのだ。驚くことではない。まだ夜はたっぷりある」

元忠は深く頷いてそれから保輔に話すよう促した。

（七）

「父致忠が吾と斉明を呼びつけたのは、永観二年（九八四）、今から十八年前のことだ。その年、父は流行病に罹って生死をさまよった。すっかり気弱くなった父は吾等に壺切りの剣を探し出し、祖父元方の墓に供えよ、と命じたのだ。斉明は父の命に従ったが吾は即座に断った。今思えば、その光景は元方祖父の墓を前にした父と元忠伯父のそれに似ているようだ。因果は巡るとはこのことかもしれぬ。元忠伯父は断った責をとって叡山にのぼり、南家藤原と縁を切ったが、吾は兵衛府で少志の職を続けた。父は十日ほどで健やかになられた。医者は快復したことが信じられぬ、と申していた。一年後、兄斉明が大江匡衡を襲い、摂津に逃れたが、再び京に戻って、今度は下総の国司藤原季孝殿を襲って再び逃亡した。そのおり、季孝殿に己は斉明の弟保輔だと名乗った。季孝殿はそれを真に受けて、下手人は藤原保輔だと検非違使に告げたのだ」

「斉明がなぜおぬしに罪をなすりつけるようなことをしたのだ」

保昌は不快げに首をかしげた。

「吾を父の命に従わせるためだ。検非違使に追われた吾は逃げるしかなかった。潔白を言いたてたところで検非違使はだれも信じてくれまい。追われ追われて吾は父致忠の館に逃げ込んだ。父は吾を喜んでかくまった。親としての情でかくまったのではない。一度は父の言いつけに背いた吾が父の命に従わざるを得なくなったことをよろこんだのだ」

「なんとも愚かなことだ」

「愚かであったと他人事のように言いつのる兄者には吾や斉明の心内(こころうち)など分かるまい」

「分かりたくもない」

「兄者の母は醍醐天皇の皇子である元明親王の女(むすめ)。南家藤原の嫡男として遜色がないが、吾と斉明の母は天皇の血などとは無縁。父は兄者に一段の気持ちを抱いていて、吾等とは違う接し方をしていたからな」

「南家藤原の嫡男に生まれたがために背負わねばならぬ苦渋も多い。保輔がうらやむようなことは何一つなかった。だがそのようなことは今となってはどうでもよい。その後を話してくれ」

「二ヶ月の間、父の館に身を潜めていたが、吾は父の命に従う気はなかった。そんな折、斉明が逃亡先の近江で射殺された。近江から送られてきた斉明のさらし首を観衆に混じって囚獄司の門前でひそかに眺めた吾は、斉明の無念さを思ったのだ。吾は斉明の思いを継ぐことにした。そのような気持になったのは、今にして思えば、元方祖父の怨霊のなせる業としか思えぬ」

「怨霊と申せば、この元忠もいまだに元方の幻影をひきずっている」

「伯父上は南家藤原と縁を切り、叡山にのぼられたではありませぬか。ひきずるものなどありますまい」

保輔が断ずるがごとく言った。

「わたくしの僧名を保昌はどう思っておる」

「げんぼう大僧都、ですか？」

保昌は小首をひねって目を上向けた。

「そう、げんぼう、だ」

「その名から思い起こすものなどありませぬな」

「では、げんぼう、にどのような字を当てると思うか」

「げんぼうのげん、には玄(くろ)い、それとも源(みなもと)、さらには幻(まぼろし)、とでも当てましょうか。そして、ぼう、は房(ふさ)、坊主の坊、あるいは望み。いろいろあてはめられますな」

「そのどれもが違う。げん、は元方の元、ぼう、は元方の方だ。愚僧が書面に僧名を記すときは、元方、だ」

元忠は不快げな顔を一瞬みせて、

「南家藤原の者は元方(もとかた)の怨念と呪縛から逃れられぬのかもしれぬ」

と吐き捨てた。

「呪縛などありはせぬ。ありもせぬ呪縛に繰られるのは愚かなことだ」

保昌は元忠と保輔を交互に見据えて首を横に振った。

「愚かといわれようと、祖父元方の呪縛は今でもこの胸のうちに解かれぬままだ。吾が父の館に隠れて三年の間、壺切りの剣の在処を探し回ったのも、その怨念や呪縛のなせる技だ。父が押しいれと命じた館に忍び込み、剣を探した。押し入った館は十を超えたはずだ。館の者にみつかり、そのたびに巧みに逃げた。逃げるたびに追討宣司が発せられた。とうとう追討宣司は十五回にも及んだ」

「父が押し入る先を命じただと」

「壺切りの剣を持ち去ったのは東宮主蔵を管理する官人だと坂上様から父は聞かされていた。そこで父は当時主蔵監に任じられていた正（長官）、佑、令史、史生、蔵部にいたる三十数名の官人を調べ上げた。その中の誰かが壺切りの剣を隠匿しているとかたく信じていたのだ。大江匡衡殿は当時、主蔵監の佑であった。また藤原季孝殿は令史の職にあった」

「保輔が襲った官人等にはなんのつながりもないように思えたが、東宮の主蔵監でつながっていたのか」

「藤原景斉殿の館に押し入ったのは、追討宣司を十三回も受けた後だった。だが壺切りの剣はそこにもなかった。館の家人に見つけられたが、難なく逃げおおせた。ついに追討宣司は十四回に達した。残されたのはただひとり、藤原顕光殿であった。顕光殿は今でこそ従二位中納言となっているが、あのときは主蔵監の正であった。忘れもせぬ、永延二年（九八八）のことだ」

「顕光殿の館にあったのだな」

　保昌が先を急かすように訊いた。

「あったのだ。顕光邸は実に警護が厳しかった。忍び入り、どうにか剣を捜し当て、吾が胸に抱いて逃亡をしたが、みつかってしまった。幸いその夜は新月、追う者は吾を見失った。朝になれば検非違使が総がかりで吾の探索捕縛に走りまわるのは目に見えていた。どこに逃げるか。父の館は今ごろ検非違使が取り囲んでいるにちがいない。そのとき、元忠伯父が三十五年ぶりに叡山をおりて北花園寺という小さな寺の寺主となったことを父から聞いていたことを思い出した」

「つまり、その寺で保輔は捕縛されたのだな。繋がれた獄舎からどのように脱獄したのだ」

「深夜、吾が押し込められていた左衛門の射場にひとりの男が忍び込んできて、吾の戒めの縄を切ってくれたのだ。その者は耳元で、射場の門の掛けがねは外れている、ここより去って二度と京内に足を踏みいれるな、もし再び戻ってきたら射殺す、とささやいて姿を消したのだ。なぜ、解き放たれたのか、男がなに者なのか、分からなかった。さりながら千載一遇の好機、吾は射場を抜け出すと朱雀大路を北に走った。羅城門跡を通り抜け、京外にでると摂津まで行き、そこに身を隠した。数日後、大盗賊袴垂保輔が処刑され、囚獄司門前に生首が晒されている、という噂が摂津にも伝わってきた。そのようなことがあるはずはない。ことの真相を確かめようと捕まるのを覚悟で摂津から密かに京に戻り、再び北花園寺を訪れた」

そこで保輔は元忠をうかがった。元忠は頷くと、

「必ず、保輔は北花園寺を訪れると思っていた。案の定、保輔は愚僧のもとに参って、寺に置いていったものを返してくれと申した」

と続けた。げんぼう和尚は預かったものは、ない、と答えると保輔は血相を変えて、どこにやったかと聞き質した。

和尚は冷泉院を訪れ、上皇に壺切りの剣と保輔の釈放を交換した経緯（いきさつ）を伝えた。聞き終わった保輔は元忠（和尚）にくってかかった。

「よけいなことをしてくれた、と心底思いましたからな」

その時のことを思い出したのか保輔は声を尖らせた。

「壺切りの剣と保輔の命、どちらをとるか愚僧に迷いはなかった」

「斉明と父から壺切りの剣を探すように仕向けられたとはいえ、追討宣司を十五回もうけ、探し続けてやっと手にした壺切りの剣。北花園寺に舞い戻ったのは壺切りの剣をもらい受け元方祖父の墓前に供えるため。そうなればなにもかも終わるはずだった。ふたたび獄門さらし首になることは覚悟のうえだった。心は穏やかだった」

「たかが、一振りの剣だ。人の命より重い剣などこの世にない」

「それでは斉明の死が無駄になります。また吾も心染まずとも探し続けた壺切りの剣。その剣を祖父元方が最も憎み怨嗟した冷泉上皇に渡し、吾の命とひきかえにした。元忠伯父は父や斉明そして吾の労苦を双六の賽の目のように振り出しに戻してしまわれたのですぞ」

「振り出しに戻したのではない。斉明が剣のために死に、保輔が獄門を覚悟して手にいれた壺切りの剣。そのように死臭にまみれた壺切りの剣を元方の墓前に供えたとてなんになるのだ。父元方が呪った冷泉上皇をはじめその皇子である花山法皇もさらに居貞皇太子も元方の怨霊におびえながらも健在だ。人はすべてやがては死す。獄門で死ぬ者もいる。呪い殺される者もいる。恨んで死んでいく者もいる。病で死ぬ者もいる。飢えて死ぬ者もいる。そして天寿を全うして死んでいく者もいる。そうであってもすべてみな死んでいくのだ。死んでいくのが分かっていても人は生きていかねばならぬ。生きているからこそおまえは无骨と名を変え、河原に住する者達と共に暮らし、御霊会を催して万民の疫病退散を祈り、そして一万八千もの河原の住人を束ねる闇丸の片腕と称されているのだ。もし、壺切りの剣と保輔の命をひきかえなかったら、今の无骨は居らぬ。おまえは振り出しに戻ったのではない壺切りの剣とひきかえに生まれかわったのだ」

「生まれかわっただと？　父や斉明への恨みつらみをずるずるとひきずりながら、あっちによろよろ、こっちにふらふらしながらその日その日を送っているだけ。伯父上が南家藤原と断絶して三十余年も叡山に籠もっていながら、なお、己の僧名を元方と名乗るのも、また父致忠が斉明を失いながらもなお壺切りの剣を探し続けたのも、みな人は生まれ変われぬからだ」

「父は壺切りの剣とひきかえにおぬしが放免されたのを知っていたのか」

ふたりのやり取りを断ち切るように保昌が訊いた。

「吾の生存を父に報せたことはない」

「伯父上の口からも保輔存命は伝えてなかったのですか。だとしたら父は保輔の獄門を信じたまま佐渡に流されたことになる」

「実は保輔が生きていると教えてしまったのだ」

「それはいつのことでしょうか」

保輔が意外だという顔をした。

「愚僧が北花園寺を離れ、仁和寺の僧都になることが決まったのは今から三年前」

そのことをげんぼう和尚は致忠に文で報せた。

報せてから数日経ったある夜、致忠がひそかに北花園寺を訪ねてきた。

会うのは父元方の墓前で別れて以来、実に四十数年ぶりだった。

「その夜、愚僧は兄とふたり、庫裏で酒を酌み交わした。兄は酔うほどに斉明と保輔を獄死に追い込んだのは己だと、悔やみはじめた」

老いた致忠はぽろぽろと涙をこぼしながら、どうか息子達に供養の経をあげてくれと頼んだ。

「愚僧はそのように憔悴しきった兄の姿に心を動かされた。そこで少しでも兄の心を癒してやりたい気持ちもあって、兄に保輔が生きていることを告げたのだ」

聞いた致忠は信じようとしなかった。げんぼう和尚は順を追って壺切りの剣と保輔の命を引き替えにした話をした。

「聞き終わった兄の顔は喜んでも悲しんでもいないようにみえた。別れしなに兄は再び愚僧と会うことはあるまい、と申した。それから一年後、兄は京職の右京大夫に栄転した。斉明、保輔への思いは年を経て兄の胸の中で少しずつ和らいでいったのかと思っていたがそうではなかったらしい。今年になって、兄が橘惟頼殿を殺害したとの報が愚僧の耳に入ってきた」

元忠、いや、げんぼう僧都は坐した脚を組み直し、寒さで冷えた両手を口に持っていくと何度も息を吹きかけた。

「父は伯父上の話を聞いて、壺切りの剣が東宮の主蔵に戻されたことを知ったのですな。それで何もかも腑に落ちた」

保輔は哀しげな顔をして小さく何度も頷いた。

「何が腑に落ちたのだ」

保昌は無遠慮に訊く。

「父が壺切りの剣を東宮の主蔵から盗み出したのは、父の吾に対するせめてもの罪滅ぼしであったのかもしれぬ。そのことが今はっきりと腑に落ちたのだ」

「罪滅ぼし、なるほどの。息子の命を犠牲にして追い求めた壺切りの剣を父元方の墓前に供えることもできず、いたずらに年を重ねてやっとたどり着いた右京大夫の地位。悶々としながらもその地位に甘んじていたのであろう。それが保輔は獄死を免(まぬ)れ、河原に住していることを愚僧の浅慮な慰めから知ってしまったのだ。保輔が己の日々の所行を河原からじっと見ていると思うと居ても立ってもおられなくなったのであろう。名を変え、ひと目を忍んで河原に住する保輔。それに比して己は右京大夫として安穏と日々を送っている。許しを乞うには自らが壺切りの剣を探しだし、それを保輔と共に元方の墓前に供えるしかないと思い至ったにちがいない」

げんぼう僧都はそこで言葉を切って両手に息を吹きかけ、温かくなったその手を頬にあてて柔らかくなでた。

「墓前に供えたとて、それで罪滅ぼしにはならぬ」

保昌がさめた口調で切りすてた。僧都は保昌の言葉を無視するようにさらに先を続ける。

「首尾よく東宮の主蔵から壺切りの剣を盗み出してはみたものの、寄る年波、検非違使の探索を逃れられぬと悟ったのであろう。捕らえられて壺切りの剣を再び取り戻されるよりは、見も知らぬ男に託して保輔の手に渡ることを願ったのだ。兄にとっては大きな賭であったろう。託した男が壺切りの剣の豪華さに魅せられて売りさばくとも限らぬからの」

「そのようなことがあったとも知らずに吾は父が佐渡に流される日、父に己が生きていることを伝えようと囚獄司の門前で父の一行を待っていた」

保輔は門前に現われた一行に走り寄り、致忠様にその昔、世話になった者、どうか最後の別れの言葉を交わしたい、と護送する囚獄司官人に懇請した。官人が断ると足下にうずくまり、官人の袖口に銭をねじ込み、辺りかまわず号泣し始めた。

「嘘泣きというものを生まれて初めてした。思いのほかに涙とはたやすくでるものだ」

袖に感じる重さを知ってかあるいは无骨の号泣に閉口したのか、官人は无骨に最後の別れを許してくれた。

「吾を見た父は驚きもせず、一言、すまぬ、と申して頭を下げ、探しものは防鴨河使の蜂岡なる者に託した、その者からの連絡を待てと、ささやいたとき、囚獄司官人が立ち去るよう命じた。おそらくあれが父との最後の別れであろう。父があの時、吾の顔を見て驚かなかったのは、元忠伯父から吾の存命を訊かされていたからだったのか」

保輔は深く頷いた。

「これがその防鴨河使の男に託した壺切りの剣だ」

保輔は傍(かたえ)に置いた菰包みを手に取るとふたりの前に置き直した。

「父がこの壺切りの剣を吾に託したのは、元方祖父の墓前に供えてくれ、ということだと思われる」

「いまさら供えたとてなんになる」

保昌は苦々しげに口にした。

「父は壺切りの剣を墓前に供えることだけに一生を送ったようなものだ。それを無碍にはできぬぞ」

「まだ目が覚めぬのか。壺切りの剣があるがために父は佐渡へ流され、斉明は獄門、保輔、おまえも无骨と名を変えて河原に住まなければならなくなった。伯父上もまた叡山にのぼることを強いられた。巷では元方の怨霊が冷泉父子に祟っていると噂しているが、祖父元方は自らの南家藤原に祟っているとしか思えぬ。元方の墓前に壺切りの剣を供えるは無用」

保昌はおぞましいものを見るような目で太刀をにらんだ。

「伯父上の考えを教えてくだされ」

保輔は保昌の言を無視して元忠に顔を向けた。

「皇位を重んずる方々にとってこの太刀はかけがいのないもの。それと無縁な者にとっては難儀なものでしかない。ここに居る愚僧等はこの太刀を難儀と思う側の者達だ。致忠が死を賭して保輔に託したものだ。おぬしのすきにするがよい」

「壺切りの剣は、そもそもあるべきところにある、のが好ましいのだ。それが政（まつりごと）を穏やかにおこなう根本だ」

保昌は保輔に太刀の裁量を任せたくない口ぶりだ。

「なにやら兄者からしたり顔で政の根本などと聞かされると、左大臣道長様やそれをとりまく公任様などの顔が兄者の肩の後ろからちらちらと見え隠れして不快になってくる」

「わたくしには斉明、保輔や父が凋落を早めさせた南家藤原の再興が両の肩にかかっているからな」

保昌の声はさめた響きを持っていた。

「南家藤原の再興とは道長に牛馬を贈って北家藤原にとり入り、その風下に立つことなのか」

保輔が声を荒らげた。

「墓前に壺切りの剣を供えたとて南家の再興はならぬ。道長様で思い出した。道長様は近々、賀茂河原清掃令を再び発せられる。去年は検非違使百名で河原に住まう一万八千人を追い出そうとして手痛い屈辱を味わったが、このたびは検非違使庁ばかりでなく、京職をはじめ防鴨河使、さらには衛門府の者達まで動かして八百人ほどで賀茂河原清掃に乗り出す。弓隊も百五十人に増やすそうだ。この話はまだ極秘のこと。もれれば闇丸や无骨、いやおぬしが迎え撃つ策を練るであろうからな」

「それを吾に話して聞かせる魂胆はどこにあるのだ」

「魂胆はない。あるとすれば命永らえた保輔を死なせたくないからかもしれぬ」

「八百の官人等で一万八千の河原に住まう吾等を追い出せるわけがない」

「道長様はこの度の清掃令は戦（いくさ）だと申している。戦には死者がつきものだ。多くの死者がでるのは目に見えている」

「河原から出ていくのは死することと同じ。死を覚悟して戦う吾等の恐ろしさを道長様は味わうことになる。兄者は道長の走狗。清掃令の一団に加わらぬのか」

「走狗とは無礼。だが今さら无骨となった弟に何を申しても詮ないが、実は清掃令の指揮を執らせて頂きたいと申し上げたが、検非違使別当に執らせる、と申された」

「兄者では力不足と道長が思ったのであろう」

「今となっては、道長様がわたくしの願いを聞きいれてくださらなくてよかった、と思っている」

「もし兄者が指揮を執れば、真っ先に吾が突き殺すものを。惜しいことをした」

「戯（ざ）れ言（ごと）はもうよい。清掃令が発せられれば壺切りの剣どころではなくなるぞ。そうならぬ前にそのすべて伝えたつもりだ。再びこの三人が一堂に会することもあるまい」

「どうやらおぬし等の思いはひとつにならぬようだ。だがそれも詮ないこと。愚僧の伝えたいことは

げんぼう僧都は座を立つと八角円堂の扉を開きふたりを外に誘うと堂内を点していた灯明を吹き消した。

剣を活かす道を考えるのだな」

第九章　堤竣工

（一）

三条大路と粟田口を結ぶのが三条橋である。東山道と東海道の出発地である粟田口は三条大路を東に進み、賀茂川を渡った対岸の地にある。

その三条橋は先年の野分で流失してしまった。

橋が流された所と思しき川中に防鴨河使の下部達が褌一つで石を積み上げていた。

それを熊三等が物珍しげに岸辺から眺めている。

川中で指揮を執っているのは蓼平と宗佑だ。さすがに彼等は上衣を纏（まと）っていたが、それでも下半身は河水に腰まで浸かっていた。

「野分が去ったすぐあとに三条橋の架け直しをやってくれれば対岸に行くにも遠回りせずにすんだも

のを」

熊三は亮斉に嫌みを言いながらもほっとしているようである。

「修復は民部省の管轄。防鴨河使は橋に手をつけてはならぬことになっている」

「おお、いつもの官人の言い逃れですな。省庁に何かをお願いにあがると、吾等の職務ではない、ほかの省庁に願いでよ、といつも門前で追い返される」

熊三はからかいの口調だ。

「民部省の機嫌をそこねてみろ、徒し堤の本復旧は来年どころか再来年に延期されるぞ」

亮斉は口に人差し指を当ててわざとらしく熊三をいさめる仕草をする。

「では蓼平殿達が川中で石を積んでいるのは民部省の機嫌を損ねるぞ」

「いや、あれは橋の修復ではない。橋を支える橋台を直しているのだ。河原に存する石は砂粒一つに至るまですべて吾等防鴨河使が管理することになっている」

賀茂川の対岸を一つで結ぶ長い橋は一条から九条までのどこにもない。

そのような長い橋を造ったとしても、賀茂川が増水すれば流失してしまうからでもあるが、このころは氾濫に耐えられるだけの土木技術はまだなかった。

そこで短い橋を幾つもつなげて対岸へ渡ることになる。川中に川原石を積み、それを橋台とした。

橋台と橋台の間隔は二間（三・六メートル）ほど、そこに竹や木材を架け敷いて橋とした。橋台は水深の浅い所を選んで作っていく。従って橋台の並びは不規則で蛇行となる。

橋台と橋は固定されていないので、賀茂川が増水すると橋は跡形もなく流されてしまう。

そこで民部省では防鴨河使下部達に命じて、竹や木材で作った橋版を野分が来る前に撤去、回収させた。水が引けば、再び撤去回収した橋版を架けた。それは毎年の恒例の作業といってもよかった。

昨年は十年に一度といわれた強大な野分のために橋台の幾つかが流失してしまった。橋台の修復が放置されたため、橋は架けられず、粟田口へは五条橋を利用するしかなかった。

「どうも分からぬ。橋は民部省。ならば橋台も民部省ではないのか」

熊三は首をひねる。

「いや、民部省が管理しているのは橋桁と橋版、すなわち橋だけだ」

「橋台も橋であろう」

「橋ではない。橋台は橋台だ」

「何を言っているのかさっぱり分からん。亮斉殿、どうして官人は易しいことをむずかしく言い換えるんだ。吾等は橋といえば橋台もひっくるめたものだと思っている」

「そうではない。橋というのは」

「もうよい、聞きたくもない。いつもそうだ。省庁の官人達は一つで済むことを細かく分け、あっちこっちの省庁で持ち合い、吾等京人を煙にまいて、挙げ句の果てに何も吾等の願いを受けいれてくれぬ」

「熊三、そう申すな。律（りつ）というものがあってな、それでみんな決められているのだ。河原の石は防鴨河使の許可なくして、ひとつたりとも動かしてはならぬ、と吾等が熊三等に申すのも、賀茂の堤に穴を穿ち、賀茂の水を畠に引きいれてはならぬのも、みんなその律で決められているのだ」

「すなわちその律は吾等京人を苦しめるために作られたのであろう」

亮斉は思わず相づちを打ちたくなったのをかろうじてこらえて渋い顔をしてみせた。

「橋台の修復も今日で終わる。明日、橋を架ければ向こう岸まで五条橋を回らずとも行ける。熊三、明日から忙しくなるぞ。百組、二百人が待ちかねている」

「できているとも。持ち籠の用意はできているか」

熊三は頷いて畠で働いている人々の方へ足早に去っていった。

「熊三にはいつも痛いところを突かれるな」

黙って耳を傾けていた清経が苦笑いする。

「熊三の申すこといちいちもっともです。思わず頭を上下に振るところでした。だが振ってしまえば、なにごとも収まりがつかなくなりますからな」

亮斉は目をほそめて川中で橋台の修復に励む下部達に見入っている。その表情は穏やかだった。

「亮斉、雨は降らぬだろうな」

「例年、冬は晴れる日が多いものですが、この冬は特に雨は少ないと思われます」

「雨の占いにかけては陰陽師の上をゆくと言われている亮斉。その亮斉が申すのなら、明日から徒し堤を壊しはじめても支障なさそうだな」

「かまいませぬとも。明日も明後日もさらにその先も、この指にかけて雨は一滴も降りませぬぞ」

亮斉は左手薬指を天に向けて立てた。

「お婆達に粟田郷の粘土をみせたのであろう。なんと申していた」

「土器作りには少し粘りけが足りないようですが水を通さぬことは岩倉の粘土と変わらない、と申しておりました」

「お婆達の姿が見えぬがどこにいるのだ」

「粟田郷の小川、粘土がむき出しになった斜面にでかけております」

「すっかりお婆達と仲良くなったたな。妻女が角をだすぞ」

「そのようなことにいちいち角をだしておりましたら、いまごろ連れ合いには何十本もの角がはえていることになりますぞ」

亮斉は口を大きく開けて同胞楽しそうに笑った。笑うと顔中に深い皺が何本も走る。開けた口に前歯はほとんどなかった。

年寄ると童にかえる、と広隆寺にいるとき勧運が、愚痴っぽく呟いていたのを清経は思い返した。その思いを亮斉の笑顔に重ねたが、どう見ても童にもどった顔には思えなかった。

「ところで、またなにやら河原は騒がしくなりそうですな。どうやら賀茂河原清掃令を発するのは本決まりらしいですな。このたびは千人を超える官人を集めて七条河原に出向くのではないかと、巷ではもっぱらの噂」

「河原に住まう者は二万にちかいのだ。闇丸殿がいるかぎり、千や二千の武人では河原から立ち退かせることは叶うまい」

「无骨法師もおりますからな」

「无骨とはいったい何者なのだ」

「闇丸殿の右腕といわれる者。それ以外のことは何一つ知りませぬ。それ以上何を知ることがありましょう。賀茂河原清掃令が再び執行されれば、闇丸殿が河原に住まう者達をどう動かすか。これは大変なことになりそうですな」

「そうなれば、また吾等防鴨河使もかりだされるぞ。河原に住まう者達と向き合うのは気がすすまぬ」

「巷ではこれは戦だ、と噂していいます」

「戦となればこの賀茂河原が戦場」

「戦場とするためにこの亮斉は五十年もの間、河原のお守りをしてきたのではありませんぞ。とめる手だてはないものでしょうか」

「とめられるお方がいるとすれば、公任様かもしれぬ」

「公任様は道長様と同じ歳。宮中で道長様が耳を傾けるのは唯一、公任様、と言われておりますからな。そうは申してもわたくし達は公任様にそのようなことをお頼みできる身分ではありませぬからな」

亮斉はやり切れぬ、といった顔を川中に向けた。そこには最後の橋台の構築に取り組んでいる褌姿の下部達が冬の日を浴びて輝いて見えた。

翌日、修復なった三条橋をふたり一組になって持ち籠を担いだ男達が列をなして渡っていた。粟田口に向かう者達は空の持ち籠、粟田口から徒し堤に向かう持ち籠には白色に近い土塊が積まれている。土塊を持ち籠に積んだ男達が三条橋を渡ると橋はぎしぎしと音をたててしなう。

土塊は徒し堤の裾に仮置きする。仮置きの誘導は宗佑と数名の下部だ。

徒し堤では百五十人ほどが亮斉、蓼平の指図にしたがって土嚢を撤去している。土嚢の数はおよそ五千四百袋。一袋の重さが十貫ほど、とてもひとりの手で持ち運べる重さではない。ふたり一組になって、かけ声を合わせ、亮斉が指示する仮置き場所へと移しかえていた。

河原には絶えず寒風が吹きつのっているのだが、徒し堤の一郭だけは男達の汗とかけ声で夏のような熱気が渦巻いていた。その中をお婆達が土塊を運び込む男達に大声をあげて指示をだしている。

「もっと、力をいれて、練り込みなされ。粘土の堅さは耳たぶほど。それでは水気が足りませぬ」

お婆達は容赦がない。男達は文句を言いながらも、手はお婆達の指示に忠実に従っている。

練りあがった粘土を下部達が土嚢を撤去した基底部に突き固めるようにして置いてゆく。ここでもお婆が粘土を置く際に空洞ができぬように、厳しく目を光らせている。

粘土の壁が少しずつ姿を現わす。それは館を囲う白壁のように頼りないものだった。

「これで野分の出水に押し流されないのか。それより、吾等の背丈の倍ほどしかない堤高で大丈夫なのか」

熊三等はあまりにみすぼらしい粘土の壁に不安の色をかくせない。

「粘土壁だけで出水に耐えられぬことくらい熊三に言われなくとも分かっている。苦言は作り終えたあとに申せ」

「そうしたいのだが言わずにはいられぬ。これは堤でなく泥壁だ。その壁の両面に土嚢を張り付けるように積み上げていくのであろう。まるで骨と皮ばかりにやせ衰えた男に鎧を着せるようなものだ。ちょいと強く押せばたちまち倒れてしまいそうだ」

「熊三にしてはうまいことを言う」

思わず亮斉はにが笑いした。

「たしかにちょいと強い力が加われれば倒れるかもしれぬ。そうかもしれぬが今年の野分さえやり過ごせればよいのだ。先のことはくよくよするな。熊三、手が遊んでいるぞ、手を動かせ」

熊三の心配は亮斉の心配でもあった。頭で描いていた粘土を心材にした壁と実際に築造した粘土壁との違いはあまりに大きかった。

三尺ほど（約一メートル）の壁厚しかない粘土壁は賀茂川の出水にとても耐えられそうにはみえなかった。壁厚をもう少し増せばよいのだが、それには粟田郷から運び込む粘土塊を増やさねばならない。これ以上熊三等の人手を煩わすわけにはいかなかった。亮斉は十年に一度と言われた昨年のような野分が来ないことを祈るしかなかった。

「蜂岡殿は居られますかな」

亮斉のもとに見知らぬ老人が近寄ってきた。

清潔で汚れのない装束をまとっており、熊三等の仲間でないことは明らかだった。

「さきほどまでいましたが」

亮斉は辺りを見回した。

「あそこにおりますぞ」

持ち籠を担ぐ人々のあいだを忙しげに動き回っている清経に亮斉は大声をかけた。

「お手数をおかけしますな。年寄ると目がとんと悪くなりましてな、近くのものも遠くのものも、なんとなく白みがかってうまく見えませんのです」

老人は目を細めて亮斉に頭を下げた。

「わたくしとておなじこと。長生きするとはまあそうゆうことを背負い込むことなんでしょうな」

亮斉は近ごろ高齢者に会うと無性に悲しくなる。己の姿を見ているようだからだ。平素は蓼平や宗佑など年下の者と接しているためか歳を感じないのだが、ときおり同年輩の老人と対峙すると腰は曲がり、歯が抜け落ち、口周りの深い皺、さらに皺の中に顔があるようなその姿に思わず顔をそむけたくなって、己も同じように年老いていることにはっとする。だがこの老人にはそのような老醜はなかった。

「亮斉、なにかあったのか」

屈託のないいつもの清経の声に亮斉は、

「このお方が清経殿をおさがしです」

と答えてその場を離れた。老人は清経をみとめると深々と腰を折った。

「はて、どこぞでおみかけしましたかな」

清経には老人と会った記憶がない。

「過日、綏子(やすこ)様のお供で蜂岡様のお館に伺った者にございます」

「おお、あのときの」

清経は老人をあらためて見た。あの時の妙に萎縮してまるで地に這うようにして控えていた時とは別人のように威厳があった。

「これは綏子様よりのお文にございます。綏子様とは静琳庵でその後、お会いになられたとうかがっております」

老人は懐から封書を取り出して清経に渡した。

「お会いした」

「では綏子様の御事情も」

「吾のような官位の低い者にはなんとも申し上げようのないこと。あの御方は御子を引き取られましたのか」

清経は封書を懐にしまいながら尋ねた。

「はい、御子は綏子様のもとでお育てしております」

「左大臣道長様の館でお育てしているのですな」

悲田院の子供部屋で三十人ほどの赤子とともに育てられていた境遇から、平安京一の豪邸といわれている土御門邸に引き取られた赤子は、さぞ戸惑っているだろうと清経は案じた。

「土御門邸を綏子様はお出になり、綏子様の伯父にあたられる藤原景斉様のお館に御子ともどもお住まいになっておられます」

左大臣の道長でさえ異腹の妹である綏子を庇いきれなくなったのであろう。皇太子妃が皇太子以外の御子出産を秘せても、御子を育てるとなれば御子は日毎に大きく育っていく。広い土御門邸であっても世間にもれずにいつまでも秘しておくわけにはいかないはずだ。もっとも、景斉の館に移ったとて、秘せるとは清経には思えなかった。

「あの御方はお健やかであられますのか」

　土御門邸をでたとなれば心労も多いだろうと清経は思いやる。

「探し続けておりました御子が無事、お戻りになり、御安堵なされたのか、近ごろ床に臥すことが多くなりました」

　老人は大きくため息をついた。

「わたくしは綏子様に良かれと思い、御子を祠に捨てたのです。今でも綏子様のゆく末を思えばわたくしが御子を捨てたのは間違っていなかったと思っております」

「御子を捨てても捨てなくともあの御方は東宮様のもとにはお戻りなさらないのではありませぬか」

「東宮のもとに戻られないからとて、東宮妃にかわりはございませぬ。綏子様はこの先どのように生きていかれますのか。小さいときから綏子様のお側に仕えて参りましたわたくしには、そればかりが気がかり。あの御方は皇后におなりになることも、また帝となられる御子をご出産なされることも叶ったお方です。お産みになられた御子が帝になれば綏子様は国母。東宮様がもう少し綏子様にお心を寄せてくださっていれば、綏子様も東宮にお留まりなされたものを」

　従六位下の清経には皇太子居貞親王家の複雑な事情など知る由もないし、知ろうとも思わなかった。ただ、綏子の妖艶で臈長けた容姿は清経の心に忘れがたいものとして残っていた。

「あの御方を誹ることは誰にでもできましょう。あの御方を陰になって支えられるのはあなた様しかおりませぬ。どうかあの御方のお心を安んじるようお努めくだされ」

　それが清経に言える精一杯の綏子への思いやりであった。

源頼定と綏子の恋は綏子が皇太子の妃である限り、成就はしない。居貞親王が離縁しなければ頼定と綏子の仲は破綻するだろう、と清経は思っている。

破綻した後の綏子がどのように生きていくのか、そう思ったとき、和泉式部のことが思い浮かんだ。和泉式部と綏子、ふたりとも身動きのとれぬ愛の狭間に身を置きながら、その生き方はまったく違うように清経には思えてならなかった。

頼定と別れた後に綏子は和泉式部と同じように仏門に入ることを望むのであろうか。あるいは頼定との間に産まれた御子に一縷の望みを託してひっそりと生きていくのか、どちらを選んだとしても綏子の幸は危ういといえる。

「文は館に戻ってから読ませて頂きます。あの御方に、文は確かに受け取りましたと申し上げてくだされ」

清経は懐にしまった文を確かめるように胸に手をあてた。

（二）

四条邸は四条大路と西洞院大路が交わる一郭にある。

かつて円融朝、花山朝の関白をつとめた藤原公任の父頼忠が住居した豪奢な館である。頼忠の死後は公任が受け継ぎ居住している。

円融帝が崩御すると皇后の遵子（じゅんし）は剃髪して弟の公任のもと、四条邸に身を寄せた。四条邸に住まう遵子を京人は四条宮（よんじょうのみや）と呼んでいる。

四条邸門前に清経は立っていた。

門を見ただけで足がすくみそうになる。門衛に身分をあかし、公任に接見を願いでると、意外にも門衛はあやしみもせずに、引き継いでくれた。待っているあいだ、清経は无骨が忠告したように尾行する者がいないかと大路の隅々に目を走らせた。長い白壁の続く大路にはそれらしき者は見あたらなかった。

しばらく待っていると門衛と共に年老いた家人（けにん）が現われ、清経を邸内の東の対の屋に誘（いざな）った。

「ここでお待ちくだされ」

老家人は丁寧に頭を下げると部屋を出ていった。

清経は何となく落ち着かない。ともかく見るものがみな豪奢なのだ。己の姿を映せるほどに磨き込まれた床に座して待っていると、いやがうえにも七条坊門小路の自邸がみすぼらしく、手入れを怠っていることがあからさまに分かって、清経は内心忸怩たる思いにかられた。所詮、四条邸と吾が館をくらべることが滑稽であると気づいて思わず失笑した。

「なにか、をかしきことでもありましたのか」

公任が気づかぬうちに部屋の戸口に立っていた。清経はそのままで平伏した。

「そろそろ、参るのではないかと思っていました」

清経の正面に座すと公任は親しげに話しかけた。

「ご依頼の件でございますが、おそれながら、わたくしからはなにも申し上げることはありませぬ」

清経ははじめて己を『吾』でなく『わたくし』と言ってしまったことに内心で舌打ちした。高位の者に思い切り媚びているような気がしたからだ。

「ない、と申すのは、なにも探れなかった、ということですか。それとも闇丸、无骨の素性は判明したが、この公任には話せない、ということですか」

まるで朋友に話しかける口振りだ。

「闇丸殿は河原に住まう者一万八千余人を束ねる男。无骨殿は闇丸殿を支える男、猿楽舞いの名手。ひとたび御霊会を催せば河原に住まう者をはじめ京中の老若男女、数万を惹きつける力を持つ者。それらはすでに公任様のお耳にとっくに届いていることばかり。それよりほかの新しいことをわたくしは何一つ調べられませんでした」

「无骨とは新月の夜に会っているのではありませんか」

「なぜ、それをご存じなのですか」

「蜂岡殿に探索をお願いしたからと申して、なにも手を打たず、蜂岡殿の報を待っているのでは心もとないですからね」

「なるほど、得体の知れぬ尾行者は公任様の家人でしたか」

不快になるのをこらえながら清経は尾行者が判明して安堵した。

「いえ、そのように礼を失するようなことは致しません。蜂岡殿の尾行者をわたくしの手の者ものが監視した、というわけです」

「なんとも怪奇なこと。で、尾行者の正体は分かったのでしょうか」

「分かりましたが、その前に一つ尋ねたいことがあります。先日、蜂岡殿は静琳庵でひとりの女性（にょしょう）にお会いしましたね」

「なにもかもご存じのようでございますな」

「その女性がどのようなお方かご存じですね」

「東宮居貞親王様のお妃、と承知しております」

「ではその御方の巷での噂も聞いておりますね」

「聞いております」

「防鴨河使主典である蜂岡殿がなぜ東宮の妃と会ったのですか」

「それと尾行者とかかわりがあるのでしょうか」

「あります。蜂岡殿を尾行している者は居貞親王様を警固する帯刀（たちはき）の者達。それもひとりやふたりではありません。帯刀舎人の総力を挙げて蜂岡殿を尾行しているようです」

「東宮付きの帯刀がわたくしに目を光らせるのは綏子様のことが因でしょうか」

「それだけではないようです。綏子様の素行に居貞親王様はどこかで見て見ぬ振りをしながらお許ししているように見受けられます。こう申してはきつくなりますが、官位の低い防鴨河使主典の官人に目を光らせるにはもっと強いそれなりのわけがあるはずです。蜂岡殿に心当たるものはありませんか」

清経は壺切りの剣と捨て子の二つが同時に頭に浮かんだ。更に新月の夜、无骨を訪れた際に襲ってきた覆面の一団との格闘が鮮明に思い出された。だがそのどれも公任に告げる気はなかった。

「心当たるものはありませぬ」

ややたって、清経は顔をうつむけたまま呟くように力無い声で答えた。

「その言い方から察すれば心当たるものがあるのですね」

公任はまるで己の息子を叱るようなやさしい顔をした。清経はその面差しを誰かに似ている、どこかで見た、と一瞬頭を過ったが、思い出せなかった。

「蜂岡殿は過日、橘惟頼殿を殺害し逃亡した藤原致忠殿を追尾していた者に尋問されましたな」

「検非違使に呼びとめられ、盗賊の逃亡を幇助する仲間ではないかと疑われました。しかしなぜそのようなことまでご存知なのですか」

「わたくしはかつて検非違使の別当に就いていたのですよ。そのくらいの報を得るのは容易いことです」

「尋問されましたが、そのさい身分と名を告げました。それでわたくしが尾行されるとは考えられませぬ」

「蜂岡殿をひきとめ尋問したのは二名でしたね。ひとりは検非違使庁の尉でしたがあとの者は検非違使庁の者ではありませぬ」

「ではもうひとりは誰でしたのか」

「東宮の帯刀舎人です。致忠殿は東宮の主蔵に押し入り、逃走したのです。主蔵に賊が入ることなど前代未聞、恥ずべきことです。さらに主蔵を守る者がその賊に殺害されたとなれば恥に恥をかさねたようなもの。居貞親王様は致忠殿の捕縛に助力するよう検非違使別当に申しいれ、双方共々力を一にして致忠殿の追尾にあたったのです」

「致忠様は二日後、検非違使の手によって捕縛されました。ならば帯刀がわたくしを尾行する謂われはそれで消えたのではないのでしょうか」

「そこです。致忠殿捕縛、そして即決での佐渡への流刑。ことはこれで決着したはずです。帯刀が蜂岡殿を尾行する謂われもないはずです。ところが蜂岡殿は今もって帯刀舎人に尾行されている。そこが腑に落ちないのです」

壺切りの剣、それしか尾行される謂われはない、と清経は思った。公任が腑に落ちないと考えているのは壺切りの剣が東宮の主蔵から致忠によって持ち去られたことを知らないのだ。その事実を公任に告げるべきか否か、清経は迷った。

「このわたくしも腑に落ちませせぬ」

清経はきっぱりと言い切った。

「そうですか、蜂岡殿は知っていると思ったのですが。いづれ判明致したら教えてくだされ」

公任は清経の胸の内をすっかり見通しているような口ぶりだった。

「その時は言上にあがります」

公任に顔を見られないようにうつむいたまま答え、その場を去ろうとしたが、清経は思い直して、公任の顔をうかがった。

「ほかになにか申すことがありそうですね」

公任は怪訝な面持ちで清経に首をかしげた。

「賀茂河原清掃令のことについてでございます」

清経は遠慮がちにおそるおそる言った。

「そのことならすでに検非違使別当より防鴨河使長官に執行の際は検非違使の指揮下に入れとの命が下ったはずです」

「受けております」

「ならばそのように動いてくだされ」

「はあ」

歯切れの悪い清経に公任は何かを察したようだった。

「河原に住まう者をもっともよく知る防鴨河使主典として、この度の清掃令の執行をどう思われますか」

公任は清経の気持ちを読むように訊ねた。

「左大臣様がお決めになったこと、と巷では噂されております。だれも左大臣様のご意向に逆らうことはないと思われます」

「蜂岡殿もそう思われているのですか」

「五十名に満たぬ防鴨河使庁、そこの主典がなにを申しても詮なきことと承知しております」

「なるほど、では訊き方をかえましょう。蜂岡殿は八百の官人で河原に住まう者一万八千人を征することが叶うと思われますか」

「追い出すことは叶いましょう。しかし双方に死者が出ると思われます。巷ではこれは戦だと噂しております」

「巷の噂はどうも違っているようですね。清掃令の意図するところは、河原から彼等を追い出すことではありません」

「ではなぜ大勢の官人に弓矢を持たせて河原に乗り込もうとしているのでしょうか」

「政を河原に住まう者にもゆき渡らせるためです」

「まつりごと？」

「かの地は無法地帯。帝の御威光もわたくし達の決めた律もまったく届きません。平安の京にそのような特異な地があってよいわけがありません。この度の清掃令の執行は河原に住まう者に帝のご意志と律を京人と同じように守ってもらうためのものです」

「ならば、彼等を河原に押し込め京人と一線を画するような政を変えることもお考えになるのでしょうか」

「それは河原に住まう者がどのように応ずるかにかかっています。闇丸や无骨に率いられた彼等は京人のように従順で穏やかな者達ではありませんからね。わたくしが无骨の素性を探ってくれと蜂岡殿に依頼したのは无骨とて人の子、河原に住するようになった謂われが分かれば、闇丸から引き離し、説得することも叶うかもしれない、と思ったからです」

「无骨殿を闇丸殿から離反させたとしても、河原に住まう者の結束はかたいでしょう。闇丸殿は河原に住まう者にとってなにものにもかえ難い方です」

「だから困るのです。なにものにもかえ難い御方は帝、ただひとりでなくてはなりません」

なるほど、と清経は心中で呟いた。

「わたくしが今日四条邸に伺ったのは无骨殿の報告もありましたが、実は無謀とも思える賀茂河原清掃令の執行を待って頂くよう公任様から道長様に言上して頂くためもあったのですが、それが無理であることが分かりました」

清経は低頭すると座をたって部屋を後にした。公任は去ってゆく清経の背から視線をはずさなかった。

（三）

徒し堤の撤去跡に粘土の壁が新しく築造されていた。

「これで作り終えた、などと申してひきあげるのではないだろうな」

なんともみすぼらしくみえる粘土の壁に熊三は浮かない顔だ。

「これは、まだ途中。案ずるな」

亮斉は返事もそそこに土を蒲簀に詰め込んでいる者達の手元から目を離さない。

「蒲簀に詰めた土はよく踏み固めて隙間のないようにせよ。蒲簀の口を封ずるときは土を一握りもこぼすな。ただ土をいれるのではない、積み上げやすいように底部と上部を平らたくして形を整えよ。そうして仕上げたのを土嚢と呼ぶのだ。そのように闇雲に土を詰め込んだものは土嚢と呼ばぬ。それはただの蒲簀袋。心して土を詰めてくれ」

亮斉は手を振り、口をとがらせて指示をだす。

「亮斉、やっと土嚢を積み上げるところまできたな。ここで手を抜かず、急がねばならぬぞ。十日後にいよいよ賀茂河原清掃令が発せられることになった。それまでにすべてを終わらせねばならぬ」

熊三の心配をよそに、明るい声をかけたのは清経だった。

「五、六日あれば仕上がりますぞ」

亮斉は前歯の欠けた口を大きく開けて笑った。


翌日、蓼平の指揮のもと下部達は粘土の壁の表面を土嚢で隙間なく一袋、ひと袋慎重に積む作業に没頭した。こればかりは熊三等の手を借りるわけにはいかなかった。

土嚢積みは熟達した技がないと直ぐ崩れる。

五日後、粘土壁の全てが土嚢で覆われた。その姿はまさに貧弱な体格の男に鎧を着せたような頼りない姿だった。

堤防は基底部を広く、上部に向かうに従い狭まっていくのだが、土嚢で覆われた粘土の壁は上部も下部も同じ、しかも厚みは四尺に満たないのだ。これでは野分の洪水に耐えらず、たちまち転倒するのではないかと、熊三ならずとも助力した者達はみな心配する。

そんな熊三等の気持ちを察した亮斉は、

「必ず熊三等が得心する堤に仕上げてみせる。ともかくここで動けるのはあと三日。明日からの三日間が熊三等の最後の働きだ。集められるだけの人を集めてくれ」

と自信ありげに熊三に頷いてみせた。

「あと三日力添えをすればよいのだな。期限を切らずとも、吾等は五日でも六日でも助力を惜しまぬぞ」

「そうも言っておられぬのだ。五日後に河原清掃令がまたでるのだ。そうなるとここにも検非違使の者達が押し寄せることになる」

「やはり、清掃令の噂は本当であったか」

「こんどは腰を据えてやるらしいぞ」

「噂では千にちかい官人が河原に住まう者達を追い立てるとか。京人である吾等も案じている。河原を追い出された者達を吾等はできる限り支えるつもりだ。吾等とていつ河原に住まう者達の仲間入りするか分かったものでない。他人事（ひとごと）とは思えぬのだ。このままそっとしておけるなら、そう願いたいものだ」

「闇丸殿がいるかぎり、河原に住まう者は検非違使の言いなりにはならぬだろう。そうなれば戦がこの河原で起こる」

「なんともひどいことだ。戦となれば、人も死のう。そのうえ吾等が丹誠込めたこの空き地の畠も踏みにじられる。亮斉殿、清掃令をとりやめるよう検非違使庁に掛け合ってくれ」

「わたくしは防鴨河使の下部だぞ。そんなことができるわけがない。それより検非違使の先頭を切ってこの亮斉が河原に住まう者達に突っ込んでいかなくてはならぬ羽目になるかもしれぬ。なんとかして欲しいのはこちらの方だ」

「どうも、公家、雲上人というものは吾等が望むものと真反対のことをおこなうのを政と呼んでいるようだ」

為政者を常々懐疑的にみている熊三等でなくとも、京人のほとんどは熊三の思いとそれほどの隔りがないように亮斉には思えるのだった。

「そのようなわけで、ここで動けるのはあと三日。その三日間をお互いに力を合わせようではないか」

亮斉はかたい表情で熊三に頷いてみせた。


翌日、申の刻（午後三時）、三条河原に四百人ほどが集まって、亮斉の話に耳を傾けていた。

「河原の石を持ち籠にいれてここに運んできてくれ。運ぶ石は四条、五条河原と六条河原からだ。すでにそれぞれの河原には防鴨河使下部達が待っている。持ってくる河原石は下部達が選ぶのでそれを運んでくればよい」

亮斉の命に人々が空の持ち籠を手にして下流の河原へと散っていった。

「なぜ、目と鼻の先の三条河原から石を運ばんのだ」

熊三が不満そうに亮斉に近づいた。

「河原の石、一個たりとも動かしてはならぬ、と常々申しているのはそれなりのわけがあるからだ。賀茂川が洪水になれば、激流が川底を掘り返す。いや、川底ばかりでなく河原も激流に掘り返される。掘り返されるのを防いでくれるのが川原石だ。防鴨河使が口をすっぱくし河原の石を持ち去ってはならぬと申すのは、そうした大事な役割りがあるからだ」

「ならば、四条、五条河原の石とて持ち去ってはならぬことになるぞ」

「できればそのままにしておきたいがこの粘土の壁を強固なものにするにはどうしても石が必要なのだ」

「分らぬ。なぜ近場の三条河原ではならぬのだ」

「この近辺の石を取ってみろ。洪水はこの粘土の壁裾を掘り返すだろう。そうなればひとたまりもなくこの壁は倒れるぞ」

「ならば、四条や五条堤も同じように倒れるのではないか」

「本堤の基底部にはたくさんの石が敷いてあるから掘り返されることはないが念のため下部等に取り除いてよい河原石を吟味させている。熊三等は下部等が指示した川原石を持ち籠に積んでここに運んでくればよいのだ」

熊三は頷くと五条河原へと向かった。

土嚢で覆った粘土の壁の表面を河原石で保護する最終作業がはじまった。

粘土の壁の前に続々と川原石が運ばれてくる。

下部達は石組みの技を駆使して壁の底部から順次石を積み上げ、土嚢を覆ってゆく。壁底部の築石の奥行はおよそ一・五間（約二・七メートル）。上部に向かうに従い石積みの奥行は狭まって、天端部では五尺（約一・六メートル）ほどである。

石を運び終わった熊三等は石積み作業に没頭する下部達の巧みな手さばきに目をこらし、感心する。

こうして丸二日かけた石積み作業は熊三等三百余人が見守るなかで完成した。

粘土の壁を土嚢で覆い、さらに川原石で防護した三層構造の台形断面をもつ堤が姿を現わした。

「なるほど、こういうことであったのか」

熊三が思わずうなった。

「このような堤に仕上がったのはひとえに熊三等のおしみない力添えがあったからこそ。熊三、よく皆をまとめて頑張ってくれた」

亮斉は熊三の手をとって何度も上下に振りながら、

「この堤の高さはわずか一間半しかない。野分が襲えばこの堤の上を賀茂の水は越えて畠はおろか、街中まで流れ込む。安心するのはまだ早い」

と一抹の不安をのぞかせた。

「なに、昨年のような恐ろしい野分は今年は来ない。いつもの野分ならこの高さでも大丈夫だ」

「そうとは言いきれぬぞ」

「われ等は人事を尽したのだ。これからのことはこれからのこと。それでも畠に水がかぶったのなら、あきらめる。それが天命なのだからな。だが、吾は今年の長雨にもこの徒し堤は耐えられると信じている。必らずここで収穫した麦で秋口まで食いつないでみせる。秋には米が出まわる。うまい米を口いっぱいほおばれるのも夢ではない」

そうだ、その明るさだ、と亮斉は熊三の言葉に同感する。先のことは先のこと、そうして熊三等はその日その日を生き続けてきたのだ。先に何が待っているのか、くよくよしてもは腹は満たせない。生き延びるために、だれにも頼らずに、己が持てる精一杯の力をその日その時に出し切るしか生き延びるすべはない。そのことを亮斉はあらためて熊三等から教えられた思いだった。

これで思い残すことなく防鴨河使を去れると亮斉は晴れ晴れした気持ちになった。己も熊三等と同じように持てる力を出し切れたと亮斉は心底思った。

後世、亮斉が指導したこの堤のように、止水を目的として粘土を堤の芯材に用いる技術は灌漑用水池の土手や堤にひろく用いられるようになる。

「亮斉、吾からも礼を言うぞ。だが、明後日（あさって）がまだ残っているぞ」

ふたりのやり取りを聞いていた清経が亮斉に告げた。

「そうでしたな」

亮斉の顔から笑顔が消えた。

「気が進まぬなら、今日をもって職を辞してもかまわぬぞ」

「いえ、明後日の清掃令の執行にはかならず下部の皆とともに河原に出張りますぞ。この度の清掃令、賀茂川を預かる防鴨河使としてしっかり、この目で見届けなくてはなりませぬからな」

亮斉は硬い表情をといて、

「熊三、皆に散会を告げてくれ。そして皆の力添えに深く感謝していると申し伝えてくれ」

と笑顔にもどって告げた。

第十章　賀茂河原清掃令

（一）

六条河原に検非違使別当、藤原房行が両脇に屈強な男達を従えて仁王立ちしている。

房行の右翼に検非違使隊三百名、左翼に左京職、右京職の混成隊三百名、両翼の後方に兵衛府隊百五十名、さらにその後方に防鴨河使隊の四十五名が控えていた。

七条河原には河原に住まう者達が葦小屋を取り囲むようにして房行等の一行を待ち受けていた。その数は一万人を優に超えていた。各々の手には先端を斜めに鋭く切った細身の竹が握られている。

後世、竹槍と称されたものである。武器としての槍は室町時代になってから出現する。

おびただしい竹が天空を刺す威圧感は思わず逃げ出したくなるような恐怖心を房行一行に与えた。

「河原に住まう者達が小脇に抱えているものは何でしょうな」

亮斉が目を細めて前方をうかがう。そう言われて清経も見たが、距離がありすぎて判じ難かったが板状のものらしかった。

「兵衛府勢、前に」

房行は左右をみはるかしてありったけの声をあげた。兵衛府の者が号令に応じて前面に出た。左手に弓、背には矢立を背負っている。

その動きを察知した河原に住まう者達の中央に位置取りした男が右手を挙げた。

すると河原に住まう者達は脇に抱えていた板状のものを前面に構えた。

「なんと、あの板のようなものは割竹を並べて作った盾ですぞ。それに手をあげて指揮をとっているあの男は闇丸殿。闇丸殿は戦う覚悟ができているようですな」

亮斉は小声で清経に耳打ちした。

「亮斉、そのように他人事のようなことは言ってはおられぬぞ。防鴨河使隊はこの警護棒一つであの竹のなかに突っ込んでいかなくてはならんのだぞ」

「重々承知してます。ですが房行様が前進を命じてもわたくしは一番後からついていきます。いや途中で怖くなって引き返すかもしれませぬ。清経殿もわたくしのあとについて逃げだしなされ。そうすれば蓼平達も清経殿のあとに従うでしょう」

「そのような恥さらしを吾がとれると思うか」

「恥さらしではありませんぞ。今日、防鴨河使のひとりとして加わったのは清経殿に逃亡を勧めるため」

「亮斉、気は確かか。逃げるなら亮斉ひとりで逃げよ。そのおり下部達が亮斉のあとを追っていくならば吾はそれをとめはせぬ」

「清経殿はいかがなされますか」

「吾は房行殿の命に従う」

「従うということは、河原に住まう者を捕え、葦小屋を壊し、さらに彼らを追い立て路頭に迷わすことですぞ」

「いや、その前に吾は彼らにあの竹で突き殺されるかもしれぬ」

「愚かなことだ」

亮斉は吐き捨てるよう言った。

「兵衛府勢、弓をとれ」

前方から房行の号令が聞こえてきた。

兵衛府隊が左手に持った丸木弓を前に出した。

弓丈七尺六寸（二メートル三十センチ）、檀（まゆみ）、梓、欅などの自然木を丸く削って仕上げた丸木弓の飛距離はおよそ三町（約三百三十メートル）である。

両者の隔たりは二町ほどだ。弓で相手を殺傷するには半町（約五十五メートル）ほどに近寄らなくてはならない。ここから射掛けるとすれば、それは河原に住まう者達への威嚇に過ぎない。

兵衛府の射手達は固唾をのんで房行の次の号令を待った。

「放て」

房行が咆哮した。数百本の矢は一直線に闇丸等を襲った。と同時にかつかつと乾いた音が河原に響いた。矢はことごとく竹製の盾ではね返された。

「検非違使勢、京職勢、前へ」

房行が先頭を切って走り出した。

「やれやれ、これでは前回と変わらぬ。房行様はどうも過去のことを学ばぬお方らしい」

亮斉が嘆息した。

昨年の賀茂河原清掃令執行の時も、房行は激してくる感情を抑えきれずに自ら河原に住まう者達に向かって走り出したのを亮斉は覚えていた。

「吾等も続くぞ」

清経が下部達に強い口調で告げた。

「ゆっくりと進め、急(せ)くな」

亮斉が叫びにちかい声をあげた。防鴨河使隊だけがみるみる取り残されてゆく。そのなかに清経の姿はなかった。

亮斉、できるかぎりゆっくりと来い、清経は検非違使隊の後について全力で走りながら呟いた。

両者の間合いは一町ほどに縮まった。

「とまれ」

真っ先駆けていた房行が両手を大きく振ってとまった。追走している検非違使隊が呼応してとまる。京職隊と兵衛府隊は房行から半町も後方、さらに最後尾は防鴨河使隊であった。

清経は兵衛府隊に紛れ込んでいた。

京でもっとも弓の術に長けているのは大内裏を警護する兵衛府の官人である。その彼らが明らかに房行の行動に戸惑っているようだった。

「これでは弓を使えぬぞ」

清経のそばに立っている男が呟いた。

「なぜ、使えぬのだ」

清経が思わず訊き返す。

「検非違使の方々が前を塞いでいるからだ。ここから矢を放てば彼等の背を射抜くことになる」

言われればその通りである。

「おぬしは検非違使の者か」

男はそのようなことも分からぬのか、といった顔した。

「いや、防鴨河使だ」

「それでは弓を握ったこともなかろう。握るのは鍬であろうからな」

男の値踏みするような目に清経はさげすみの色が浮かぶのを見のがさなかった。大内裏を警護する兵衛府官人は官位も高く、選りすぐりの者ばかりである。それにひきかえ、臨時に設けられた防鴨河使庁の格式ははるかに低かった。

「兵衛府勢、弓をとれ」

再び房行が声高に命じた。兵衛府の射手達は困惑しながらも弓に矢を番えた。

「天空に向けよ」

房行が再び命じた。その命を聞いて射手達は得心した。闇丸等の上空に向かって矢を放てば矢は山なりとなって河原に住まう者達の頭上に降り注ぐことになる。射手達は弓弦を引き絞り、天空に矢先を向けた。

「放て」

房行が絶叫した。

大きな弧を描いて天空を覆った矢が闇丸の後方に控える人々の頭上を襲った。混乱する様を見届けようと房行は目をこらし、耳をそばだてた。

再び、こつこつと乾いた音が河原に響いた。すべての矢は竹製の盾で一蹴された。

房行は困惑した。盾は闇丸等最前線の者だけが携えていると思ったからだ。その予断は外れて後方に控える者達もすべて竹製の盾を携えていたのだ。それは、房行等一行と徹底的に戦うという闇丸の強い覚悟に思えた。

矢を防ぎきった河原に住まう者達が声をそろえて雄叫びをあげ、竹を天空に突き上げた。一万余の竹は房行等一行の胸中に地獄絵に描かれている針の山を想起させた。

まさにこれは戦だ、と清経はあらためて警護棒を握る手に力をいれた。

闇丸が再び右手を挙げた。それに呼応して突き上げた竹が水平に構え直された。陽に輝く竹の尖端は一本残らず房行に向けられていた。

闇丸は振り返って河原に住まう者達を睥睨すると一歩前に出た。闇丸に習って皆も竹を水平に構えたまま一歩足をだした。だれひとり遅れる者はいなかった。

清経は闇丸の周囲をかためる男達を注意深く見た。その中に无骨らしい男は見当たらなかった。

「矢は尽きたのか」

闇丸がはじめて口をひらいた。

「尽きるはずはない」

房行がムキになって応じる。

「兵衛府の方にもの申す」

闇丸の声は房行等一行の隅々に届いた。

「兵衛府の方々は大内裏を守るのが役務。弓矢は帝の御身を護衛するために用いるもの。ところが今、弓矢は吾等に向けられている。吾等が帝の命を危うくしたことが一度でもあったか。おぬし等は吾等を河原に住まう者、と呼んで虫けらのようにさげすむが、虫けらを弓矢で射殺したとて栄達の道はひらけぬぞ。房行殿の命に従って戦えばおぬし等の幾人かは竹で総身を刺し抜かれるぞ。死した者には名誉のかわりに、虫けらに殺されたという不名誉がつきまとうであろう。おぬし等の死は帝の御身を守って死するときだけだ。ここはそのような死に場所ではない。ここよりすみやかに立ち去れ」

兵衛府官人は下を向いて構えていた弓手(ゆんで)（左手）を少しずつおろしていった。

「闇丸、とうとう姿を晒したな。昨年のことを忘れてはおるまい。あの折は大内裏の大火でやむなく河原から引き返し、おぬしを捕縛すること叶わなかったが、この度はかならず獄門にその首掛けてみせる」

闇丸の口を封ずるように房行が怒鳴った。

「あのおり、皺首を洗って待っていろ、と申したな。ほれ、きれいに洗っておいたぞ」

闇丸が首筋を手でさする真似をして房行を挑発する。

「検非違使勢、抜刀！　抜刀せよ」

房行は顔をゆがめて叫んだ。

検非違使隊は息をつめ、口をかたく結んで太刀をいっせいに引き抜いた。

「兵衛府勢、弓、構え」

房行がさらに命じた。

兵衛府の射手が弓を持った左手を再び構える。

「矢を番えよ」

その命に射手は右手を動かさなかった。

闇丸と房行、双方の間合いはおよそ半町（約五十メートル）、両者が駆け寄れば数を五つ数えるほどの瞬時で衝突する。入り乱れての戦いとなれば弓矢は使えない。そのうえ兵衛府の者達は太刀を携えていなかった。

房行と兵衛府との事前打ち合わせで、兵衛府の者は弓矢にて京職隊、検非違使隊を後方より援護するだけ、と取り決められていた。河原に住まう者を追い出し、捕縛する役は検非違使隊及び京職隊が担うことになっていた。

検非違使勢の抜刀を目にした闇丸が再三右手を挙げた。すると河原に住まう者達は携えていた竹製の盾にあらかじめ付けられていた縄紐で胸元に装着し胸腹を防備する鎧代わりとした。

それを見届けた闇丸は大きく頷いて今度は左手を左右に振った。

河原に住まう者達は闇丸を中央にして左右に大きく広がり、房行一行を遠くから包囲した。

房行の真正面に闇丸が立っていた。

「吾等には死ぬ覚悟がある。おぬし等も死を覚悟して向かってこい」

闇丸が咆哮した。と同時に垂直に立てられていた竹、すべてが水平に構え直された。腰をおとし、両手に握りしめた竹を思い切り後ろに引いて、いつでも突き出せるように息を詰め、前方をにらみ据える彼らの気迫が房行等を圧倒した。

「列を整えよ」

房行の命に検非違使隊と京職隊がくさび形の陣形をとった。その数、およそ六百人。後方に退いた兵衛府隊は矢を番えていつでも援護できるように弓弦を引き絞る。その中で防鴨河使隊だけは警護棒を握ったまま、凍りついたように動かなかった。

清経は兵衛府隊から離れ、防鴨河使隊に合流した。

「おお、清経様。先頭はいかようでしたか」

戻ってきた清経に蓼平が心細げに訊く。

「房行殿が前進を下知したら、吾等も突っ込むぞ。だが戦ってはならぬ。逃げてもならぬ。相手を傷つけてもならぬ。ひたすら己の命だけをこの警護棒で守れ」

清経はそう命じながら、防鴨河使は賀茂川の洪水から京の街を守り、人命を守ること、その人命の中に河原に住まう者達も等しく含まれている、と思わずにはいられなかった。

双方はお互いの動きを見極めようと動かなくなった。

じりじりと時が過ぎていく。

闇丸は佇立したまま微動だにしない。

房行は苛立ちをあらわにして、一歩前に出た。房行を護衛するように検非違使隊も進む。

闇丸は動かない。

房行は前方をにらみ据えて一歩、一歩と間を詰めていく。ひとりでも突き進む者があれば、一気に双方が暴発する気配をはらみながら、房行は一歩、また一歩と前に出る。抜刀した検非違使隊は腰を低く落として口をかたく結び、息を殺して房行を包み込むようにして前方をうかがう。

双方の息づかいが聞き取れるほどまでに近づいた。

房行は伸び上がって歩くのをとめた。

あとは房行がひと言、大声を発して腕を前に出せばよかった。

検非違使隊はもちろん、後方に控える京職隊、兵衛府隊、防鴨河使隊は固唾をのんで房行の次の一挙手を注視する。

房行がゆっくり右腕を上げた。

河原に住まう者達がさらに竹を低く構え、握る手に力を込める。闇丸は動かない。

河原に張りつめた静寂がはしる。

まさに房行の腕が振り下ろされようとしたその時、防鴨河使隊の後方から男の野太い声が河原に届いた。

房行は腕を上げたまま声のする方を振り返った。兵衛府隊を断ち割るようにして五名の者が房行のもとに駆け寄った。

「その腕、下ろしてはならぬ。本日、ただ今、賀茂河原清掃令は撤回され、廃止された」

「なんと、公任様」

清掃令の廃止を告げた男の傍らに立っている公達が藤原公任であることに気づいた房行は驚愕した。

「房行殿、間に合ってよかった。これは帝、並びに左大臣の命である。すみやかに河原から引き上げられよ」

「なぜだ、なに故に清掃令は撤回廃止されたのだ」

房行は茫然自失の態で叫んだ。

（二）

開け放たれた対の屋から数本の梅の木が望める。枝々には小さな実が新緑の葉に混じって見え隠れしていた。

「文を頂き、すぐにお伺いしようと思っておりましたが雑務に忙殺され、おそくなりました」

「お待ちしておりましたよ」

綏子は床に臥したまま力無く清経に笑いかけ、

「病がわたくしを蝕(むしば)んでいるようです」

と小さな咳をした。

清経は憔悴しきった綏子の痛々しい姿に接し、この御方になにが起こったのだろうか、と衝撃をうけた。

「御子は健やかでしょうか」

「悲田院からここに参りました当初は、泣いてばかり、途方にくれました」

「院では多くの幼子が一つの部屋で過ごします。それが突然、ひとりになったのです。幼子であっても、寂しさは感じるのでしょう」

「そのように静琳尼様も申しておりました」

「静琳尼様にはその後、会われておりますのか」

「二度ばかり、この館に参ってくださいました」

そう言って綏子は寝具の上に半身を起こした。

「ご無理はなさらない方がよいのでは」

大儀そうに浅い息を吐く綏子に清経は思わず手を背に添えて身体を支えた。

「おそれいります」

綏子は清経の耳元でささやいて、笑みをこぼした。透けるような肌は病を得たためか、さらに澄んでそのかよわい笑みに妖艶さが加わった。

「お願いとはいかようなことでございますか」

清経は背を支えたままわずかに綏子に身体を近づけた。

「人は自らの死を悟るものなのですね」

「気弱いことは申されますな。御子はまだ二歳になったばかり。これからあなた様がお育てになるのではありませぬか」

「わが手に抱いて二ヶ月、日々見るごとに目元が頼定様に似てきます。赤子とはいとしいものですね」

「頼定様は全てをご存じなのでしょう」

「存じております。しばしば訪れて御子をお抱きになります」

頼定は御子を抱いてなにを思うのか、と清経は思った。

「赤子と共に過ごす日々は心休まるものでした。これも蜂岡様がわが児を無事に悲田院に預けてくだされたからこそ。あらためて礼を申します」

「礼は御子を立派にお育て申した後に願います。御子には母の手がまだまだ欠かせませぬぞ」

「この御子は母の手の及ばぬところで育つよう定められているのかもしれませぬ」

「いつの世も赤子にとって母はなくてはならぬもの」

清経は母の顔を思い出そうとしたが、記憶は薄れて茫洋とした輪郭しか思い浮かばなかった。それでも母のぬくもりは今でもはっきりと清経の胸に刻まれていた。

「もし、わたくしが今でも東宮の麗景殿に身を寄せたまま、このように死に臨んでいたら、おそらく、悲しみはより深く、死を心より恐れたに違いありませぬ」

「そのような不吉なことを口なさるのは、およしくだされ」

「死は不吉ではありませぬ。ある者には安寧です」

「今のあなた様はそれをお望みになられているような口ぶり」

「望んではおりませぬよ。ですが死は誰にもおとずれ、しかも避けられないものです」

綏子は頷いて嫣然と微笑んだ。紅をひいた唇がわずかに開き、口もとに浅い笑いじわが浮かぶ。細められた眼に宿る憂いが清経の胸をうった。

清経は力一杯綏子を抱きしめたい衝動にかられた。その衝動に邪心のひとかけらもなかった。それは犯しがたい神のような憂いに思えた。

「文でわたくしをお呼びになったのは、お別れを申すためだったのでしょうか。もしそうなら、わたくしはあなた様が生き延びられるよう一心に祈るだけです」

「祈りはいりませぬ。お願い申したいのは、御子のことでございます」

「御子の行く末を案ずるなら、病を切り抜けて自ら生きることをお考えください」

「人には定められた命があります。わたくしの命はもうすぐ燃え尽きましょう。それはだれにもとめられぬこと」

「そう、思う心が死を近しいものにするのです。あなた様のためにでなく、御子のために病を治すことをお考えなされ」

「その御子のことでございます。もしわたくしの命が尽きましたときには、御子のことで蜂岡様の手を煩わして頂きたいのです」

「御子はあなた様と頼定様の御子。頼定様にお託し申すのがよろしいのでは」

「頼定様も御子は身近でお育てしたいと申しております」

「ならばそうなさりませ」

「それはなりませぬ。わたくしは東宮居貞親王様の尚侍（ないし）という身にありながら、頼定様の御子をもうけました。東宮はやがては帝を約束された御方。わたくしも頼定様も世から誹られるのは覚悟のうえ。ですがわが児がその故をもって誹られるとすれば、黄泉へ旅立つわたくしは後ろ髪ひかれる思い」

「ならば、あのまま御子は悲田院にお預けになり、お引き取りなさらなければよかったのではありませぬか」

「あの時はただただわが児が棄てられたことがいたわしく思われてなりませんでした。今にして思えば母の情に溺れた浅慮でありました」

「悔まれておりますのか」

「いえ、微塵もそのように思ったことはありませぬ。頼定様と土御門邸で初めてお会い致しましたのは今から八年前。それからの八年（やとせ）の日々でわたくしはわたくしの一生を生き切りました。わたくしになんの憂いもありませぬ。いずれ居貞親王様が帝の御位にお就きになられた時は兄道長殿とともに頼定様も政の中枢を担われるにちがいありませぬ。ですがわたくしが頼定様のもとを去らぬ限り、居貞親王様は頼定様を遠ざけるでしょう。その憂いがわたくしの死によって霧消するのです」

「頼定様のもとで御子がお育ちになれば、頼定様を支え、いずれは頼定様の後をお継ぎになるかもしれませぬ」

「そうあってはならないのです。頼定様は御身にふさわしい御方を娶り、その御子が頼定様のあとに就くことがよいのです。わたくしは頼定様に心の底から感謝し、慕っております。頼定様に出会ったからこそ、救われたのです。こうして安らかに死を迎えられるのは、ただ、ただ頼定様が命を賭して慈しんでくだされたおかげ。わたくしが死してのち、頼定様は新たな旅立ちをなされましょう。旅立たれる旅装を整えるのはわたくしの努め。整えるとは御子ともどもわたくしの面影を頼定様の御胸から消し去ること。それが頼定様の御愛に報いるわたくしの最後にできること」

「御子の行く末をあなた様はどのようにお考えなのでしょうか」

「静琳尼様とそのことで話を致しました」

「静琳尼様はなんと申されましたのか」

「蜂岡様の御養父は広隆寺の勧運様と静琳尼様からお聞き致しました」

「わたくしの大叔父にあたります」

「その広隆寺の勧運様に御子の行く末を託したいのでございます。静琳尼様は世に信頼の置ける方が居るとすれば、第一にあげられるのは勧運様、と申されておりました」

「和尚は八十を超えた高齢。託すにしては年をとりすぎております」

「わたくしもそう思います。そのことを静琳尼様に申し上げましたら、勧運様は国中の寺々に御名が知れ渡った高僧。きっとしかるべき御子の居所を探してくださると、お教えくださいました」

和尚は静琳尼の口添えがあれば、御子を預るだろうと清経は思った。御子がどんな境遇のもとに育つにしても、綏子や頼定の影がその行く末に妨げにならないことを綏子が望んでいるならば、一度和尚に相談してもよい、と清経は考えた。

「和尚にあなた様のこと伝えましょう。ですが、まずはあなた様が心を強くお持ちになり、近しいと感じておられる死から一歩でも遠ざかることを願っております」

清経は綏子の背に添えていた手をずらして、ゆっくりと綏子を寝具に横たえた。

*

「どうしてもお尋ねしたいことがあって参りました」

四条邸の一室で清経は公任に頭を下げた。

「やはり、参りましたのか」

公任は穏やかな顔を清経に向ける。

「やはり、と申されると、わたくしが参ることが分かっていたと？」

「賀茂河原清掃令のことで参ったのではありませんか」

「そのとおりでございます」

会うたびに公任の先を読む聡明さに清経は驚く。

「清掃令廃止が巷で取りざたされているようですね」

「廃止は道長様の強いご要請により帝がしぶしぶ同意なされたと噂されております」

「噂というものはいつも嘘と真がない交ぜになって巷に流布されるもの」

「賀茂河原清掃令は道長様自らが立案されたと聞いております。それをまた自らの手で廃止なされたとなれば、誰もが疑念をもちます」

「京人や官衙の人々からみればそう思えるのでしょう。しかし政をおこなう者にとってそれは疑念でも不可解でもありません。それなりの理(ことわり)があるのです。それを皆に伝えることを敢えてしないのも政なのです」

「では清掃令廃止にも理があるのですね」

「あります」

「それを教えて頂けませぬか」

「蜂岡殿に意地悪で教えないのではありません。教えられないのです。それよりも闇丸と无骨に関して何か新たに分かったことはありますか」

これ以上のことは訊いてはならぬ、といった強い意志が公任の口調には含まれていた。

「そのことです。公任様が河原に駆けつけて双方に清掃令廃止を申しわたしたとき、无骨殿らしき者の姿はどこにも見あたりませんでした。その後、无骨殿に会おうと試みましたが、どうやら无骨殿は河原から姿を消してどこかに参ったようでございます」

「やはり、そうでしたか」

公任は意味ありげに頷いた。

「なにか无骨殿が河原から姿を消したことに心当たるものがあるのでしょうか」

「ありますが、それも教えられません。闇丸、无骨の身辺探索はもうしなくて結構です。お手数をとらせました。今日、蜂岡殿にわたくしは何一つお教えすることができなくて心苦しいのですが、いずれはなぜ、清掃令が廃止され、またなに故、无骨が河原から去ったのか、明らかになる日がくるでしょう。それが五年後か十年先かは分かりませんがね」

公任は優しげに清経に笑いかけた。


仁和寺の元方僧都の僧坊に四十を過ぎた男が修行僧として加わった。修行僧のなかでは飛び抜けて年が上だった。

経も満足に唱えられないこの男にほかの修行僧は不審の念をいだいた。修行僧は十代の者がほとんどで、四十を過ぎた者など皆無であった。

男の人を射るような険しい目と尖った相貌は男の来し方の厳しさから身についたものらしく、若い修行僧等は恐れをなして話しかける者はほとんどいなかった。

それを知ってか知らずか元方僧都は閑をみつけては男に話しかけ、男も親しげに応じた。

修行僧にとって元方僧都は雲上の高僧である。足音を聞くだけでも身が引き締まり、緊張する。なのに寺男かと見まごう高齢の男が、恐れる様子も恐縮することもなく大僧都に話しかける姿は修行僧からみればそれはなんとも理解しがたい光景だった。

月日が経つにつれて男の厳しい相貌が少しずつ柔らかくなっていった。

修行僧達が、そのような高齢で修行僧として元方僧都に教えを乞うようになったわけを訪ねたが、男は笑ってなにも答えなかった。その笑いに修行僧は一種言い難い安らかさが宿っているのを感じた。

＊

比叡山が眼前にそびえている。

清経の背に揺られてさっきまで泣いていた幼子は泣き疲れたのか、眠っていた。

「そなたの名は叡山の偉い和尚様が付けてくださるだろう。そこからそなたの真の一歩がはじまる」

清経は眠りこける幼子に語りかける。幼子はむろんなにも答えない。

「そなたの母は昨夜身罷った。そなたの父に抱かれてな。そなたは父も母も忘れて叡山で暮らすことになった。それを決めたのは広隆寺の勧運和尚だ。和尚の名を聞くのは初めてだろうが、そなたの行く末をよくよく考えてくだされたお方だ。吾は幼い時に二親をなくし、広隆寺に預けられたから申すのではないが、寺での日々はけっこう厳しいものだ。だがの、すぐに慣れる。慣れてしまえば、厳しくとも何ともない。もっとも吾は僧侶に向いてなかったらしい。そなたも僧侶になる気が失せたら、いつでも叡山から逃げ出してこい。その時は吾の子として共に暮らそう」

清経は背に負った幼子を肩越しに振り返って寝顔を愛しげにのぞいた。

『僧官補任（そうかんぶにん）』によると、頼賢（らいけん）という僧名を得て、「飯室僧都（いいむろのそうず）」と呼ばれ、のちに法性寺（ほっしょうじ）座主となった、と記されている。もちろん頼賢の一字は頼定からとったのであろう。

法性寺は藤原一族の寺院の中では最も格式の高い寺である。その座主に就けたのは本人の素養もあったのであろうが、母である綏子が道長の妹であり、道長が不運のもとに生まれた頼賢を見捨てなかったからでもあろう。

＊

「和尚、式部殿のその後の噂はご存知ですか」

幼子を比叡山に届けたことを勧運に伝えるため広隆寺を訪れた清経が苦々しげな顔をした。

「うすうすは存じている。式部殿が式部殿として生きていくには敦道親王様の愛を受けいれることが避けて通れなかったのであろう」

「女性（にょしょう）とは不可解ですな。死に臨んだ綏子様の悠揚迫らぬ姿。そして和泉式部殿のまるで為尊親王様との恋情など忘れたかのような敦道親王様との成りゆき」

「拙僧とて式部殿、いや女性はすべからく不可解。だがその不可解な女性から拙僧も清経もさらには叡山に預けた赤子も産まれてきたのだ」

翌、長保五年（一〇〇三）、和泉式部は敦道親王邸の南院に入った。

このとき敦道親王二十三歳、和泉式部二十五歳であった。

その節操のなさに抗議の意味も含めて敦道親王の正妃が南院を去った。

長保六年、ふたりは誰憚ることなく、白川院の花見、賀茂祭などの見物にでかけ、公家や京人の眉をひそめさせた。両者の間はきわめて濃密で人の噂や中傷が入り込む余地がないように思えた。

式部はこの頃の敦道親王との愛の贈答歌百四十五首を『和泉式部日記』にのせている。

翌年、和泉式部は敦道親王の御子を出産する。後に石蔵宮と呼ばれる方である。

寛弘四年（一〇〇七）、敦道親王は突然逝去する。

和泉式部は二度までも愛人の死によって恋に終止符を打つことになった。

式部は悲嘆にくれながら南院を去った。四年半の短い熱愛であった。

公家や京人は今度こそ出家するのではないかと式部の身の振り方を注視したが出家はしなかった。

橘道貞とのあいだに生まれた小式部は十歳、石蔵宮は四歳、まだまだ母の手を必要とすることを考えれば出家は望んでもかなうことではなかったのであろう。

後にあらわす『和泉式部集』には敦道親王への挽歌と哀傷歌が多首にわたってのせられていてそのいずれもが、公家等読む人の胸をうった。

翌、寛弘五年、かなしみのなかで喪に服している式部をよそに、北家藤原の長、道長一門は喜びに沸いていた。

道長の娘、一条天皇中宮彰子が皇子（敦成親王）を出産。

道長は中宮が皇子を産み、その皇子がいつの日か天皇になり、己が外祖父となることを何度夢みたか。その第一歩をついに歩み出せることになったのだ。

彰子を取りまく宮中はまえにもまして華やかになった。彰子中宮の周りには紫式部をはじめ伊勢大輔などの才媛が召されてときめいていたが、道長はさらに中宮付きの女房に才媛を集めることにした。道長の選んだひとりが一年間の喪があけたばかりの和泉式部であった。公任等を通じ和泉式部の和歌の秀逸さを聞かされていたし、また道長自らも和泉式部の和歌に惹かれ、感銘もしていた。

寛弘六年夏、和泉式部は中宮彰子の女房として出仕することとなった。

翌年、式部は道長の勧めにより、道長の家司となっていた南家藤原の長、保昌に嫁ぎ、保昌の任地丹後へ下っていった。中宮への出仕は一年に満たない短いものだった。

保昌にはすでにふたりの妻がおり、加冠をすませた息子が数人いた。保昌と式部は二十歳も年が離れていた。

なぜ、道長は和泉式部に保昌を勧めたのか、また和泉式部がその勧めに従ったのか、式部が残した日記や和歌集からはつまびらかに知ることは難しい。

保昌は南家藤原の再興を夢みつつ、一生を国司として地方地方を渡り歩き、京に戻ることは少なかった。

和泉式部は一緒になった当初は保昌の赴任地、丹後に同行したが、その後は保昌と同行せず京にとどまることが多かった。

万寿二年（一〇二五）、藤原公成に嫁いでいた最愛の娘、小式部が亡くなった。和泉式部は娘を悼んで多首の哀悼歌をつくっている。

長元九年（一〇三七）、保昌が任国地摂津で亡くなった。七十九歳であった。

このとき和泉式部は六十歳。

だが保昌への哀悼歌は残されていない。

夫、橘道貞のもとを去り、為尊親王と恋に落ち、死別。為尊親王の弟、敦道親王と再び恋する仲となったが、四年半の後、死別。そして小式部との別れ。和泉式部が愛する人々は皆、式部を残して先に旅立っていった。

その後の式部の消息についてはつまびらかではない。

＊

寛弘八年（一〇一一）、体調すぐれなかった一条帝が三歳になった敦成（あつひら）親王と二歳の敦良親王に手をとられながら崩御した。三十二歳であった。

次期天皇として三十一年も待ち続けた居貞親王が践祚して三条天皇となった。崩御した一条天皇より四歳年上の三十六歳であった。

皇太子には道長の孫、敦成親王がなった。

皇太子を証する壺切りの剣が居貞親王（三条天皇）から敦成親王（皇太子）に譲渡されたか否かは大鏡にもほかの歴史書にも記載されていない。

帝位に就いた居貞親王はかねがね皇太子時代に考えていた諸々の政を思う存分具現しようとした。それには一条天皇の病弱を補佐して政の中枢で辣腕を振るっていた左大臣道長の勢力をそぐことが新天皇（三条天皇）の急務であった。

そこで天皇の権力を誇示するため、道長が決めていた九月五日の除目（人事）式を、日が悪い、と苦言を述べて強引に延期させた。道長は不本意ながら帝位に就いたばかりの三条帝を祝する意味もあって従った。

これが三条天皇と左大臣道長との確執のはじまりだった。

三条天皇が強気に出られたのは父冷泉上皇が強力な後ろ盾として控えていたからでもある。

その冷泉上皇が十月に崩御した。六十二歳の生涯は元方の怨霊に苦しめられた一生といってもよかった。

三条天皇と道長の確執を傍観していた公家や殿上人は冷泉上皇の死を境に雪崩を打つように道長に追従した。道長はそうした彼等の気持ちを読んだうえで、ある時は天皇に従い、あるときは露骨に反意を述べた。

長和二年（一〇一三）四月、恒例の賀茂祭が催された。着飾った人々の行列が大路小路を練り歩いたのち、上賀茂、下賀茂の両神社に詣でるこの大祭は、京はもとより畿内の人々も上京して、見物人は十万に達するかと思われるほどのにぎわいをみせる。そのためもあって行列に加わる者達の装飾が年々華美になっていった。

三条天皇はこうした傾向をこころよしとせず、祭使の従者の人数を少人数にし、装束が華美にならないよう検非違使を動員させて厳しく取り締まるよう、道長に命じた。

道長はかしこまってこの命を受けたが、賀茂祭がはじまってみると、天皇の意に反し祭使の従者は増え、装束はこの上なくきらびやかであった。そのうえ、検非違使庁は大祭にあわせて閉庁され、だれひとり取り締まる者はいなかった。

天皇の地位を確立したい三条天皇と外孫の敦成親王を一日もはやく帝位に就けたい道長との間は日を追うごとに険悪になっていく。

長和三年（一〇一四）、正月二十七日、天文博士が天空に彗星が出現して京に異変が起こる、と予言した。

その予言が的中したか否かは別にして、それから十日も経たずに、内裏の登花殿から出火、火は瞬く間にひろがり、内裏のほとんどの殿舎を焼き尽くした。

三条天皇は衝撃を受けて、かねてより悪かった左の目が見えなくなり、さらに左耳も聞こえなくなった。典薬寮の侍医が調合した薬を服用したが、病状はいっこうに回復せず、悪くなるばかりであった。

眼病になったのも回復しないのも、何者かの怨霊のなせることだ、と宮中をはじめ公家達がひそかに噂し合った。そしてその怨霊は三条天皇の父、冷泉天皇に取り憑いて苦しめた南家藤原の長、藤原元方ではないかとささやかれた。

三条天皇は寺々から高僧を呼びよせ、加持、祈祷をおこなわせ怨霊の退散を願ったが左目ばかりでなく右目も見えにくくなった。

皇大神宮、石清水、賀茂社に病気平癒を祈願させるため奉幣使(ほうへいし)を送ることを決めて、その人選をおこなった。

使いに選ばれた公卿三名は帝の命にかしこまって従うかにみえたが、翌日、三名が三名とも腹痛、物忌み、そして方違えを理由に奉幣使の役を断ってきた。もちろん、道長の心中を察してのことであった。

人心が離れたことを憂えた三条天皇は懊悩し、政務も満足にこなせないことを悟ると、譲位することを決意する。三十一年待ち続けた帝位は四年半の短いものとなった。

譲位するにあたって三条天皇は敦明親王を次期皇太子にたてるよう強力に推し、譲位の条件とした。敦明親王は三条帝と藤原済時の女(むすめ)との間に産まれた皇子である。道長一門の血は敦明親王には流れていない。

皇太子となった敦明親王がやがて天皇になればその後ろ盾となって道長から政務を奪い返えせると三条天皇が目論んだことは誰の目にもあきらかだった。

それに反して道長は敦成親王の弟敦良親王を皇太子に就けたかった。政の中枢に居つづけるためには二代にわたって天皇の外祖父となることが不可欠なのだ。

それには、まず三条天皇を譲位させることが先決だった。道長は平静を装って三条帝の要望を受けいれ、敦明親王が皇太子となることを承諾した。

長和五年（一〇一六）三条帝のあとを継いで敦成親王が天皇に即位する。後一条帝である。道長は天皇の外祖父として摂政の地位を得た。

土御門邸に公家、百官が押しかけて祝いの列をなした。

その一方で敦明親王立太子の儀式に参じた公家や官人は数えるほどしかいなかった。

上皇となった三条天皇は傷心の気持ちも加わって病はすすむばかりであった。

道長は三条上皇の病床をしばしば見舞った。それはある種の贖罪のようにもみえた。

翌、寛仁元年（一〇一七）、三条上皇は敦明親王に見守られて崩御した。四十二歳であった。

三条上皇の一生は寂しいかぎりであった。早くから皇太子の地位に就き次期天皇として嘱望されながら、三十一年も待たされ、挙げ句、帝位についたその日から道長との確執に明け暮れ、病を得て、四年半で退位。三人の正妃を迎えながら、綏子は頼定のもとにはしり、原子は不明の死をとげた。

すこしでも三条上皇に救いがあったとすれば、それは実子の敦明親王が天皇に就いて、道長一門を政界から追い落としてくれると信じて黄泉の国へと旅だったことである。

三条上皇の喪があけた秋、道長は敦明皇太子のもとを訪れた。

敦明皇太子は二十一歳、今上帝（後一条天皇）より四歳年上であった。

「敦明親王様が皇太子になられていることに異存はございませぬ。しかしながら、皇太子には、正統なる継承の証しである壺切りの剣がなくてはなりませぬ。どうかこのわたくしに、壺切りの剣をお見せくださりませ」

と迫った。

敦明皇太子は父三条上皇から壺切りの剣は盗難にあい紛失して、十数年が過ぎ、もはや存在しないと告げられていた。それは道長も知っているはずだった。

「道長殿も存じておるように、もはや壺切りの剣など、この世にありはせぬ。壺切りの剣がない以上、父三条上皇の血を分けたわたくしが皇太子になったのは正当である」

と、応酬した。

道長は平伏し、

「では、壺切りの剣があればいかに致します」

と、うそぶいた。

壺切りの剣がどこにも存在しないと確信している皇太子は、

「壺切りの剣を所持する者こそ、正統なる皇太子」

と、言い切ったのである。

数日後、敦明皇太子を訪れた道長の手には壺切りの剣が握られていた。

皇太子はしばらく壺切りの剣を見ていたが、やがてすべてを悟ったのか、静かに頷いて、

「皇太子は関白の意中の者たれ」

と力無く呟いた。

後一条天皇の弟、道長の外孫にあたる敦良親王が皇太子となったのは、それからわずかひと月後のことであった。

冷泉、花山、三条天皇とつづいた、冷泉流は以後帝位に就くことはなかった。

公家や京人は冷泉流が滅びたのは元方大納言の怨霊のなせることだ、と眉をひそめて噂し合った。

『壺切りの剣』が、无骨の手を離れ、何ゆえ道長の手に渡ったのかは定かではない。

しかしながら、河原に住することを固く禁じた賀茂河原掃討令が、道長の手によって取り下げられたのは、壺切りの剣が何らかの形で関わっていたに違いない。

完

あとがき

皇位の象徴である三種の神器、同じように皇太子にも神器、『壺切りの剣』がある。

寛平五年（八九三）、宇多天皇がこの剣を皇太子敦仁（あつきみ）親王（醍醐天皇）に賜ったのを初例として、以後連綿と立太子の時に天皇から相伝されて現在に至っている。

しかしながら、今の壺切りの剣は、宇多天皇が手にした剣ではない。

後三条天皇即位直後の治暦四年（一〇六八）、内裏焼亡により剣は焼失する。その後、壺切りの剣は新剣を鋳造した。

初代壺切りの剣は刀身二尺五寸五分で海浦（海浜の景色を表した模様）の蒔絵の鞘に納められていたと伝えられている以外、詳細は分からない。

表紙装幀の剣は壺切りの剣ではない。

皇太子の神器である壺切りの剣が公衆の前に開示されるようなことはないからである。

壺切りの剣は現在しかるべき御処にしかるべく収蔵されている。

表紙の剣は藤原北家を隆盛に導いた者達のひとりである藤原真楯（またて）（藤原房前の子息）が所用していたと伝えられている、梨地螺鈿（なしじらでん）金装飾剣（東京国立博物館蔵）である。

おそらく初代壺切りの剣はもっと地味な太刀飾りであったのかもしれない。

天皇家と藤原氏が深く関わっていた平安中期、道長も手にしたに違いないこの剣を見るとき、壺切りの剣を彷彿させるものがある。

道長全盛時の後宮（天皇の妃が住まう住居）では清少納言、紫式部、和泉式部等が出入りし、華やかな宮廷文化を咲かせていた。

しかしながら京庶民にとって後宮は雲の上の遥かな存在であった。

当時の平安京の人口は十二、三万人ほどで、官人及びその家族は一万二、三千人。そのなかでも後宮に関われる雲上人（公家、高級官人）は千人を超えることはなかったと思われる。紫式部や清少納言はこの雲上人の間でのみもてはやされ、名を知られていたに過ぎない。

それに反して和泉式部の名は雲上人はもちろん、多くの京人にも興味をもって広く知られていた。和歌の名手としてよりも、恋多き女、浮かれ女として京人は和泉式部にいたく関心を寄せたのである。

男女の機微について人々が興味を持ち、噂し合うのは昔も今も変わりないのかもしれない。

おもな参考文献

・池田亀鑑「平安朝の生活と文学」角川書店　一九六四年
・立川昭二「日本人の病歴」中公新書　一九七六年
・保坂弘司「大鏡」講談社学術文庫　一九八一年
・馬場あき子「和泉式部」美術公論社　一九八二年
・和田秀松（所功校訂）「新訂　官職要解」講談社　一九八三年
・永原慶二・山口啓二他「講座・日本技術の社会史6　土木」日本評論社　一九八四年
・近藤喬一「瓦からみた平安京」教育社歴史新書　一九八五年
・棚橋光男「日本の歴史4　王朝の社会」小学館ライブラリー　一九九二年

【著者経歴】

西野　喬（にしの　たかし）

一九四三年、東京都生まれ。

一九六六年、大学卒業後、都庁に勤める。

二〇〇四年、都庁を定年退職。

二〇一二年、第十三回歴史浪漫文学賞　創作部門優秀賞受賞

『防鴨河使異聞』出版。

壺切りの剣（つぼきりのけん）
――続防鴨河使異聞（ぞくぼうがしいぶん）――

平成二十七年三月二十九日　第一刷発行

著　者　西野　喬（にしの　たかし）

発行者　佐藤　聡

発行所　株式会社　郁朋社（いくほうしゃ）
東京都千代田区三崎町二―二〇―四
郵便番号　一〇一―〇〇六一
電　話　〇三（三二三四）八九二三（代表）
ＦＡＸ　〇三（三二三四）三九四八
振　替　〇〇一六〇―五―一〇〇三二八

印　刷
製　本　日本ハイコム株式会社

落丁、乱丁本はお取替え致します。

郁朋社ホームページアドレス　http://www.ikuhousha.com
この本に関するご意見・ご感想をメールでお寄せいただく際は、
comment@ikuhousha.com までお願い致します。

ISBN978-4-87302-596-4 C0093